U0036211

Gaea

GAEA

The Oracle Comes 7

〔紅孩兒〕

星子——著

乩身

〔紅孩兒〕

目錄

楔子

三坪小房間裡燃著熊熊烈火，六面牆燒得通紅。

一個外表約莫四、五歲大的小男孩，盤腿坐在火裡，把玩著幾塊鐵積木。

鐵積木像是燒紅的炭，小男孩有時覺得積木燙手，但只是將手放進口裡吸吮幾下，甩甩，繼續玩。

小房間有道厚重鐵門，鐵門上另有處二十平方公分的方形小門，是敞著的。

方形小門外有雙冷漠眼睛，一個老人站在鐵門外，透過鐵門上的小方門，靜靜望著火房裡這小男孩。

「你剛剛說，這孩子多大？」老人問。

老人身旁站著牛頭和馬面，牛頭翻看一份檔案，回答：「死時不足六歲。」

「不到六歲的孩子？」老人問：「怎麼會在這個地方？」

「會下十八層地獄的人，多半是姦淫擄掠、殺人如麻……」牛頭一頁頁翻閱檔案，聲音有些心虛。「上頭寫這犯魂……是一個土匪頭子身邊的二把手，心狠手辣，殺了很多人，孕婦小孩都不放過……」

「……」老人啞然失笑，回頭望那牛頭，反問：「不到六歲的孩子，是個殺人如麻、連孕婦都不放過的大土匪？你自己相信嗎？」

「這傢伙的人間記錄上確實這樣寫的呀……」牛頭揚了揚手上那份人間記錄，對老人說：「人死來到陰間，他的人間記錄就是一切，記錄上寫什麼就是什麼。」他說完，還補充一句。「你又不是不知道……」

火房裡的小男孩，繼續玩著紅通通的鐵積木，一點也不在意外頭老人和牛頭的談話。

「他生前是被火燒死的？」老人問。

「嗯……」牛頭翻翻人間記錄，點點頭。「好像家中失火，和爺爺一起被火燒死……」

「不到六歲、姦淫擄掠、殺人如麻的小土匪，和爺爺一起在家裡被火燒死？」老人冷笑兩聲，向牛頭伸出手。「不介意借我瞧瞧吧？」

「這……」牛頭有些遲疑，望了身旁馬面一眼。

馬面扠著手，說：「這記錄連同犯魂，一併賣給他了。」

牛頭哦了一聲，將人間記錄遞給老人。「賣給你了，就是你的。」

「……」老人翻著小男孩的人間記錄，只見整份檔案像是經過無數次竄改，甚至黏貼新頁；各式各樣的筆跡，寫著五花八門的經歷，不足六歲的小男孩，經歷了比實際年紀大上百倍的混亂人生，集奸商、貪官、搶匪、惡棍、騙徒、殺人魔於一身——

這惡貫滿盈的犯行，正是小男孩身處在這火海地獄裡的原因。

「我打聽到的消息是——」老人翻著小男孩的人間記錄，猶如在看一本荒謬絕倫的小說，不時冷笑，說：「這孩子死後流落陰間，被個小幫派撿去當奴隸，那些傢伙平時欺負他、用火嚇他，發現他不怕火，十分稀奇，就把他賣給地府裡一位判官兼人頭販子。」老人說到這裡，頓了頓，又說：「那判官買下他，像撿著了個寶，讓這可憐蟲替一堆本來該在這火海地獄受刑的惡棍頂罪，狠狠賺了一筆。」

「然後呢？」牛頭馬面互望一眼，摳摳耳朵說：「你向我們買他，難道是想替他脫罪？」

「當然不是。」老人笑呵呵地說：「難得聽說有不怕火的魂，挺有趣的，買回去玩玩。」

「他不是不怕火，只是比較耐熱，有時火開大了，他還是會疼、還是會哭。」馬面這麼說，伸手轉動牢房牆上一處金屬轉盤，房內火勢瞬間增大三倍，且火色由艷紅轉爲青白。

小男孩起初搓搓雙臂，跟著站起蹦跳、嘶啞哭嚎。

他在小小的房間裡繞著圈圈，然後躲到角落，竭盡所能地將身子往牆角縮。

「房間四個角火勢弱點，他被燒久了，還知道找地方納涼。」馬面呵呵笑著說。

牛頭補充解釋：「別看他安靜，他有時挺吵人，我們用大火燒，他才會乖些。」

老人點點頭，沒說什麼，只靜靜透過小方孔，盯著火牢角落那抱腿哀哭的小男孩。

馬面逆轉轉盤，熄了火，等房內火勢漸漸滅了，才取鑰匙開門。

牛頭向裡頭吆喝一聲，小男孩怯怯起身，一步步往房門方向走。

小男孩每踏出一步，身上都有些焦裂魂皮灰燼般龜裂剝落飛散，露出底下有如熔岩般的亮紅魂肉。小男孩啜泣著、哆嗦著走到門旁。

「這老人花錢買下你和你的人間記錄。」牛頭指著老人，對小男孩說：「以後你就跟著他了。」

小男孩也不知有沒有聽懂，他抬起頭，望著老人和牛頭馬面，喃喃碎語問：「你是……爺爺？」

「……」老人頓了頓，問：「你不認得你爺爺長什麼樣子？」

「爺爺……」小男孩睜大眼睛，不曉得老人那樣問是什麼意思，只覺得眼前老人看來有些眼熟。

「他生前痴呆的？」老人轉頭問牛頭馬面。

「這我們怎麼會知道？」牛頭聳聳肩說：「人死成鬼，有時記憶、思緒會和生前不同，變笨了的例子也不少……幹嘛？你想當他乾爺爺？」

老人呆愣半晌，搖搖頭，說：「我兒子孫子早都輪迴了，我只是拿錢辦事，誰要當爺爺。」說到這裡，取出一條紅繩，結成繩圈，繞上男孩頸子，平靜地對他說：「跟我回家吧。」

「拿錢辦事？」牛頭有些好奇。「拿誰的錢？要辦什麼事？」

「別問太多……」馬面用手肘頂頂牛頭，向他使著眼色。

老人倒不介意，隨口報上個名字，那是陰間一個魔王級角色。

「哦。」牛頭揚揚眉，老人報出的這位老大，和自己所屬單位也有些合作關係。

「是呀。」老人點點頭，調整小男孩頸上繩圈。

「爺爺……我們要回家啦？」小男孩伸手想牽老人。

「我不是你爺爺。」老人撥開小男孩的手，揪著紅繩，像是牽狗般牽著他，頭也不回地往外走。「別叫我爺爺。」

小男孩那本惡貫滿盈的人間記錄，在老人緩緩揚起的手上化成灰燼。

牛頭望著離去老人的背影，好奇問馬面：「眞稀奇，這種怪小子也能賣這麼好的價錢？」

「那老人是大枷鎖師傅，買那小子，是要煉大枷鎖。」馬面回答。

「大枷鎖？你是說那像是手銬腳鐐一樣，專門用來銬陽世山魅、瘋癲惡鬼、成精妖魔的大枷鎖？」

「是呀。」

「原來大枷鎖是用鬼魂煉出來的，我現在才知道……」

「通常是用山魅來煉。」馬面說：「不過據說少數最頂級的大枷鎖，會摻入人魂，煉出來的大枷鎖更有靈性、道行更高。」

「人魂煉大枷鎖那麼好用，那爲什麼不多用點？」牛頭呵呵笑地說：「我們這兒還有不少魂可以賣……」

「因爲人魂煉出的大枷鎖不聽話。」馬面解釋：「大枷鎖是用來鎖厲害山魅、狂暴凶鬼的鐐銬，要是枷鎖不聽話，和凶暴惡鬼聯手造反，那還得了。」

「所以那老頭子有本事煉出聽話的大枷鎖？」牛頭問：「他什麼來頭？」

「那老頭在大枷鎖工匠界裡小有名氣，很多大人物都向他買大枷鎖，最近他接了筆生意，買家就是剛剛老頭說的那位大老闆，要鎖的傢伙很凶，老頭壓箱寶都掏出來了也鎖不住，老頭可能想研發新玩意兒。」

「你怎麼知道得這麼清楚？」

門的。」

「我有個朋友在那老闆手下做事。」馬面呵呵笑著說：「不然你以為那老頭是怎麼找上

「原來這筆生意是你仲介的。」牛頭瞪大眼睛。「你應該分得比我多吧。」

「我也只是跟我朋友講我們這兒有這麼一隻怪小鬼，讓他們自己跟我們上頭接洽。」馬面笑著說：「我跟你拿到的打賞，都是上頭每個月統一發的，應該一樣多吧——不過上頭有另外補個紅包給我。」

「這麼好！」牛頭又羨慕又嫉妒地逼問馬面那紅包究竟多大包。

馬面什麼也不說，只得意地嘻嘻笑。

壹

老趙出門上班時，天空黑漆漆的——

陰間的天空，不分晨昏晝夜，始終深邃漆黑、飄著暗紅的雲；紅雲有時會堆積成團，雲裡閃耀著橙紅滾雷。

老趙開門上車、發動引擎，順手拿起員工證往頸上一掛——

鐵兵集團第二開發部門研發組長

鐵兵集團是陰間規模最大的軍火公司，是地府陰差各種配備、武器的簽約廠商之一；也是各路黑道、魔王勢力軍火武力的主要供應商。

老趙生前在一個三流密醫身邊待過幾年，後來自立門戶、行走江湖。

他賣眞藥也賣假藥，眞藥大多是常見且便宜的草藥材料，假藥則是他仿效那密醫手法，自行摘採些無毒植物，曬乾研磨隨興調配，再憑一張嘴說得天花亂墜。

他賣出的藥治好過許多人，也害死不少人；在那時候，賣假藥害死人這樣的事情，被許許多多更亂更糟的事情淹沒、與之揉合成一個亂糟糟的大時代。

陽世亂糟糟，陰間更不會整齊到哪兒去，老趙剛死的時候，也沒人追究他賣假藥這件事，他很快領到了輪迴證，但在那麼亂的世界裡，剛領到輪迴證就被人騙去，也不是什麼稀奇的事。

無法輪迴的老趙，在陰陽兩界遊蕩幾年，有些見識了，和幾位朋友合作販售千奇百怪的陰間道具、藥品，然後被更大的雜貨行延攬入行。

百來年下來，當年的雜貨行一路變成陰間最大的軍火供應商，老趙也從雜貨行裡的研發、業務兼銷售員，一路升遷到集團開發部門裡的研發組長。

老趙對於自己的升遷速度沒有太大意見，百年來，他看過許多升遷比他快無數倍的新血，也知道許多當初一齊在雜貨行打拚的同輩，至今仍在集團最底層當雜工，過著不知哪天才能領取輪迴證的黑暗日子。

混得不上不下的老趙，沒有太多心力去嫉妒那些位階爬得比他快的新鬼，或是憐憫那些比他更落魄的老鬼。

第六天魔王失勢後，各路人馬爭搶陰間勢力版圖，征戰火拚不休，私人保全公司、傭兵團、民營治安巡守隊相繼成立，且都比拚起軍備競賽，也間接造福了陰間軍火事業。

鐵兵集團營業額飆漲了數倍，各式各樣合法或者不合法的新式武器、道具、裝備不停推陳出新，日漸繁重的研發工作早壓得老趙喘不過氣，加班加到令他感覺這種生活實在乏味、生無可戀——儘管他早已死了。

老趙駕著他那台老爺車，花了半小時，駛入陰間市郊一處工業園區停車場，熄火下車，走進窩了數十年的園區實驗室，繼續那令他焦頭爛額超過一年的研究案——

實驗室中央擺著兩張碩大手術台，一張手術台上躺著一個身高近兩公尺的壯漢。壯漢一條胳臂比老趙大腿還粗，渾身體膚青紫不均，有不少縫合痕跡，乍看下像是一具屍首，各處插滿奇異管線，管線上纏著符籙，身上也貼著符籙。

另一張手術台上擺著一套古怪鎧甲，這鎧甲各部件有金有銀、風格中西混搭，看起來古怪彆扭；黃金頭盔上浮凸著金獅腦袋，白銀胸甲正中則有枚銀虎頭紋飾。

老趙披上實驗袍、戴上工作手套，站在兩張手術台前扠手抱胸，一會兒看看金銀鎧甲，一會兒看看青紫壯漢，神情有些緊張。

一隊研究員圍了上來，擠在兩張手術台旁，有的守著手術台旁幾具儀器、有的拿著針筒藥劑或是符籙繩索佇在金銀鎧甲和青紫壯漢旁，大夥兒像是等待老師口號的學生般，一齊望向老趙。

老趙吸了口氣，點點頭，沉聲說：「開工。」

命令一下，大夥兒一齊動作，人人各司其職，有人替壯漢拔下一條條管線、有人撕下壯漢身上符籙、有人替壯漢左右胳臂血管注入藥劑、有人解開金銀鎧甲上一枚枚符籙咒印。有人推來一座碩大點滴架，架上垂掛著一只大玻璃瓶，瓶中裝滿青森瑩亮的液體。

老趙屏息觀看眾人動作——其實他不需要屏息，他死百來年了，只是生前習慣改不了。

沒有一個人出現失誤，這件案子太重要了，手術台上那壯漢是老趙團隊研發一年多的人形兵器——「百煉魔屍」。

百煉魔屍非人非鬼，而是具經過加工、改造、培養的陽世屍首。

凡人肉身在陰間銅皮鐵骨、力大無窮，但不論用強擄還是收買，凡人下陰間參與搶奪征戰，可都是件大事，不僅陰司嚴禁，天界神明更不會坐視不管，相較之下，盜取陽世屍首，在地底修煉成武裝，罪責輕微許多。

然而沒有魂魄的屍首，便和破銅爛鐵沒有分別，於是老趙又花了不少時間，研究出可以和魔屍配對的「屍魂」——正是魔屍床旁點滴架上那滿滿一瓶綠瑩瑩的液體；一旦整瓶屍魂注入魔屍身中，魂和屍漸漸合而為一，將化為窮凶極惡的戰士。

然而老趙很快碰到一個難題，就是如何令一個窮凶極惡的戰士，聽從特定主人的指示行動呢？這幾個月來他嘗試了許多方法，大都不盡理想。他向上頭報告，稱要令魔屍聽話，必須花更長的時間培養屍魂，養煉出聽話的屍魂，同時也要同步調整魔屍肉身品質，才能製成完美的魔屍戰士。

上頭問他需要多久。

他說短則三年、長則五年，甚至更久。

上頭說好多買家急著下訂單，只給他三個月的時間，成功了，他升職加薪；失敗了，他就將實驗室裡那研發組長辦公桌收拾乾淨，改坐普通研究員座位了。

老趙說什麼也不願意摘下胸前那研發組長識別證，更不願換桌子，這是他努力數十年爭取到的位子，他不願拱手讓人。

山不轉路轉，屍魂不夠聽話，就用其他方式管教——

幾個研究員演練多回，俐落地將金銀鎧甲往壯碩魔屍身上穿戴，紮實繫繩、扣緊束帶、纏上符籙繩飾。

老趙接過研究員遞上的紅硃砂，走近手術台，捏筆沾紅，在魔屍頭盔和胸甲那金獅銀虎腦袋兩雙眼睛上，緩緩點了睛。

「乖喲乖，乖喲乖……」老趙將紅筆交給研究員，雙手輕輕撫摸著頭盔和胸甲上那金獅銀虎腦袋浮凸紋飾。

金獅銀虎眼睛眨了眨，隱隱晃動甩頭，還伸出金銀舌頭，舔舐老趙手掌，像是一對溫馴家貓。

「乖乖乖……」老趙回頭接過研究員遞來的小碗，捏起碗中肉塊，輪流餵食金獅銀虎，一面餵、一面說：「養你們兩傢伙這麼多年，現在到你們報恩的時候啦；想來想去，只有你們兩頭大貓聯手，才能鎮著這凶物呀……」

這金銀鎧甲，正是陰間專門用來束縛失控魔物、凶惡山魅鬼怪的「大枷鎖」，且是大枷鎖裡最頂級的兩具大枷鎖——

金銀孩兒。

老趙絞盡腦汁，將兩組大枷鎖併成一組，想借用金銀孩兒的力量控制這窮凶極惡的百煉魔屍。

儘管金銀孩兒這等級的大枷鎖極其珍貴，兩組併一組，只爲了鎖一隻魔屍，不太合乎成本，但老趙當前工作是不計代價研發出產品原型，高層也任他揮霍預算，倘若用大枷鎖控制魔屍這方法可行，後續再研究壓低成本的做法即可。

老趙捏起屍魂點滴瓶那條軟管針頭，謹慎扎入魔屍頸子，再調整點滴管上流量調節器，讓點滴瓶裡的屍魂慢慢流入魔屍體內。

鎧甲上的金獅銀虎一會兒吃研究員餵食的鮮肉，一會兒舔舔研究員或是老趙的手。

大枷鎖雖是用來束縛魔物的工具，但本身也是由山魅、妖魔煉成，每具大枷鎖的性情、力量和服從性都不相同，聽話的大枷鎖不見得鎖得住魔物，能馴服魔物的大枷鎖不見得聽話。

這也是老趙選擇用金銀孩兒合力控制魔屍的緣故——這金獅銀虎又厲害、又聽話。

「趙哥！」研究員紛紛低呼出聲。

「我看見了。」老趙在眾人出聲前便注意到魔屍眼皮不規律地顫動起來。跟著，魔屍手指微微抖動、胸口緩緩起伏、渾身皮膚浮現詭異斑斕色澤。

魔屍雙眼睜開一條縫，眼皮底下透出亮紫色光芒。

魔屍嘴巴微微張開，長長吸起氣——如臨大敵，屏息凝神盯著手術台上的魔屍包括老趙在內的所有研究員，

亡魂自然不需要呼吸，但亡魂生前也是人，呼吸了一輩子，習慣難改。且此時頂著一副屍身，本能地吸氣吐氣，這屍身包括骨肉在內，連同五臟六腑，都經過修煉改造，和陽世人身大不相同，因此剛注入魔屍體內的屍魂，一呼一吸之間，似乎還不太習慣，頻率有些紊亂、發出陣陣喘鳴聲。

鎧甲上的金獅銀虎，雙眼都綻放著光芒，也發出微微獸鳴聲，認真壓制魔屍。

魔屍紊亂的呼吸漸漸緩和、雙眼亮紫光芒逐漸變成一金一銀，靜悄悄地躺在手術台上。

老趙輕咳兩聲，低聲問：「乖乖貓咪，這傢伙聽話嗎？」

金銀孩兒鎧甲上那金獅銀虎，同時嘎了一聲，像是應答。

「成功了嗎？」研究員們都露出鬆了口氣的神情。

「很好……」老趙難掩興奮，想了想，說：「試看看，坐起來……」

金獅銀虎又應了一聲，魔屍緩緩坐起。研究員們見到魔屍聽令行動，都欣喜歡呼。

「趙哥，聽話啦！」老趙得力助手激動握拳，催促其他研究員說：「帶進訓練房進行服從測試！通過的話，我們就……」

「急什麼！管子都沒拿下來呀。」老趙搧了得力助手腦袋一下，指了指魔屍頸上點滴接管。「先餵幾餐藥，觀察七十二小時，讓屍魂跟大貓兒好好相處，熟悉一點……」

「是……」得力助手揉了揉後腦勺，伸手替魔屍摘除點滴管線，他望著魔屍那雙成功被大枷鎖馴服的金銀雙瞳，只覺得連續數個月的加班終於有了回報，倘若老趙成功升職，他也能接任老趙現在的位置了。

魔屍雙眼耀起炫亮艷紫。

除了得力助手以外所有人，都被這陣艷紫嚇得不知所措。

唯獨得力助手沒有發現，他無法發現——

魔屍雙眼紫光乍現的同時，便張口咬碎了得力助手腦袋。

得力助手那殘頭魂身緩緩倒下，研究員們駭然散開，老趙瞪大眼睛，踉蹌地不住往後退，嘴巴因爲過度震驚，無意識地呻吟一陣，直到前頭兩、三個研究員接連被魔屍揮手扒裂，這才回過神來，厲聲大吼：「金銀孩兒，快鎮住他呀——」

老趙還沒說完，魔屍一把將身上銀色胸甲那浮凸銀虎圖飾捏爛。

一條條金銀鎖鍊自金銀鎧甲上竄出，一圈圈緊縛綑繞魔屍，鎖鍊聲響之後，是幾聲獅虎猛吼，一雙獅爪和一雙虎爪自魔屍背後鎧甲竄出，左右扒抱住魔屍雙手。

魔屍捏爛一隻獅爪，又喀啦一口咬碎一隻虎爪。

「快通知安全組！」老趙見金銀孩兒壓制不住魔屍，急急帶著研究員撤離實驗室，關上實驗室門，同時拉下一只緊急拉桿。

實驗室門外轟隆隆地落下一道厚重門板，門板上還刻有特殊符籙咒印，是實驗室特別裝設的安全門。

轟——

厚重安全門才剛關閉上鎖，立時震動巨響起來，是被反鎖在實驗室內的魔屍凶猛撞門。

「吼！」魔屍一面撞門，一面憤怒痛苦地嘶吼著——魔屍體內魂魄，是老趙用上百條來路不明的凶魂修煉融合成的巨凶屍魂。

在此之前，老趙拜訪了許多煉魂專家，都說這極惡兵器的魂魄，沒煉上三年五載，肯定馴不乖。老趙不是不信，只是上頭給他的時間就幾個月，他只能硬著頭皮上；況且即便他將用來修煉屍魂的無名凶魂數量減少爲三分之一，在魔屍肉身加持下，也足夠反抗大枷鎖束縛，造反了。

磅、磅磅、磅磅磅——

魔屍力量極其強大，將厚實安全門撞得浮凸變形，門外老趙和一干研究員心驚膽顫之餘，又有些欣慰——前兩個月上頭終於撥下這嶄新大安全門的預算，確實發揮了應有的防護功用。

正當眾人這麼想時，有人突然驚呼：「這批門是不是還沒裝完呀？」

這批造價高昂的新式安全門，在這棟實驗室樓房裡，僅占三分之二，還有二、三十處通道尚未裝設——

包括剛剛眾人逃出的實驗室中，另兩扇通往他處的通道門。

轟隆——

實驗室內發出巨響，所有人都清楚知道，那正是尚未更新的舊安全門，遭到魔屍破壞的聲響。

尖銳的警鈴聲在整棟實驗室大樓迴盪響起。

老趙領著研究員逃出大樓，逃到園區空曠處，驚駭恐慌地望著他組研究員從各處出口逃離大樓。

一輛輛保全車輛駛來，衝出一隊隊全副武裝到接近傭兵部隊的私人保全，大舉攻入大樓。

實驗室大樓幾處對外出入口的封鎖柵欄緩緩降下。

各式各樣的警笛聲響起。

老趙呆滯地望著大樓，他在這實驗室工作好多年，能夠分辨每一層樓每一處重要區域裡的警示鈴聲。

失控的魔屍在實驗室大樓裡上下亂竄，大肆破壞。

老趙的心揪了揪，他聽見大枷鎖庫房的專屬警笛，那間庫房僅存放十一具大枷鎖，每具大枷鎖都是價值連城的公司資產——數週前，那間庫房裡的大枷鎖有十三具，減少的兩具，就是魔屍身上那金銀孩兒。

老趙在鐵兵集團工作至今的存款，都買不起那庫房裡任何一具大枷鎖。公司追究下來，他該怎麼辦才好呢？

貳

老趙望著河堤對岸樓宇。

倘若他在陽世，在河堤這樣坐上一夜，終能等到天明、看見曙光。

但這裡是陰間，他不知道自己究竟坐了多久，也不在意自己坐了多久，實際上不論他坐上多久，眼前這片漆黑永夜死水，也不會有任何改變。

距離魔屍失控大鬧實驗室那天，已過了三個月。

老趙領導的研究小組被公司強制解散，併入其他部門，老趙從研發組長跌回基層研究員——很久以前，他在基層研究員這位置一待就是四十幾年。

一切都打回到原點。

老趙當年被騙走了輪迴證，現在要辦理補發，得要重新審理人間記錄，百年前未被追究的賣假藥事蹟，如今或許逃不過，若要修改人間記錄，中間要打通的關節、收買的陰差，不見得比那些頂級大枷鎖便宜——

實驗大樓門禁森嚴的頂級大枷鎖庫房裡，十一具封印在石棺裡的大枷鎖，四具遭到魔屍啃食破壞，三具逃出庫房，其中兩具在實驗室大樓被重裝保全捕獲，受損不輕，最後一具大枷鎖逃出封鎖線，逃出實驗室大樓。

最新消息，那大枷鎖逃到了陽世。

那是鐵兵集團庫房裡，最強大的一具大枷鎖。

那具大枷鎖比金銀孩兒強大數倍，沒有用在魔屍上，是因爲那具大枷鎖的價値，比魔屍還高出一截，更重要的是，那具大枷鎖至今仍未成功馴服，不聽話，派不上用場。

當時，從各地趕來支援的重裝保全，足足花了數天，才將失控魔屍降服，整棟實驗室大樓除了硬體和大枷鎖毀損之外，另有數十名來不及逃出的研究員，被魔屍啃得魂飛魄散，圍捕亂戰中死去的保全，也有數十名。

這大規模損失，變成了一張求償單，交到老趙手中。

老趙和部門主管都知道，那張求償單僅是形式，老趙即便再工作千年，也不可能償得清，老趙擁有的一切資產存款，都被清查上繳，在這種情況下，他更無力去修改他的人間記錄、申請補發輪迴證，等同永世不得翻身。

他在上班時間呆坐河堤，並非蹺班罷工，他被編入的新單位，直屬主管是他過去交情不錯的部門同事，也是第二開發部副部長。

副部長知道老趙心力交瘁，安排了閒差給他，讓他慢慢調適心情——且現在實驗大樓仍有不少區域停工整修，半數研究員們都被動休假。

老趙這些天，腦袋裡都空空洞洞，偶爾轉動，也不是想如何調適心情重返工作崗位之類的事情，而是在想不如找個辦法讓自己魂飛魄散、一了百了算了。想歸想，卻也沒有立即付諸實行的動力。過去工作繁重時，他便時常來這河堤看水散心，此時閒了，更是天天來看水。

這條河不大，水色陰暗漆黑，四周偶爾會颳起幾陣陰風，吹動整片焦草——在陰間，除非刻意造景，否則一般與陽世對應生長的草木植物等，大都黃褐焦枯、了無生息。

一陣陣摻著火焚氣息的風拂過老趙頭臉，濃厚的燒焦氣味熏得他皺起眉頭，死一百多年了，還是不習慣這氣味。

他腿邊一頭古怪幼犬大小的雙頭小獸，用腦袋蹭了蹭他大腿。

他伸手拍拍雙頭小獸兩顆腦袋，雙頭小獸身子是褐黃色，像是受虐般遍體鱗傷，兩顆腦袋一個缺了左眼、一個歪嘴斷耳，都遍布傷疤，也看不出是貓是狗。

只有老趙知道，這是一獅一虎——

是實驗當天，穿戴在魔屍身上的金銀孩兒。

那天金銀孩兒耗盡了道行，也鎮不住魔屍，反被魔屍扯成碎塊，事後大批研究員支援清點現場時，才發現金銀孩兒竟還活著，且因道行耗盡被打回了原形。

這金銀孩兒本來是一獅一虎的山魅，被分別煉成大枷鎖金孩兒與銀孩兒，又被老趙改造融合成金銀孩兒，道行耗盡、受了重傷、被打回原形之後，便成了這副可憐兮兮的雙頭幼獸模樣。

老趙那拜把兄弟指派給他的清閒工作，就是照料這金銀孩兒，想辦法重新養壯他，但實驗室裡人人都知道，嚴重受損的金銀孩兒連魂都被打壞了，再怎麼整修，頂多也只能煉成三流貨色，囚不住厲害角色，無法重回頂級大枷鎖的行列。

「……」老趙摸摸金銀孩兒，搖搖頭，想嘆口氣，又被河堤焦風吹了滿臉，咳了幾聲，只覺得這天的風比往常都大了些。

老趙抱著金銀孩兒站起身，覺得有些不對勁。

這陰風不只「大了些」。

是大了很多。

一陣陣陰風不規律地四處捲動，焦草劈里啪啦地碎裂，被風颳捲上天，像是蒼蠅般胡飛亂竄。

「怎麼回事？」老趙被這怪異景象嚇著，他在陰間百來年，也沒見過這麼古怪的風。

四周河堤土面焦草下透出一束束異光，老趙瞪大眼睛，轉身環顧四周，這透出異光的範圍十分廣，有幾個籃球場加起來那麼大。

下一刻，四周土地隆動起來，像是有一條條巨大長蛇在土地鑽動。

老趙被腳下隆起的土地絆倒，急急掙扎起身，抱著金銀孩兒，連滾帶爬地想逃離河堤，但眼前不停隆動的草地令他難以站穩身子，屢屢絆跌倒地。

他再次撲倒在地，驚慌無措，只見眼前土堆隆起，竄起一截粗壯長身，身上是片片白鱗。

「蛇……大蛇？」老趙嚇得哇哇大叫，撐著身子後退，又讓背後隆起的土堆擋住，進退不得。

這異變範圍中央，彷彿破開一個大洞，透射出更加耀眼的光芒。

同時，一陣咆哮隱約自那光芒大洞裡響起——

「鬼門早開好了，可是這乾坤圈……想把我拉上天，不讓我下地呀！」

老趙駭然望著距離他不到十來公尺遠的光芒大洞，他聽不懂那句話是什麼意思，但被那光芒大洞透出的魔氣，震懾得全身發軟。

那不是一般陰間住民，甚至陰差惡鬼的氣息。

而是魔王的氣息。

在陰間，擁有這種道行、這等力量的魔王沒幾個，且魔王自然不會隨時隨地展示力量；老趙在陰間待了百來年，聽過無數傳說，卻從來也沒親身經歷感受過一個頂級魔王的力量。現在他感受到了。

他嚇壞了。

「喜樂爺，你也有今天呀……」

一個壓抑不住興奮的男人說話聲隱約響起，老趙呀了一聲——煩惱魔喜樂，這可是陰間無人不知的魔頭級角色，這個名字立時回答了他前幾秒的疑惑——老趙四周這股強大魔力，足以匹配「喜樂」二字。

激烈的打鬥聲自光芒大洞另一端透出。

土地隆動得更加劇烈，老趙像是身處在失控的巨型遊樂設施上般，不停被隆動的白蟒長身高高震起、又摔下、再彈起。

「哈哈、哈哈哈！果然是僱傭兵！怎麼樣，喜樂爺，這些傢伙都沒以前的我忠心吧。」

陌生的男子聲咆哮叫陣。

緊接在那咆哮之後，是一記魔氣爆散的怒吼。

「夜鴉——」

老趙被那聲暴風怒吼吹起好幾層樓高，從高處往下望，只見到四周亂竄的巨蟒暴動起來，他覺得自己三魂七魄都要被震碎了，根本也分不清自己是飄在空中還是摔在地上，抑或是仍忽上忽下地彈動。

老趙恍惚之中，隱隱覺得自己或許當眞要魂飛魄散了。

地洞光芒裡，緩緩浮現出一個身影——

那是一個人的下半身。

有什麼東西要現身了。

但下一刻，一聲淒厲吼叫響起，四周崩開一道道裂紋，裂紋裡燃著火。

一條條巨蟒竄動得更加激烈，像是在土裡和什麼東西搏鬥似的——

是火龍。

幾條火龍破土衝出，咬碎巨蟒身子，又竄回土裡。

地洞開始閉合，射出的光芒漸漸減弱，隆動的土地靜止了，巨蟒不再騷動，火龍也不再現身。

老趙掙扎著撐起身子，這才發現自己被剛剛那聲魔吼，彈飛到數十公尺外的堤防上緣，如夢似幻地目睹了整個異變的後半段過程。

「到……到底發生了什麼事？」老趙喘著氣，左顧右盼半晌，發現金銀孩兒不在身邊，不禁有些著急。

「小獅、小虎……怎麼跑不見啦？」老趙儘管對自己在鐵兵集團的未來前程不抱任何希望，但在陰間無依無靠的他，在實驗室裡豢養修煉這金銀孩兒也好些年了，將這一獅一虎看作親密寵物和珍貴研究成果。

他強忍著腦袋暈眩，踉蹌奔下堤防，跑回剛剛異變範圍裡尋找金銀孩兒，深怕那重傷未癒的脆弱雙頭小獅虎，被凶猛火龍燒著，或是被巨蟒砸爛。

遠遠地，他見到金銀孩兒伏在那異變範圍中央一個東西上。

那東西是截齊腰斬除的下半邊人身。

這半截身子腰際斷面平整焦黑，透著劇烈強大的蒸騰魔氣。

金銀孩兒頸上獅頭和虎頭，正氣呼呼地扭頭，爭搶啃食那半身斷面。

「啊呀！」老趙深怕金銀孩兒吃壞了肚子，趕緊將他一把揪起，蹲在那下半截人身前瞪大眼睛檢視，回想起剛剛那片段對話，越想越是驚駭。「這是……煩惱魔……喜樂？」

老趙怎麼也無法將眼前半截身子，和那在陰間呼風喚雨的魔王喜樂聯想在一塊兒，但眼前自半身透出的強悍魔氣猶如滔天巨浪，震得他頭暈腦脹，讓他不得不相信這半截身子，如果不是魔王喜樂，也絕對擁有與喜樂平起平坐的實力。

「嘎、嘎嘎——」老趙懷中的金銀孩兒躁動起來，小小的獅虎身子透出了絲絲縷縷的神祕氣息。

剛剛僅僅爭搶啃食了一、兩口喜樂魔體，就讓金銀孩兒受損的身子恢復不少精力。

「啊……」老趙睜大眼睛，彷彿被一道靈光劈中腦袋，本來眼前幾條遍布荊棘與毒蛇猛獸的死路間，多出一條鋪滿鮮花的美麗小徑。

他狂喜蹲下，脫下西裝外套，裹住喜樂下半身，一把扛上肩，往河堤外飛奔。

他找到在鐵兵集團東山再起的辦法了。

參

四周漆黑一片，伸手不見五指。

且炙熱難耐。

這是火災現場。

在轟隆隆的燃燒聲和爆裂聲中，也伴隨著陣陣慘叫哭嚎聲，有近有遠、有男女、有老少。

林君育左顧右盼，分隊上的兄弟呢？怎麼不在身邊？這裡是哪兒？是高樓還是地下室？水線支援呢？自己怎麼只穿著短褲T恤？打火裝備呢？氧氣筒和防護面罩呢？

不知怎地，儘管他雙眼被濃煙熏得淚流不止甚至睜不開，但他閉著眼睛，仍能夠察覺感知周遭事物，以及受困火場的求援災民。

他的耳朵，也能在轟隆隆的火燃和爆裂聲中，聽出好段距離外的求救哭嚎，他甚至能夠從那不同求救聲中，大致辨別每個求救者的距離和位置。

四面八方的求救哭嚎令他無法花時間多想，他用最快的速度衝向離他最近的一個男人。

男人伏在地上，雙腳被一片斷壁壓著，大火四面八方捲來，燒著了男人衣服。男人痛苦哀號：「救命、救命……」

「先生，你冷靜，別激動……」林君育慌了手腳，一下子不知如何是好，此時的他沒有裝備、沒有同袍弟兄，如何空手救人？

數公尺外又是幾聲哀號，是女人和小孩。

林君育驚恐朝女人小孩哭嚎聲方向望去，急著想去救援，但男人拉住他腳踝慘叫。「你別走，救救我呀——」

「先生……」林君育矮下身試著抬高壓住男人雙腿的那片水泥牆，但他使盡全力也無法抬動厚牆一分一寸。

大火捲上男人全身，男人哀號幾秒，一動也不動了。

「啊——」林君育抓頭吼叫，連忙朝女人小孩求救聲的位置奔去，他見到一個女人被大櫃壓著，小女孩站在女人身邊，一面嚎啕大哭，一面試圖抬起櫃子。

「有沒有其他人？這裡需要支援！」林君育嘶啞吼叫，奔到女人身旁，使勁抬起大櫃——這大櫃比剛剛那堵牆輕上太多，林君育使出吃奶的力氣，終於將大櫃抬高數寸，但儘管他年輕力壯、受過嚴格訓練，這大櫃的重量仍超出他的負荷，他快要沒力了，僅能漲紅著臉、咬緊牙關，對那女人說：「太太，妳能動嗎？妳能……爬出來嗎？」

女人昂起頭，冷冷地對他說：「不能，我腿斷了，肋骨也斷了好幾根，怎麼爬？」

「呃？」林君育突然感到整個火場、眼前的女人和小孩，都帶著一股說不出的突兀詭異感。

像是電影進入廣告，或是夢境被人喚醒一般。

小女孩翻身坐上林君育死命扛著的大櫃背板上，扠著手、蹺起腳，冷冷望著林君育說：

「不是教過你了嗎？這時候該用『千斤頂』呀。」

「千……斤頂？」林君育愣了愣，模模糊糊想起了什麼。他當然知道千斤頂這東西，最近一次使用，還是在昨晚夢裡。

昨晚他夢見自己在火場救人，情況和現在差不多，有人被重物壓著，他無計可施，那人反過來教他一個辦法。

一個平空變出千斤頂的辦法。

彷如變魔術般變出來的那只瑩瑩發亮的雪白色千斤頂，模樣和他過去使用過的各種救災、換輪胎的千斤頂都不大一樣。

在小女孩指責下、在這突兀詭異的感覺纏繞的當下，他想起了昨晚夢境裡變出千斤頂的「魔術手法」。

「千斤頂？」林君育咬牙扛著大櫃，有些遲疑。「可是……那是夢……」

「現在也是夢呀！」坐在大櫃上的小女孩探身揚拳敲了敲林君育腦袋，用命令的語氣說：「快點，用千斤頂啊！」

「呃……」林君育感到大櫃愈漸沉重，莫可奈何，只好照著昨夜夢境裡學到的方法，加重雙足踏地力量，猛地一撐身子，同時大喊：「千斤頂！」

他喊完，呆愣幾秒，等待這古怪招式生效，但什麼也沒有發生，且大櫃變得更加沉重。

他連連哎呀，體力漸漸接近透支。「沒用呀……」

「笨蛋！」小女孩氣呼呼地探長身子，揪著林君育耳朵，對著他耳朵喊：「快想想你是不是漏講了什麼？」

「漏……漏講？」林君育雙腿發軟，托著大櫃的雙手接近麻木，終於想到了最重要的「關鍵詞」，他扯開喉嚨大喊：「弟子林君育現在在火場救人，求大慈大悲天上聖母媽祖婆賜我神力——千斤頂！」

林君育這麼一喊，抬著大櫃的左手陡然耀起白光，白光在他左手托著櫃緣處凝聚成支架狀，同時飛快向下延展，化爲支柱，最後在地板上凝聚出一只底座。

一只支撐大櫃的千斤頂便這麼平空變出。

林君育隨即感到大櫃不再繼續下沉，所有的重量全被那千斤頂接下了。

他退開幾步，彎腰喘氣，見那傾斜大櫃仍壓著女人另一側身子，連忙繞去那頭，想要用同樣的方法，變出第二只千斤頂。

他再次咬牙抬起大櫃這側，喃喃誦唸那口訣。「弟子林君……」但他剛喊出幾個字，腦袋又被小女孩敲了一下。

「每次救災任務，向媽祖婆報告一次就行了，不用每個動作都喊，想吵死媽祖婆呀，還有——」小女孩蹲在彎膝抬櫃的林君育面前，對他說：「頭銜不用那麼長，口語一點沒關係，例如『媽祖婆，我君育啦，急著救人，向您借千斤頂用用』或是『媽祖婆呀，我阿育啦，請您賜我神力救人』都行。」

「是……」林君育也不敢回嘴，再次使出「千斤頂」，又化出一個雪白千斤頂，左右兩邊一齊撐著大櫃。

跟著他放手，將女人從大櫃底下拖出，急忙檢查她身上傷勢。

女人軟綿綿地癱著，心跳氣息漸漸衰弱。

林君育本能地替女人做起心肺復甦，但女人情況並無好轉，他身邊全無急救工具，四周是熊熊大火，他見女人和小女孩都漠然望著他，陡然想起了什麼——

是能夠平空變出急救工具的方法。

同樣是在夢裡學到的。

同樣像是變魔術一樣。

他攤開右手，輕輕一喊：「強心針！」

他的右手，一點反應也沒有。

女人雖沒了氣息，連心跳也停了下來，卻睜開眼睛，冷冷望著他，口裡還淌下鮮血。

「呃……怎麼不靈了？」林君育呆了呆，急著又攤攤手掌，急喊：「媽祖婆，借我力，我要救人！強心針吶……」

「強你個頭！媽祖婆沒有那種東西！」小女孩氣呼呼地用拳頭重重敲了林君育後腦一下，罵他：「笨蛋！明明教過你，都忘得一乾二淨啦？」

「啊？啊？我弄錯了嗎？」林君育愕然無奈，又攤攤右掌，往自己口鼻一罩。「氧氣罩！」跟著他替女人做了幾下人工呼吸，再攤攤掌，喊：「我要電擊器！」

他的右手全無動靜，急得嚷嚷起來：「怎麼不靈了？奇怪？」

「你這個笨蛋……」小女孩垮下臉，扠腰瞪著林君育半晌，突然踹了他一腳，轉身走入熊熊大火裡，還丟下一句。「先去抓蛇吧，回頭再上課。」

「喂！小妹妹，妳做什麼？快回來，那邊有火……」林君育眼見小女孩的身影被大火吞噬，駭然大吼，突然感到胳臂一輕，懷中女人消失無蹤。

同時，四周大火撲面而來，捲上他全身。

「學長、學長，要出動了——」

「哪邊哪邊？」林君育啊呀一聲，自消防分隊休息室雙層床下鋪驚醒彈坐起身，腦袋碰地撞著上鋪床板，摀著頭翻滾下床，急急忙忙奔下樓換裝。

「學長！」學弟追在林君育身後，急急喊他：「別緊張，是抓蛇、抓蛇……」

「抓蛇？」林君育一聽是抓蛇，鬆了口氣，脫下著裝到一半的防火裝，奔上消防車出勤。

「怎麼不請屋主撥一九九九？」林君育拍了拍臉，覺得腦袋還有些混亂，但身體不知怎地，出奇地輕盈舒暢。

「我們幫他撥了，動保處的人也去了，找半天找不到蛇，屋主堅持蛇在屋子裡，打了十幾通電話，非要我們過去……」學弟無奈說：「她說她老公有心臟病，到時候嚇到病發我們還是得跑一趟。」

「……」林君育揉著太陽穴，不知該說什麼。

兩小時後，消防車返回分隊。

並沒有蛇——屋主夫妻大白天恩愛嫌不過癮，買了情趣用品助興，男主人的命根子卡在情趣鐵環上解不開，痛得下不了床，無法自行就醫；女主人打一一九報案，但「丈夫生殖器卡住這件事」怎麼也說不出口，只好謊稱有蛇，千拜託萬拜託消防隊員上門幫忙，心想到時候再讓老公自行解釋。

林君育等到了現場，衝進房抓蛇，和癱在床上、渾身赤裸的男主人雞同鴨講好半晌才弄清楚狀況，大夥兒只得下樓，將捕蛇夾換成油壓剪，還讓女主人去廚房拿來沙拉油，搞了大半天，終於剪斷鐵環，救出男主人那條被勒得發紫的「小蛇」。

臭著臉返回分隊的林君育，繼續在救護班待命。

他窩在藤椅上，仰頭看著天花板，不明白最近是怎麼了，往往一閉上眼睛，便很快進入夢鄉——在超長工時和五花八門的任務折騰下，消防隊員閉目即睡並不稀奇，奇怪的是，他每每入睡，立時墜入夢境。

夢中五感極其逼真，一舉一動都像是醒著一般。

他在夢裡也在救災救人，且一個個受難災民，不時會擺出導師、教官般的架子，教他一些稀奇古怪的招式和能力。

「千斤頂？」林君育揉著太陽穴，閉目苦笑。「下一次作夢，該不會要練油壓剪了吧？」

他才想到油壓剪，剛剛任務中那不堪畫面立時浮現眼前，他嘖嘖兩聲，抬起手想拍拍頭，將那畫面驅離腦袋，但他手才抬起一半便垂下了。

鼾聲自他口鼻發出，他睡著了。

□

眼前又是熊熊大火。

林君育乘著雲梯車的工作平台往上爬升，停在火場鐵窗外。

一陣陣濃煙自鐵窗內湧出，熏得他眼淚直流，他這才發現自己又是一身便裝，沒揹氧氣筒沒戴面罩也沒有同伴，低頭往下望，底下霧茫茫一片什麼也看不清楚。

此時的他尚未意識到這是夢——每次入夢時，逼眞的場景、身體五感，總會讓他以爲是一趟眞實的勤務。

鐵窗內有個老婦人，雙手揪著封死的鐵窗，啞著嗓子哀求林君育救救她。

林君育安撫老婦人，連聲向底下求救，全然得不到回應。

沒有攜帶任何裝備的他，如何救出一個困在火場鐵窗內側的老婦人呢？

但他啊呀一聲，陡然想起了什麼，連忙揪著一支鐵窗欄杆，低頭呢喃祝禱：「媽祖婆，弟子林君育在火場救人，需要您神力幫忙……賜我千斤頂！」

他剛說完，抓著鐵窗欄杆的左手耀起白光，白光凝聚成爪，牢牢握緊鐵窗欄杆，他另一手抓捏白光，像是在替白光塑形、捏黏土般地讓那白光橫地撐在兩支欄杆之間，本來用來撐地的底座，也呈爪狀，抓著另支欄杆。

「撐——」林君育雙手按著這爪形千斤頂兩端，緩緩出力推撐，他總算想起自己在夢裡練習過這雪白千斤頂許多次，雪白千斤頂變化多端，能夠變化推撐兩端形狀以適應各種重物和地形，且能夠隔空指揮，令之推撐或是縮合。

「再來、再來！」林君育按著那千斤頂兩側，令千斤頂將鐵窗欄杆撐出一個足以讓老婦人鑽過的開口。

「好！」他朝那撐歪鐵窗欄杆的千斤頂抓了抓，像是抓著一團煙，倏地收了千斤頂，對老婦人招手喊著。「老太太，趁現在，快出來！」

「不要。」老婦人搖搖頭。

「啊！」林君育瞠目結舌，問：「爲什麼？妳腳受傷？動不了？」

「不是。」老婦人說：「你用錯方法了。」

「用錯方法？什麼意思？」

「千斤頂這麼用，也不是不行，你能舉一反三，也算有天分；可這堂課，不是教你練千斤頂。」老婦人這麼說。

「什麼……」林君育呆愣幾秒，腦袋陡然清醒許多，終於明白此時自己又作夢了。「我又睡著了？」

「這堂課要教你練習用『油壓剪』。」老婦人這麼說，伸手抓著被千斤頂推歪的鐵窗欄杆晃了晃，轉眼將欄杆又拉回原狀，跟著又擠出哭容，向林君育求救起來。

「油壓剪？」林君育一時聽不明白。

「對。」老婦人收去哭容，點點頭說：「你試著用油壓剪，把鐵欄剪開。」

「可是……我沒有油壓剪……」

「千斤頂怎麼來，油壓剪就怎麼來。」

「好……大慈大悲天上聖母，弟子林君育現在……」

「笨蛋，不是跟你說過了，別嘮叨一堆廢話，講快點……」

「是……媽祖婆呀，情況緊急，我需要油壓剪！」

林君育望著左手呢喃祝禱，左手掌心再次耀起白光，白光倏忽擴散、變形，包裹住他整隻手臂，在手臂外側，凝聚成一隻機械臂，機械臂前端呈鉗形，正是支大號油壓破壞剪。

「啊！眞的是油壓剪？好酷！」林君育驚呼著，隨即又發現這機械臂油壓剪的鉗頭竟能夠隨著他心意張合，猶如握拳張手般自在，他立時鉗住鐵窗欄杆，喀嚓幾聲，將數支鐵窗欄杆剪下，剪出一個大開口。

「這樣才對嘛。」老婦人終於願意出來，也不要林君育攙扶，自顧自跨出鐵窗，躍上雲梯平台，和林君育大眼瞪小眼半晌，突然皺起眉頭、撫著胸口，沙啞地說：「你救人怎麼只救一半呀，我被煙熏得頭昏眼花，還不快點幫我加持護體、增加我生還機會呀！」

「這……」林君育望著自己左臂上那閃閃發亮的雪白色機械臂油壓剪，困惑呢喃：「我、我不懂……」

「你不懂什麼？」老婦人反問。

「……」林君育有些茫然。「千斤頂、油壓剪？我爲什麼一直夢見這些怪東西？爲什麼我要在夢裡學這些？我到底怎麼了？」

「媽祖婆看中你的資質，要你在陽世擔任她的使者。」

「擔任媽祖婆的使者？要做些什麼？」

「你平常都在做什麼？」

「打火、救人……跟一堆雞毛蒜皮的屁事……」

「媽祖婆要你做的事，差不多也是這些事。」

「那這些東西，到底是……」林君育揚起左手那機械臂。

「媽祖婆選你當使者，要你救災救難，當然會賜你些額外能力，讓你水裡來火裡去呀，這支油壓剪，跟之前的千斤頂，都比你隊上的工具還厲害、還好用，對吧？」老婦人這麼說。

「可是……」林君育皺皺眉，仍然滿腹疑問。

「可是什麼！」老婦人突然喝斥。「快點幫我急救加持呀，我不是說我快嗆死啦！」

「加持？」林君育一驚，替老婦人檢查一番，瞧她沒有呼吸困難、心跳正常，一時也不知她到底需要什麼救護，腦袋裡卻清晰記得之前在夢裡學得的急救手法，攤了攤右掌，說：「強心針！」

他的右手依舊一點反應也沒有。

「爲什麼……沒效？」林君育困惑問老婦人。

「廢話！」老婦人瞪大眼睛，重重一巴掌搧在林君育腦袋上。「媽祖婆沒教過你這招！」

林君育從藤椅上驚醒，呆愣愣張望休息室四周。

「千斤頂、油壓剪、強心針、電擊器、氧氣罩……」他呢喃唸著這段時間裡，每日每夜在夢境裡學到的招式名，和莫名其妙的突兀使命。「要我當媽祖婆的使者？有沒有搞錯……」

學弟的嚷嚷聲再次傳來，是一起新的救護任務。

地點是殯儀館。

肆

「哪邊？哪邊？」

林君育與學弟拎著擔架和急救箱急急奔入殯儀館，在殯儀館人員帶領下來到遺體化妝室。化妝室一角那不鏽鋼推車上，還躺著一具裝扮到一半的屍體。

屍體姿勢怪異扭曲，嘴角沾著血跡。

推車旁倒著一個約莫二十來歲的男人，臉色青慘猙獰、蜷曲側臥在地板上痙攣顫抖。

倒地年輕男人身旁幾個殯儀館人員七手八腳地托著男人後腦、拿著檔案夾替他搧風。

「怎麼回事？癲癇發作？」林君育與學弟連忙趕去接手處理，見年輕男人嘴裡給塞了一團橡膠手套，急忙將手套挖出，學弟回頭對眾人埋怨：「不能往癲癇患者嘴裡塞東西，會害他窒息……」

林君育快速檢視男人身體狀況，見他臉色忽青忽紫，眼瞳激烈擴張收縮，頸部血管筋脈浮凸獰動，不禁困惑。「這不像癲癇……」

「他有嗑藥？」學弟抬頭望著殯儀館人員。

大夥兒你看看我我看看你，都搖搖頭。「不知道呀。」「這化妝師新入行沒多久，我們都跟他不熟……」

林君育發現男人右前臂袖口上有些血點，便捲起他白袍袖子，只見他前臂上有排齒痕，咬得極深，微微滲血。

血色紅中帶著不自然的青紫。

「這是怎樣？」學弟有些愕然。

「不管怎樣，快送醫院。」林君育這麼說，與學弟將男人抬上擔架，扛出殯儀館、送上救護車。

眾人上車關門，救護車立時駛向最近的醫院。

學弟負責開車，林君育守在男人身旁，替他包紮胳臂咬傷，只見男人全身冒汗、口唇發白、不住喘氣，頭臉胸頸上的怪異筋脈愈漸誇張，情況像是逐漸惡化。

「他是嗑了什麼藥變成那樣？」學弟在駕駛座大聲問：「該不會又是『浴鹽』吧？」

「誰知道。」林君育搖搖頭。

一個月前，他們才與警方協力將一個嗑了俗稱「浴鹽」的毒品的毒蟲送醫，那毒蟲被制伏之前，不但咬傷爸爸跟弟弟，還將自己雙手都咬得血肉模糊。

「這些白痴把自己搞得像是活屍一樣，到底會不會想……」學弟有些感慨。

駕駛學弟還沒說完，擔架上那男人本來渙散的雙眼，突然對了焦，牢牢盯著林君育。

「呃……」林君育有所警覺，伸手按著男人肩頭，防止他暴起傷人。「先生，你現在覺得怎樣？」

男人陡然伸手抓住林君育手腕，咧開嘴巴想咬林君育胳臂。

「哇！」林君育一把掐住男人頸子，試圖將他壓回擔架，但這年輕男人不但力大，且像是一頭不受控制的猛獸，即便頸子被按著，也不顧一切撐起身子。

「呃？學長，發生什麼事？」駕車學弟從後視鏡見到救護車後頭騷動，連連呼喊詢問。

「他力氣好大！」林君育一手掐著男人頸子、一手按他肩，卻無法將他壓制在擔架上，反而被男人撐坐起身，兩人胳臂搭著胳臂糾纏對峙著。

「先生、先生，你冷靜點，你剛剛暈倒，我們是來幫你的！」林君育大聲叫嚷，一面向學弟求援。「快幫忙，我快壓不住他啦──」

男人一口咬在林君育胳臂上。

「噫！」林君育胳臂劇痛，驚慌掙扎，混亂之中，被男人腦袋撞在臉上，結結實實挨了一記頭鎚，暈眩倒地。

學弟試圖靠邊停車，只聽見車尾廂門啪啦揭開，竟是那男人扳開了門，從行進中的救護車飛撲躍出，又被後方汽車撞個正著，滾上引擎蓋、撞碎擋風玻璃，再扭曲地翻身攀上車頂、自車尾奔下，衝進一旁小巷。

包括救護車在內的鄰近幾輛車紛紛停下，駕駛學弟急忙下車，繞到車尾，扶起頭昏眼花的林君育。

無端被撞碎擋風玻璃的後車駕駛，看傻了眼，好半晌才下車打電話報警，嘰哩咕嚕一時也說不清楚情況。

林君育癱坐在救護車廂中，只覺得身子輕飄飄的，神智有些恍惚，腦袋疼痛不已，溫熱鼻血大量淌出，滑過嘴唇，從下巴滴落。

他口唇微微張開，覺得鼻血腥鹹黏膩之外，不知怎地，竟有些美味。

「他……他人呢？」他茫然地問。

「他跑不見了！」學弟急忙拿了紗布替林君育包紮腦袋，惱火罵著：「幹，怎麼有這種瘋子！」

林君育覺得莫名口乾舌燥且飢餓，他渴到不停舔舐鼻血，咕嚕嚕地往肚裡吞；餓到——想要咬碎眼前學弟的頸子。

「學長……」學弟見林君育不知爲何在喝自己鼻血，不禁有些呆愣。「你……在幹嘛？」

「沒事，他只是口渴。」一個女孩聲音自救護車外響起。

戴著鴨舌帽的女孩沒等學弟應聲，自作主張跨上救護車，將手上一只水壺遞向林君育。

林君育茫然望著那鴨舌帽女孩，覺得有些面熟，愣愣地問：「我是不是……見過妳？」

「對呀。」鴨舌帽女孩點點頭，咧嘴一笑。「你還記得啊。」

林君育吞了口口水，目光牢牢盯著女孩白嫩頸子，幻想著那頸子肉咬起來是如何地柔嫩順口，還忍不住舔了舔唇。

他腦袋陡然鑽進一聲剽悍怒吼：「混蛋小子，被屍毒毒傻啦！你想幹嘛？人家請你喝藥，你乖乖喝下就是！」

林君育被這怒吼嚇得六神無主，腦袋也清醒幾分，見鴨舌帽女孩笑吟吟地遞上水壺，趕緊伸手接下。

「喂，小姐，妳不能上來……」學弟本要擋下鴨舌帽女孩，但見林君育伸手接過水壺，便不再攔阻，而是狐疑地問：「學長，你認識她？」

「我……」林君育望著手上水壺，突然感到雙手不受控制地主動打開蓋子，往口鼻湊去，他鼻端聞到水壺中那股奇異藥草味，呢喃地問：「這是……什麼？」

「這是媽祖婆賜的藥，治你身上屍毒。」奇異聲音再次在林君育腦袋裡響起。

「媽祖婆?屍……毒?」林君育還想多問，雙手再次不受控制，一手掐著自己嘴巴，一手拿著水壺往嘴巴湊去，咕嚕嚕地硬灌他喝下那壺又涼又苦的藥湯。「唔唔唔!」

「喝乾淨點，一滴也別給俺剩下!你這傻蛋中了屍毒，剛剛還想咬人呢!」

「唔、唔唔……」林君育大口喝完整壺藥湯，只覺得天旋地轉，身子一軟，暈眩躺倒，不醒人事。

□

「屍毒……到底是什麼?」林君育望著眼前大霧中那黑色身影。

「俺哪知道。」黑影這麼答他。

「呃?」林君育這次很快地發現自己又在作夢。

他十分熟悉眼前這片大霧和深藏其中的黑影。

這大半年，他不知道夢過多少次大霧和黑影；霧裡那黑影說起話來，粗獷沙啞粗魯，帶著一股野獸氣息。

有趣的是，這粗魯黑影每次開口，都像是班長或是老師般，不停地教導他各式各樣的古怪事情。

每當他睜開眼睛，總會忘記這大霧、黑影和夢中所學事物，只有當他再次睡著、重回夢鄉時，才像是重新讀取了電玩記錄般地想起一切。

每次課程大同小異，他在大霧外聽完課，便會被拉進霧裡，進行「實戰演練」。

這次也一樣——他再一次被大霧包圍，身前躺著一個男人，他蹲下檢視，男人身子仍溫暖，但已無呼吸心跳。

他熟悉地按照黑影過去教導的流程，低頭祝禱同時翻翻右掌。「我需要強心針。」一管亮白針筒迅速閃現在他掌中。

「對呀！我就記得我會這招！」林君育快速替男人打了針，跟著替男人做起心肺復甦，見男人還無反應，又翻了翻掌，這次，他雙手都耀出白光，平空抓了一對急救電擊器在手上，對著男人胸口電了幾下。

男人胸口終於微微起伏。

「嗯，練得很熟啦。」黑影的聲音再次響起。

「我……有問題想問，可以嗎？」林君育見眼前恢復呼吸心跳的男人消失在霧中，便放下電擊器，盤腿張望。

「你想問什麼？」黑影這麼說。

「有人對我說，天上的神仙選中了我，要我當神明使者？要我幫忙救人？」

「是。」

「我不懂……」林君育攤手說：「如果上天要救一個人，爲什麼不直接醫好這個人？非要……藉使者的手來救人呢？」

「天上神仙不該直接插手干涉陽世生死、破壞自然定律，這是實行多年的天條。」黑影這麼回答：「但有些神仙，不忍天災大難下，世人受苦受難，也會派出使者，在符合天規的範圍內，盡可能替一些命不該絕的人爭取活下去的機會，哪怕只是一口氣也好。你想想，這些日子以來你受的訓練，都是緊急救護，不是治百病，那些受災的人最終能不能活下去，不由你決定，也不由神決定，一切順其自然，你要做的，只是讓那些人多撐一口氣，撐到由凡人自己建立的醫療系統資源接手醫治。」

「呃……」林君育一時之間也聽不太懂黑影這說法。

黑影擅自猜測著林君育的心思，補充說：「你是不是覺得這有點像是在鑽天條漏洞呢？或許是吧，但天上神仙，許多也曾經有過肉體凡身，鑽了漏洞卻是救人，總不是件壞事吧。」

「我……我沒說神明鑽漏洞，我只是……」林君育抓抓頭，說：「還搞不太懂，我到底在幹嘛……」

「你被神明選爲使者，時時刻刻在夢裡上課，上完課，就要正式出勤啦。」黑影說：「你現在會疑惑，是因爲課程還沒結束，夢裡學的東西，一醒來就忘了，思緒記憶片斷零碎，等你正式結業，全想起來，你就明白了。」

「是嗎？」林君育總覺得自己近期經歷的課程，似乎漸漸混亂、複雜起來。起初他作夢時，都像這次夢境一樣，在大霧外聽課、在大霧裡救人，翻掌召出強心針、電擊器、氧氣罩或者止痛藥，救醒一個個虛擬傷患。

但是這兩個月開始，夢境課程變複雜了。

他會開始身陷在火場或是災區接受某些救災訓練，教他東西的老師似乎不只黑影一個。令他感到困擾的，是這一堂堂課程，似乎出自不同系統。

「我記得……我也在霧裡學過救災。」林君育這麼問。

「是呀。」黑影答。

「有次上課，讓我去找那被埋在土石底下的人。」林君育望著自己雙手。「我用耳朵聽、用鼻子聞，找著受困的人，然後用『爪子』挖土，把人救出。」

「是呀。」黑影嘿嘿一笑。「你的『爪子』，挺管用的，是吧。」

「可是……有時候我喊不出爪子，夢裡的老師要我用『鏟子』。」林君育說：「這兩天，我用的是千斤頂跟油壓剪……還有，強心針、電擊器，也不是每次都能用出，我不懂這是爲什麼？」

「這個嘛……呵呵……」黑影乾笑兩聲，似乎被這問題難倒，他岔開話題，說：「有些細節上頭還沒決定，你先顧好眼前，你現在中了屍毒呀。」

「中了屍毒會怎樣呢？」林君育這才想起今日殯儀館任務，和救護車上的騷動。

「會變成殭屍。」黑影回答。

「殭屍？你是說……電影裡那種殭屍？」

「差不多囉。」

「那……然後呢？」

「然後你就會咬人、吃人，被神明乩身逮著痛打；或是被魔王爪牙買下陰間，成為地底黑道打打殺殺、搶地盤的工具。」黑影一口氣講出一大串之前從沒跟林君育講過的名詞。

「啊……」林君育困惑問：「神明乩身？魔王爪牙？陰間？這些又是什麼？」

「這該從何說起呢？」黑影清了清喉嚨，發出一串猛獸呼嚕聲，繼續說：「既然被上天挑選為使者，除了救災救人，偶爾也要幫忙對付陰間邪魔惡棍。」

「對付……陰間邪魔惡棍？」林君育愕然。

「在天上，不同神明有不同職責，自然也會挑選不同使者。」黑影解釋著：「例如，有專責武鬥的使者，也有像你一樣，負責救災救人的使者；但畢竟不是人人都有成為神明使者的資格，人力不足時，使者之間，也必須互相支援。」黑影說到這裡，補充說：「就像你是消防隊員，救火救人之外，偶爾也得抓蛇趕蜂，你可以理解吧？」

「可以……」林君育攤攤手，抓蛇趕蜂算什麼，抓外星人、抓鬼、顧小孩、流浪貓狗、救護保育動物，甚至是幫忘記帶鑰匙的民意代表開鎖之類的請求電話，他都曾經接過。

但是不管怎樣，「對付陰間邪魔惡棍」這件事，比起捉蛇、摘蜂窩，或是用油壓剪替無聊男子剪開卡在性器上的情趣陰莖環，聽起來更加神祕離奇多了。

「總之你別擔心。」黑影說：「上天選中了你，在你肩上放了擔子，也不會忘了你該有的報酬；那報酬，就是讓你的肉身比過去強健數倍，到老時也免受病痛纏身。」

「到老時……免受病痛纏身……」林君育歪著頭若有所思，這報酬令他有些心動，畢竟他擔任消防員至今，見過無數生離死別，年輕時再怎麼意氣風發，臨老時病痛纏身的可憐模樣，他比許多人清楚。

打火救人本便是他的工作，就算當上神明使者，接下新的工作，一樣是救災救人，卻能換得十倍健康。

扛下這天命，似乎不吃虧。

「本來你的夢中課程還需要一段時間，但現在出了點狀況……」黑影又說：「有些傢伙盯上了你，看來是推不掉了，那就這麼開始吧。」

「盯上了我？」林君育不解問：「誰盯上了我？」

「如果俺沒猜錯，應該是那些陰間盜屍集團。」

「陰間……盜屍集團？」

「陰間有些惡鬼組成盜屍集團，與陽世旁門左道合作，從陽世竊盜屍體、送入陰間，賣給黑道魔王，煉成凶惡兵器。」黑影說：「這件工作，本來已經有專人負責，但你被咬了一口、染上屍毒，那些傢伙不願意屍毒外流，想找出你——不過你別擔心，上頭已經出動神明乩身保護你，俺也會帶著你。」

「神明乩身？」林君育愕然。

「你已經見過她了，她今天給你的藥湯，很難喝吧？嘿嘿，咕嚕——」黑影說到這裡，喉間發出一陣獸鳴。「哦——那傢伙找上門了。」

黑影說到這裡，大霧陡然瑩瑩發亮，浮現出影像，彷如電影銀幕。

銀幕裡的畫面場景，像是醫院病房，畫面視角猶如一個臥床病患，睜眼看著天花板。

林君育盯著眼前銀幕，見到畫面裡病房角落，站著一個古怪男人。

古怪男人約莫二十餘歲，離病床維持段距離，遠遠瞪著病床，眼神閃爍詭譎，不知懷著什麼鬼胎，緩緩逼近病床。

「這誰啊……啊！是他！」林君育瞪大雙眼，驚覺畫面裡這古怪男人，正是今天那抓狂咬他，還逃出救護車的遺體化妝師。「他在哪裡？他要幹嘛？」

「他就是盜屍集團的同夥。」黑影說：「俺猜想大概是要滅口。」

「滅口？」林君育不解。「滅誰的口？」

「你說呢？」黑影咕嚕嚕冷笑。

林君育呆了呆，突然覺得視線花亂閃爍、四肢一陣痲癢，全身不知何時換了個姿勢，從盤腿坐姿變成了躺姿。

躺在病床上的林君育睜開了眼睛，與床邊那古怪男人四目對望。

是那年輕遺體化妝師。

林君育陡然明白，盜屍集團滅口對象，正是自己。

化妝師的臉距離林君育僅數十公分，雙手捧著一只奇異小瓷壺，壺嘴正對著林君育。

化妝師似乎沒有料到這「滅口對象」會睜開眼睛，捧壺倒水的動作突然僵止。

「你……」林君育望著化妝師。「是誰？」

化妝師回神，雙手一送，小瓷壺嘴斜斜朝著林君育臉上傾去，想用小壺內的東西淋他。千鈞一刻，一張紅布自林君育枕頭下竄起，托高化妝師捧壺雙手的同時也一併堵住了壺嘴，再唰唰捲上壺身，最後繞上化妝師雙手，牢牢打了個死結。

化妝師有如被上了手銬，一下子還無法理解究竟發生了什麼事。

他踉蹌後退，撞著身後病床，那張病床上的病患沉沉睡著，像是一點也沒聽見隔鄰床位發出的騷動。

林君育猛地坐起，翻身到病床另一側，順手抓過床旁點滴架防身，還搖了搖躺在病床旁長椅上的婦人肩頭。「媽！」那是下午接到消防隊通知，急急趕來探病，徹夜守著他的媽媽，此時媽媽和隔鄰病床上的病人一樣，深睡不醒。

「你……」林君育斜斜抓著點滴架，正想問話，卻和那化妝師同時注意到病房門口站了個人。

是先前遞茶給他的鴨舌帽女孩。

「妳……妳是誰？」化妝師像是虧心事被揭穿般，朝那女孩舉了舉自己受縛雙手，喝問：「這……這是什麼？妳對我做了什麼？」

「哼！」女孩反問：「你怎麼不先說自己三更半夜闖進病房，拿只怪壺想淋人家，壺裡裝的是什麼？你說——」

化妝師噫呀使勁，也掙不開裹著他雙手的紅布，轉頭望望林君育，再轉頭望窗。窗是敞著的。

「你……你們是誰？」林君育看看化妝師，再看看鴨舌帽女孩，呆然地問：「你們在做什麼？」

「臭小子，剛剛不是說過了！」一個粗獷且熟悉的說話聲音，自林君育腦袋裡響起，嚇得他左顧右盼起來。

「是誰？誰在說話？」

「臭小子，到現在還認不出俺聲音？」那說話聲音語末，還帶著沉厚沙啞的獸嗚。

「啊！是你？」林君育駭然大驚——是夢中大霧裡的黑影。

「是俺。」那聲音答。

「我還在作夢？」

「不，你已經醒了。」

「我醒著？這不是夢？你……你是真的？你到底是誰？」林君育駭然拍打自己腦袋，扣除先前被化妝師咬了一口迷迷糊糊那次，這是他第一次清醒時和夢中黑影對話。

化妝師不停往窗子退。

鴨舌帽女孩步步進逼。

「男的是盜屍集團的爪牙。」黑影向林君育介紹起這兩人。

化妝師退到窗邊，倏地躍出窗外。

「哇！怎麼跳樓啊？」林君育驚駭放開點滴架，奔近窗邊，探頭只見化妝師竟安然落在底下數公尺處的建築頂樓，手腳並用、野獸般往前奔竄。

「至於女的，算是你未來同行。」黑影繼續說：「媽祖婆乩身——陳亞衣。」

「陳……亞衣？」林君育轉頭，望向往窗走來的陳亞衣。

陳亞衣來到敞著的窗邊，向林君育點了點頭。「黑爺。」

「妳去吧。」林君育喉間發出那黑影說話聲。「有俺看著他，妳別擔心。」

「是。」陳亞衣從包包裡取出一只水壺，遞給林君育，對他說：「喝完這壺茶，你身上的屍毒就完全化解了。」

「什麼？」林君育接過水壺，滿腹疑問想問，卻見陳亞衣也翻躍出窗，往底下建築頂樓落去。

她的背後隱約浮現另個人形。

那是個年邁老太婆，伸手托著陳亞衣胳臂，助她浮空滑行；陳亞衣甫落地，立時往前飛奔，追捕那逃跑的化妝師。

「這……這到底怎麼回事？」林君育愕然望著窗外，跟著又望了望自己手中水壺。

「這壺茶，拿去倒了。」那黑影聲音再次自林君育腦中響起。

「啊？」林君育有些愕然。

「俺說呀——」黑影一字一句地說：「把你手上這壺茶倒了，主公已經替你準備好藥。」

伍

化妝師一跳好高，翻過殯儀館外牆，奔過停車場、奔向殯儀館一處建築。

陳亞衣緊追在後，也翻牆躍進殯儀館園區。

「那邊。」飄飛在陳亞衣頭頂上方的老太婆，揚手指向園區裡一棟建築，替陳亞衣指路。

老太婆苗姑是媽祖婆分靈，也是陳亞衣外婆。

陳亞衣聽從外婆指示，奔到那建築樓房下，鑽入一扇敞開小窗。

廊道晦暗漆黑，流竄著冰冷陰風。

「好陰。」苗姑皺起眉頭，左顧右盼，指向一個方向，那兒有條向上樓梯。「往那！」

「好。」陳亞衣立時往樓梯奔去，急急上樓，穿過兩條曲折長廊，在一扇大門前停下。

門旁貼著小小的招牌——

遺體冷藏室

陳亞衣推門進入冷藏室，只覺得冷冽刺骨。

化妝師雙手連同小瓷壺仍被那張奇異紅布牢牢綑縛，像是戴著一副紅色鐐銬；他瑟縮在兩排大冷藏櫃末端，對著步步進逼的陳亞衣齜牙咧嘴，像是一頭被逼入絕境的獸。

「要開打了，向媽祖婆求黑面神力喲——」

陳亞衣拍了拍腰間那藏著媽祖婆奏板的腰包，向媽祖婆借力，走入兩排遺體冷藏櫃間，順手將鴨舌帽沿轉至後腦，整張臉變得墨黑一片。

「她是個稱職的媽祖婆乩身，能向媽祖婆借不同神力——白面神力，讓她水火不侵，救人危難；紅面神力，能鼓舞激勵、能延生續命。」

大霧裡，一頭黑色巨獸若隱若現、時近時遠地來回走動；粗長尾巴偶爾會拂過盤腿坐在霧中的林君育的頭臉，或是拍拍他腦門。

「黑面神力，則用來退鬼驅魔。」霧中巨獸黑影沉沉地說，還不忘補上一句：「你以後，也能擁有類似的力量。」

「我也要幫忙……退鬼驅魔？」林君育恍恍惚惚地問。

「之前也說過啦，人力不足嘛……」霧中黑影說：「何況你那『爪子』，也練習一段時間了，好用吶對吧？只用來挖土搬石，豈不浪費啦，朝惡鬼邪魔抓上一爪，才是『爪子』最道地的用法，嘿嘿、嘎吼、咕嚕嚕……」

黑影說到這裡，喉間不時滾動起如同重型機車引擎的轟隆聲浪，似乎有些興奮。

陳亞衣頂著一張黑臉，走到那駝著背、咧嘴低吼的化妝師前，扠腰皺眉地瞪他。

化妝師像是被大貓盯著的小鼠般，頭臉體膚滲出斗大汗珠，臉色更加難看，不停哆嗦。

「你最好乖點，姊姊我還能救你……」陳亞衣伸出手，捏了捏化妝師的臉，還摸摸他額頭，說：「好燙！這屍毒很厲害……」

她沒說完，化妝師陡然探頭張口，要咬陳亞衣的手。

「喝！」陳亞衣像是早料到化妝師會襲擊她，啪地賞了化妝師一巴掌，這記巴掌在化妝師臉上拍出一圈黑色震波，將他打得呆立在原地。

還在他臉上留下一個墨黑掌印。

同時，苗姑在化妝師背後現身，左手按著化妝師腦袋，右手空揮了揮，本來纏著化妝師雙手那紅布飛快張開，勒住化妝師頸子——那是一件小紅袍子，是媽祖婆親賜分靈苗姑的法寶，能鞭能打、能束縛能收鬼，功能不少。

陳亞衣清了清喉嚨，輕咳兩聲，睜大眼睛瞪著那化妝師，吸了口氣，擺出怒容，口鼻微微冒出黑煙，跟著喝地朝化妝師一吼：「好大膽！想咬我——」

「嘎！」化妝師像是受到極大驚嚇，雙腿一軟撲倒跪下，本來握在手上的小壺，受驚鬆手落下，被苗姑一把撈著。

「這就是這些傢伙的煉屍藥？」苗姑見化妝師乖乖下跪，便收去紅袍，拿著那小壺聞嗅打量，噫噫呀呀地說：「哇，好臭！晚點我把這瓶子封印燒上天去，讓媽祖婆好好研究這是什麼鬼藥。」

「媽祖婆呀，我制伏這盜屍集團的嘍囉了。」陳亞衣手按腰包，喃喃祝禱報告：「這傢伙好像也中了屍毒，半人半鬼的，有點可憐，向您借點白面神力，看能不能救救他……」

陳亞衣剛說完，一張黑臉綻放出雪白光芒，她伸出手，手也瑩瑩亮亮。

化妝師跪在地上，望著渾身閃耀白光的陳亞衣，像是見到了菩薩，噫噫呀呀地哭了起來。

陳亞衣右手按上化妝師額頭，手臂上掀起一股股白光，潺潺流入化妝師額頭，縈繞上他全身。

「我用了『爪子』，就能打鬼、打魔？」林君育問。

「魔王應該是打不贏。」黑影說：「不過魔王底下嘍囉、打手、惡棍，或是陽世發狂失控、蓄意害人的枉死鬼，你那雙『爪子』應該夠用了——你的主要工作是救人，戰鬥視情況隨機應變，陰間那些厲害魔王，其實也輪不到你出馬，陽世另有專人處理。」

「專門處理魔王的人？聽起來好厲害……」

「不是聽起來厲害，是眞的厲害。他的主子，是天上數一數二的戰神。」

「戰神……」

叮叮——鈴鈴——

化妝師那雙含淚半閉的溫馴眼睛，隨著乍響的怪異鈴鐺聲，瞪得又圓又大、血絲滿布。

本來垂頭跪地的他，陡然撲起，伸長了雙手要掐陳亞衣脖子——被陳亞衣揪住胳臂，反身賞他一記過肩摔。

「哼！」陳亞衣惱火一喝，一張臉再次從雪白轉爲墨黑，抬腳重重踏在化妝師臉旁地板，踏出一圈墨黑震波，將化妝師震得頭昏眼花、連連顫抖。

叮叮——鈴鈴——一聲聲鈴鐺聲愈漸響亮，化妝師噫呀嚎叫，像是被鞭子抽打的牛馬般，儘管害怕，也全力掙扎著要和陳亞衣拚命。

苗姑從天而降，將試圖起身的化妝師壓倒回地上。

「喲，這麼不受教！」苗姑怒斥幾聲，用紅袍裹住化妝師腦袋，揪起他胳臂，檢視他胳臂上那口咬傷。「來看看到底中了什麼毒？」

咬傷齒痕周圍泛著那圈青烏黑絲，竟像活蛆蟲般，還隨著鈴聲蠕動。

「這屍毒有點像是降頭……」苗姑這麼說，感到身下化妝師激烈掙扎起來，便豎指按著化妝師腦袋呢喃唸咒，施法壓制。

兩側遺體冷藏櫃喀啦啦地震動起來，幾扇櫃門轟隆彈開，一具具遺體躺在冷藏櫃鐵架橫地彈出——

然後僵硬地坐起。

「這麼多呀！」陳亞衣見眼前十來公尺那幾具屍體開始活動，也不害怕，哼哼兩聲，模仿起武打電影熱身般上下蹦跳、扭頭甩手。

一具具屍體搖搖晃晃翻下冷藏櫃鐵架，有些屍體動作俐落如同生人，有些遲緩僵硬。然而這些屍體都經過冷凍，活動起來，關節處凍得僵硬的皮肉立時崩出一條條裂痕，裂痕內的筋膜韌帶隱隱透著紅光，顯然體內異術正生效著。

「外婆，看起來這個盜屍集團規模不小……」陳亞衣見到幾具屍體朝她走來，兩排冷藏櫃外，一陣陣櫃門轟開、屍體翻下鐵架的喀啦聲不絕於耳，這才知道，這殯儀館遺體冷藏室裡，竟藏了這麼多會走會跳的「殭屍」。

陳亞衣長長吸了口氣，跟著重重一跺腳，同時大聲一吼：「喝——」

一圈墨黑震波自她跺地那腳向外散開，衝向四周殭屍。

一些活動生硬的殭屍被這震波衝過身子，像是被大浪打著般，搖搖晃晃摔倒在地。

但也有具修煉較久、道行高些的男屍，一張臉凍肉猙獰崩裂，張揚著發紫十指，凶猛跨過另具女屍，朝陳亞衣撲來。

苗姑擲來小紅袍，覆在男屍臉上，耀起刺眼紅光。

陳亞衣漆黑拳頭砸在男屍鼻子上，炸開一圈黑氣。

男屍腦袋一偏，癱軟跪倒。

陳亞衣跨過男屍，往兩排冷藏櫃外走。

前頭幾具被震倒的殭屍搖搖晃晃地站起，往陳亞衣掐來。

陳亞衣大步往前，不時跺地踩出墨色震波將來襲殭屍震得東倒西歪，再一拳拳將眼前男屍女屍一一擂倒。

苗姑拾回紅袍，挾著那化妝師緊跟陳亞衣身後，甩動紅袍左右鞭打，將想要起身的殭屍再次鞭倒在地。

「啊！」陳亞衣一路打出兩排冷藏櫃，遠遠見到冷藏室門口站著兩個男人，一個年輕一個老，都穿著殯儀館工作人員背心。

老男人手裡拿著鈴鐺，年輕男人舉著一柄木刀，刀上纏滿符籙。

一老一少兩個男人見到陳亞衣打出冷藏櫃，有些驚訝，老男人大力搖動鈴鐺，年輕男人直舉木刀，指向陳亞衣，吆喝下令。「快咬她！」

更多冷藏櫃震動搖晃起來。

更多櫃門啪地炸開，更多殭屍彈出、站起，搖晃蹣跚或者俐落矯健地圍向陳亞衣。

全被陳亞衣揮著墨黑拳頭磅磅磅地擊倒在地。

化妝師呀哈一聲，舉著雙拳加入戰局，踹倒好幾個殭屍——是苗姑嫌拎著他打架麻煩，索性附上他身，借他的拳頭打殭屍。

「啊呀，這小子身上好臭，一身屍毒好嗆，快把老太婆鼻子都熏壞了！」苗姑抱怨連連，靈機一動，將媽祖婆賞賜的小紅袍裹在臉上當成口罩，阻絕這化妝師一身嗆辣屍毒氣味。

「師父，這女人跟老鬼好厲害呀！」持著木刀的年輕男人見陳亞衣一點也沒將這些殭屍放在眼裡，不禁有些害怕。「他們就是……『底下人』說的神明乩身？」

「管他雞身鴨身！」老男人指著陳亞衣和苗姑暴罵：「小賤婊子、死老太婆，大家同道中人，井水不犯河水，我有得罪妳們？再來搗亂，小心我殺妳們全家——」

「哇靠！誰跟你同道中人啊！」陳亞衣和苗姑聽那老男人一張口這麼難聽，立時轉向朝他奔去。「要殺我全家？好好好！老太婆讓你殺，你殺殺看呀！」

老男人見陳亞衣暴跳如雷地追來，立時拔腿逃跑。

「師父……」年輕男人嚇得緊跟在後。

「臭俗辣，站住！」陳亞衣見那老男人臭罵叫陣之後，竟帶著徒弟逃跑，氣得疾追上去。

陳亞衣和附身在化妝師體內的苗姑一路追出遺體冷藏室，在殯儀館曲折廊道轉了幾個彎，追出建築外，遠遠見那一老一少兩個男人，奔入另一棟建築——火化場。

「媽咧有種別跑！」陳亞衣和苗姑追得死緊，一路追進火化室，只見兩個男人擠在一排火化爐前彎著腰不住喘氣。

「哼，沒路跑了吧！你們就是盜屍體賣下陰間的王八蛋對吧……」陳亞衣氣喘吁吁地走向兩個男人，扳動手指將關節折出一陣喀啦聲響，準備狠揍眼前兩個男人一頓。

一老一少兩個男人，沒說什麼，互望了望。

年輕男人有些緊張，轉頭瞥了身後火化爐一眼。

「這年頭還敢煉屍，真大膽呀……」苗姑附在化妝師身上，跟在陳亞衣身後，走出幾步，突然感到有些不對勁，伸手按住陳亞衣肩頭。「爐子裡有東西。」

「啊……」陳亞衣經苗姑提醒，也發覺兩個男人身後那三號火化爐裡透出的異常凶氣。

火化場外，響起一陣奔跑踏步聲，是冷藏室那批殭屍追來了。

三號火化爐裡瀰漫出與外頭那些殭屍類似的氣息，但凶猛許多倍。

「先解決爐裡那傢伙再清理外頭。」苗姑這麼說，轉身奔回火化場大門那頭，關門上鎖。

三號火化爐爐門喀啦一聲，開了，兩個男人立時左右讓開一大步，老男人從口袋取了只小袋，捏出兩顆發霉梅子，一枚塞入口中，一枚拋給年輕男人。

「唔！」年輕男人學著老男人將梅子放入口中，立時露出痛苦表情，強忍著腐臭氣味。

「你們吃屍水壓人氣？想扮鬼呀？」苗姑冷冷瞅著那老男人。

「屍水？」年輕男人聽苗姑那麼說，噁心得全身發麻，咧開嘴巴連連乾嘔起來。

「別吐出來！」老男人吆喝一聲，一面後退，一面揮手示意年輕男人也退得更遠些。

一隻青紫色的手從三號爐門探出，搆著爐口邊緣，跟著探出了頭。

又是一具殭屍。

這殭屍面貌凶惡，口鼻冒著黑氣，露出滿嘴嚇人利牙，探出爐口外的頭臉雙臂和上身，刻滿奇異符籙字樣。

「嗯？這傢伙也是這兩個男人養的？」陳亞衣警戒望著那往爐外爬的凶猛殭屍。

「若是他們養的，他們就不用吃屍水遮人氣了。」苗姑哼哼說：「火爐裡有通往陰間的『門』，他們大概向底下搬救兵了。」

「我明白了，他們把屍體送下陰間，讓陰間的傢伙進一步修煉……」陳亞衣望著緩緩往爐外爬出的恐怖凶屍。「這隻，應該就是在陰間煉出來的『完成品』了……」

「這是底下的『魔屍』，比我們那些殭屍厲害多了！」老男人指著苗姑跟陳亞衣大罵：「不見棺材不掉淚，現在讓妳們明白擋人財路的下場，嘿嘿嘿！」

那通體斑爛青紫、渾身刻滿符籙的殭屍爬出火爐，駝著背環顧四周，像是在確認火化場中，誰是敵人，誰是夥伴。

年輕男人強忍口中梅子的腐臭氣息，一張臉憋得扭曲難受，對那青紫殭屍伸手指指陳亞衣，提醒魔屍別弄錯了對象。

魔屍右側腦袋上嵌著一顆像是藤壺般的古怪突出物，那突出物上，有幾枚小珠微微發亮。

撞門聲、搥牆聲轟隆隆地響起，冷藏室殭屍包圍了整間火化場，想要攻進來。

陳亞衣長長吸了口氣，整張臉再次變得墨黑一片，一手按著腰間奏板，一手捏著拳頭緩緩搖動，像是轉棉花糖般捲出一團黑氣。

苗姑附在化妝師身上，抖著小紅袍，準備一同迎戰眼前魔屍。

「嘎——」魔屍嘴巴一咧，冒出大口屍氣，抬腳要往陳亞衣走。

又有一隻手從三號火爐口探出，揪著魔屍腦袋上那頭亂髮，一把將他拉回爐口。

下一刻，另一隻手自爐中伸出，捏著張圓形紙牌——尪仔標，塞入魔屍口裡。

「啊！」陳亞衣一見尪仔標，立時認出爐裡那伸手男人，忍不住呼叫起來。「韓大哥——」

「嘎！」魔屍口裡耀起一陣火光，痛苦哀號起來，右側腦袋上那奇異突出物，也激烈閃動起異光。

爐口那雙手放開，魔屍立即顫抖地往前撲走，雙手不停往嘴巴內摳挖，但是那枚尪仔標化出的火光像是活著般，深深鑽入魔屍食道、鑽進胃裡，在魔屍體內凶猛焚燒。

「吃我一拳——」陳亞衣揚起她蓄了半晌力的墨黑右拳，往前一記重踏，然後一拳轟在魔屍臉上，將那魔屍擊倒在地。

三號火化爐鑽出了個男人，吁了口氣，拍拍身上灰塵——正是韓杰。

韓杰望著目瞪口呆的老少男人，又轉頭望向陳亞衣和苗姑，問：「這麼剛好，妳們也盯上他們？」

「不是『他們』。」陳亞衣說：「最近好多人盜屍往陰間賣，媽祖婆要我們能逮多少算多少。」

「是呀。」韓杰看看老男人，又看看年輕男人，像是在判斷哪個是頭兒。他走向嚇傻的老男人，揪著他領子，問：「俊毅要我幫忙打探一下行情。你賣一具屍體下去能拿多少？」

他這麼問，便聽到陳亞衣一聲怪叫，他轉身揚手接住年輕男人朝他腦袋劈來的木刀，跟著一腳踢在年輕男人腹部，將其踹退好遠，搶下木刀。

年輕男人痛苦捧腹跪倒在地，將含在口裡的屍水梅子都嘔了出來。

「兩、兩萬塊錢……」老男人見韓杰一出手就滅了被他倆視為保命救兵的魔屍，知道他厲害得嚇人，再也不敢反抗，只好說：「各、各位……道友呀，我只是幹點小生意……沒害到人、沒什麼害處呀……」

「你偷屍體賣給陰間黑道煉成凶屍打打殺殺，還說沒害處？」苗姑瞪大眼睛，噫呀唾罵，伸手指著附身的化妝師。「這傢伙也是你徒弟對吧，身上屍毒是同一個味兒。這傢伙現在人不人鬼不鬼，這還沒害到人？」

「是呀！」陳亞衣指著被門外殭屍搥得轟隆作響的火化場大門。「你指揮殭屍攻擊我，沒害到人？你自己聽，可凶的咧！」

「他……他洗屍體時自己不小心被咬傷的……至於妳們，本來又不關妳們的事，是妳們自己……上門……」老男人還想辯解，見韓杰扛著木刀，惡狠狠地瞪他，這才心虛閉嘴。

韓杰盯著老男人手上那鈴鐺，問：「你用那搖鈴來指揮殭屍？」

「是……」老男人點點頭。

「叫外面那些傢伙安靜。」韓杰舉起木刀指著火化場大門。

老男人莫可奈何，搖鈴唸咒，外頭那騷動、撞門聲響這才漸漸平息下來。

陳亞衣打開火化場大門，只見十餘具殭屍像是聽見了上課鈴響、乖乖返回教室上課的小學生般，緩緩走入火化場，在老男人和韓杰面前排成一列。

「你盜的屍全都在這了？」韓杰問。

「……」老男人低頭呢喃，沒有回答韓杰問題。

韓杰皺皺眉頭，揪著老男人領口搖晃起來。「沒聽見我問你話……」

老男人猛地抬頭，高呼一聲、將鈴鐺往上一拋，同時探手伸指往韓杰眼睛插去。

韓杰連忙低頭，用額頭撞歪老男人手指。

十餘具殭屍一口氣圍向韓杰，一隻隻屍手往他脖子掐去。

一片漆黑震波轟隆震來，轉眼震倒大半殭屍，韓杰接連起腳，踢倒剩餘殭屍。

那跟著老男人一同發難、想要偷襲陳亞衣的年輕男徒弟，則被苗姑附著的化妝師按在地上痛毆。

老男人摀著脫臼食指，咬牙要撿鈴鐺，想再次發動突襲，卻被韓杰一腳踩著手，驚痛之餘，只見四周亮紅一片，一條條火龍自那爬出火化爐的青紫魔屍口竄出，在火化場內一具具倒地殭屍身上爬竄捲繞、在殭屍口中鑽進鑽出。

被火龍鑽身數次的殭屍，屍身衣服並未起火燃燒，但像是斷了電，漸漸不動了，眼睛不再流露凶殘戾氣，變得黯淡死寂，恢復成普通的屍體。

「啊、啊啊……」老男人拍打著韓杰踩著他手的腳，哀號求饒：「我不敢了、不敢了！」

「……」韓杰抬起腳，卻不讓老男人將手抽回，而是改用木刀刀尖壓著老男人手背，再拄著木刀，在他身旁蹲下，瞪著老男人說：「接下來，我問什麼，你答什麼，知道嗎？」

「知道……我知道了……」老男人連連點頭。

陸

清晨時分，老舊早餐店裡有些擁擠。

韓杰和陳亞衣坐在角落一張店家用來堆放雜物的老舊小桌旁，這小桌一角兩側分別抵著梁柱和牆，半邊桌面擺滿雜誌、舊報紙和醬料，剩餘半邊，才放著韓杰和陳亞衣點的早餐。

韓杰大口嚼蛋餅、吸豆漿，一面和手機視訊裡的王書語打招呼。

「蠢鳥沒叼新籤出來吧？」韓杰隨口問。

「沒有，你今天可以放個假，好好休息。」王書語微笑說：「剛好我今天也休假。」

「我這邊事情還沒處理完……」韓杰搔著下巴新生出的鬍碴。「昨天逮到的兩個傢伙，我叫王小明盯著他們，可能隨時會有狀況……」

「是喔……」王書語有些失望，苦笑說：「那我煮鍋湯，等你中午回來喝？」

「不用不用、別煮……我中午應該還忙不完……」韓杰搖搖頭。「晚上帶妳吃餐廳。」

「我可以煮給自己喝。」王書語微笑說。

「嗯……」韓杰抓抓頭，一下子不知該說些什麼，敷衍幾句後結束了對話。

「韓大哥，這樣好嗎？」陳亞衣挾了一枚煎餃放進嘴裡。

「嗯？」韓杰不解問：「怎樣？」

「書語姊難得休了假，你放她一個人在家整晚。」陳亞衣似笑非笑地說：「今天又不能陪她……」

「能抱老婆，誰想搞殭屍。」韓杰乾笑兩聲，抬手指指上方。「可是我上頭比我老婆大，不想玩也得玩。」

「你跟我……或者其他女生吃早餐，書語姊不會生氣喔？」陳亞衣問。

「她沒那麼小氣。」韓杰隨口答。

「誰說的！」苗姑的聲音自陳亞衣腰間奏板響起。「天底下哪個女人喜歡丈夫扔著自己不管，和其他女人吃飯吶。」

韓杰攤了攤手，無奈說：「說得好像我一天到晚拈花惹草一樣，我是在工作，我也不是專程找亞衣吃飯，恰好碰到，吃個早餐交換情報繼續加班呀……」

「韓大哥，我給你個忠告。」陳亞衣哈哈笑著說：「你回家如果看到廚房書語姊留了湯下來，別囉唆，捧起鍋子一口氣喝完，她或許不會生你的氣。」

「她沒生氣。」韓杰沒好氣地說。

「那你喝完，她會更開心。」陳亞衣說：「你不想讓她開心嗎？」

韓杰無奈說：「爲什麼一定要我喝湯？」

「幹嘛？」苗姑又插嘴：「要你喝老婆煮的湯，比跟殭屍打架還痛苦呀？」

「我什麼時候這麼說了？」韓杰愕然問。

「那就喝呀。」陳亞衣說：「我可不想變成破壞韓大哥你跟書語姊感情的那個人，你照我的話做就對了。」

「操……」韓杰唾罵一聲，不想繼續在這話題糾纏下去。「快點吃，那老傢伙隨時都可能有動作，俊毅還在底下等我消息。」

天亮之前在殯儀館火化場裡，苗姑附體化妝師，押著那年輕徒弟將一具具被火龍燒燬屍魂的屍首抬回冷藏室歸位；韓杰則替老男人接回脫臼食指，問了他許多事，包括盜屍的因由、盜屍的流程、接洽的對象、陽世其他徒弟同夥等等，乃至於整間殯儀館或是其他地方，還有無其他施了術、待價而沽的屍首。

老男人全招了，他叫汪伯，是一家葬儀社老闆，學過幾年旁門法術，因緣際會下，和陰間勢力搭上線，做起了陽世屍體買賣的生意，他買通這殯儀館館長，讓自己和徒弟兼任殯儀館夜間保全，方便出入，好直接在殯儀館冷藏室、遺體化妝室裡煉屍，還將火化爐當成了聯繫陰陽兩地的「鬼門」。

一具具煉好的屍首，在告別式上被推入火化爐，爐門一關、鬼門啓動，底下那些陰間合夥同步開工，用事先備妥的牲畜骨肉掉包陽世人屍，然後通知上頭點火。

這麼一來，「原料」卸貨、加工、輸出集中於一地，賺得神不知鬼不覺，短短幾個月，汪伯這口三號火化爐，已成了陰間裡舉足輕重的人屍輸入口。

汪伯講起那被苗姑附身、中了屍毒的年輕化妝師，可又氣又惱，埋怨他工作不認眞，一天到晚滑手機，說他上妝流程不對，才讓那煉了數週、本來應當乖乖深眠的屍首睜了眼，還咬了他一口，這才染上屍毒，驚動消防隊，還將個消防員也咬了一口。

由於這煉屍手法、藥方，都是汪伯那批陰間合作夥伴提供的，他們曾嚴重警告過汪伯，不論是藥方和手法，乃至於煉屍產生的屍毒，全都不能外流，否則底下會派殺手上來滅口——

稍早那年輕化妝師在救護車上屍毒發作，咬傷林君育逃出救護車，憑著本能找回葬儀社，被汪伯和徒弟聯手制伏，灌藥壓制屍毒；汪伯問明了緣由，知道屍毒可能外流，只好硬著頭皮命令那化妝師潛入醫院，用迷魂藥將林君育誘回殯儀館滅口。

然而化妝師失敗了，還被陳亞衣一路追到殯儀館，驚動了正和徒弟研擬如何滅口的汪伯。汪伯施法出動了殯儀館內的「所有商品」，甚至向底下求救，請上魔屍，卻仍不敵陳亞衣和半路殺出的韓杰。

韓杰見汪伯一副大業毀在年輕化妝師手上的模樣，冷笑幾聲，對他說陰間買賣陽世人屍這事情，早已經被天上鎖定，他辦這些案子好一段時間，揍扁一堆陽世法師，且與陰間城隍府聯手攻破不少大小幫派。

他昨夜正和陰間城隍府聯合行動，牛頭馬面們包圍了整間陰間殯儀館，他四處找鬼門，一路找進火化場，踢飛兩個守在火化爐旁指揮魔屍的嘍囉，爬入火化爐，一路爬上陽世，正好揪著那魔屍，放出火龍燒燬魔屍體內屍魂。

汪伯聽韓杰這麼說，猶自一臉茫然，他在殯儀館裡安排的殭屍陣，是聽從陰間買家指導規劃的防禦部署，以為萬無一失；而那三號火化爐裡爬出的魔屍，則是陰間買家提供的最後一道保險，是一具經過陰間煉屍專家修煉過後、裝上大枷鎖的「重兵器」。

「重兵器？重個屁！那東西連三流都稱不上。」韓杰這麼說：「你說你一具屍體賣人家兩萬塊錢？我操！最頂級的百煉魔屍，在底下可值錢了，你出幾億都不見得買得到，人家捨得給你用？」

汪伯聽韓杰這麼說，也不敢多說什麼，只稱自己以後絕對會改邪歸正，再也不碰這些玩意兒了。

韓杰讓陳亞衣花了點時間向汪伯問清那煉屍藥方和手法，透過奏板傳上天，好讓媽祖婆進一步研究新藥——這大半年來，煉人屍這把戲在陰間玩得喪心病狂，每隔幾天就會有新的藥方和法術流入陽世，一堆半路出家的陽世術士，一不小心就會煉出失控殭屍。陳亞衣用來餵林君育的藥湯，是兩週前媽祖婆才批下的藥方，這兩天又聽說有更厲害的屍毒流出。

陳亞衣問完話，要汪伯從殯儀館裡弄些現成藥材，配合自己隨身攜帶的藥，煎了藥湯灌那化妝師喝下。

韓杰也不再刁難，讓汪伯和徒弟帶著年輕化妝師離去，然後打了通電話，將王小明從陰間調上陽世，暗中盯著汪伯，一有動靜立刻回報。

「如果那傢伙在底下還有其他同夥，應該立刻會有動作……」韓杰吃完燒餅油條，抹抹臉上碎屑，大口喝著豆漿，問陳亞衣：「還有，之前那隻逃上陽世的大枷鎖有消息了，他躲在一個老社區，那地方人又多又擠，上頭要我別擅自行動，怕刺激到他，放火燒了整棟樓，要我等你們消息，計畫妥當一起行動。妳那位消防員老弟上課上得怎樣？他行不行？」

「應該行吧，只是……」陳亞衣嘆了一口氣。「另一邊不肯放人，我不確定我們搶不搶得贏……」

「哦？」韓杰哦了一聲。「媽祖婆在天上面子這麼大，搶個乩身搶不贏？」

「天上也不是每個神明都給媽祖婆面子。」陳亞衣苦笑說：「而且……這件事說來話長，我們這些徒子徒孫也沒資格多說什麼……總之媽祖婆怎麼吩咐，我們怎麼做就是了。」

「這麼奇怪？」韓杰困惑問：「不過就是兩個神明看上同個乩身，怎麼會協調大半年都協調不出結果？我看乾脆猜拳算了。」

「就說你沒資格多嘴啦！」苗姑突然怒斥：「滾回家喝你未婚妻煮的湯吧，一個大男人還這麼八卦！啊，什麼——」苗姑喝斥到一半，突然像是和誰對話起來。

陳亞衣顯然聽得見與苗姑對話的聲音，不時也附和幾句，彷彿開啓了多方會議一樣。

韓杰不明白苗姑爲什麼突然毛躁起來，只從她祖孫倆語氣，聽出她們此時應當是和千里眼、順風耳對話，便也不打擾她們。

「對方搶先一步，我們得行動了。」陳亞衣急急將吃剩的蛋餅塞進口裡，掏了張鈔票扔給韓杰，急急離去。

「不用……」韓杰本要將鈔票還給陳亞衣，但見陳亞衣已經跑遠，也莫可奈何，自己默默吃完早餐，找了個地方窩著，等待王小明回報，等了幾小時也沒消息，索性提前返家。

韓杰回到家時，王書語正靜靜午睡，一鍋藥燉雞湯就放在瓦斯爐上待涼，他掀起鍋蓋，望著裡頭豐富配料，聞到濃郁藥材氣味，眼神有些呆滯——

他與王書語相識至今，吃過她幾道菜、幾鍋湯，只知道她的料理和「美味」兩個字毫無緣分到了難以下嚥的地步。

王書語腳步聲自韓杰身後傳來，他回頭，見她慵懶倚在廚房門旁，笑咪咪地對他說：「中藥包好像放太多了，味道有點重，你不喜歡的話……」

「那麼香我怎麼會不喜歡？」韓杰蓋回鍋蓋，轉身一把抱起王書語往臥房走。「但是妳比雞湯更香。」

在王書語嘻笑中，韓杰用腳跟帶上房門。

數十分鐘後，兩人裸著身子躺在床上隨口閒聊，聊盜屍、聊籤令、聊陳亞衣和她經手的案件。

「啊？你說……媽祖婆搶乩身，搶不贏另一位神明？」王書語好奇追問。「是哪一位神明呀？」

「大道公。」韓杰抓抓頭說。

柒

林君育迷迷糊糊走在大霧裡，有個黑色大影在大霧中若隱若現、忽遠忽近。

「呃？這裡是哪裡？我又作夢了？」林君育停下腳步，思索著入睡前的記憶。「我醒過來，見到那個怪胎，還有……陳亞衣，對了，她給我水壺。然後、然後，我拿著水壺上洗手台，把藥湯倒掉……然後……回到病床……」

「然後你閉上眼睛，睡覺。」粗獷沙啞的獸語聲自霧中響起，是那大黑影對他說話。「然後就進入夢裡，要上課了。」

「上課……」林君育想起自己在這大霧夢境裡和大黑影上課，也有幾個月的時間了，只是每次睜開眼睛，夢中記憶像是斷電般模模糊糊，直到下一堂課開始，才又一口氣湧回腦袋裡，總讓他得花點時間回魂，才能進入狀況。

「啊，對了，大哥——」林君育望著那大黑影。「你爲什麼叫我把她給我的藥湯倒了？你不是說她是媽祖婆乩身？」

「因爲主公已經替你備好藥了。」黑影這麼說。

林君育感到右手發暖，舉起手看，只見右掌不僅暖洋洋的，且綻放瑩白光芒。

「方法跟之前一模一樣。」黑影這麼說：「把藥喚出來，喝啦。」

林君育點點頭，用先前練習過許多次的方式，低頭祝禱，掌心白光中，浮現出一個瓷碗，瓷碗裡盛著八分滿的藥湯，他將藥湯一飲而盡，只覺得那藥入口清涼香甜，嚥下肚後喉嚨還留著濃濃餘香，忍不住多嚥了幾口口水。

「咱主公的藥好喝多了對吧？」黑影這麼說：「教你上課這麼久，還沒自我介紹過，俺乃保生大帝大道公帳下第一勇將黑虎將軍是也。」

那黑影說話聲音粗野沙啞，林君育聽得不清不楚，只覺得一整句話裡好像塞了兩、三個名號，困惑地問：「保生大帝跟大道公跟黑虎將軍？」

「保生大帝就是大道公！是咱主公，主公就是老闆的意思！」黑影不耐地說：「黑虎將軍是俺！以後你叫俺『黑爺』就對了。」

「所以，大道公……是黑爺你老闆。」林君育喃唸這三個字，不解地問：「你每天在夢裡幫我上課，為什麼？」

黑爺回答：「主公看上你，想要你擔任他在陽世的使者，救人急難。」

「大道公看上我？」林君育更搞不懂了。「他看上我哪一點？」

「你曾經碰過不尋常的事，對吧？」

「呃……」林君育沉默半晌，點點頭，他確實有過不尋常的遭遇——

兩次。

一次發生在許多年前的國中歲月。

一次發生在不久之前。

第一次奇遇，他結識了一個令他崇拜敬仰的老大哥，又匆匆和他離別。

第二次奇遇，令他與當年幾個兒時同學天人永隔。

若非黑爺提起，他其實並不想回憶這些事。

「我小時候不懂事，和同學玩碟仙……」林君育愣愣說：「玩過了頭，惹上麻煩，當時有位大哥救了我和同學，那時我以爲事情結束了，沒想到很多年後，那些東西又找上門來，還害死我幾個同學……」

「這些俺都知道。」黑爺這麼說。

「你……知道？」林君育有些詫異。

「神明找乩身，當然會做足身家調查，你的生平報告，上頭都看過、討論過了。」黑爺理所當然地說：「你說的那大哥，姓石，是個苦命人，生前辛勞艱苦，死後被奸邪法師囚禁，成爲鬼奴多年；你玩碟仙惹上狐魅，當年那姓石的鬼奴，指點你上土地廟抱了虎爺像咬死狐魅，沒想到許多年後，那狐魅家人回頭報仇，害死你老友。最後，上天收到眼線報信，得知這件事，出動了媽祖婆乩身和太子爺乩身，擺平那狐魅。」

林君育聽得目瞪口呆，黑爺短短幾句話，講完他兩次奇遇，他陡然想起什麼，嚷嚷驚呼：「啊呀！當時火場裡那兩個武林高手，就是你說的乩身？我想起來了，那時社工小姐好像也這麼說過！咦……等等！」他說到這裡，回想起救護車上遞水壺給他、在病床前驅走化妝師那鴨舌帽女孩，之前確實見過，她曾在某次火場現身，協助他救人。「對了，她就是那天戴帽子的女生！難怪……難怪……」

「所以，小子，你做好擔任神明使者，救人急難的心理準備了嗎？」黑爺這麼問。

「我……我是消防員，我的工作就是在救人急難……不是嗎？」林君育苦笑反問。

「是呀。」黑爺說：「這也是上頭看中你的原因，你擁有捨身救人的善心和勇氣，也一直在救人；那麼，賜予你更大的力量，讓你救更多人，你應該不會拒絕吧？」

「賜予我……力量？」林君育攤了攤手說：「說眞的，如果你們眞的看過我平常工作，就會知道消防員有多忙，光是每天勤務，就忙不完了……」

「這是主公賜予你的第一項能力。」黑爺說：「你只要正式答應擔任神明乩身，以後只要睡上五分鐘，就勝過一般人躺八小時，這麼一來，你每天可以運用的時間，會比一般人增加不少——當然，如果你想睡久一點也行，你可以自由支配你的時間。」黑爺說到這裡，頓了頓，又說：「除此之外，你的身體會比以往更強健，雖然不至於刀槍不入、百毒不侵，但一般病痛從此和你絕緣；你的五感也會更勝常人，體力更加旺盛，你在火場裡能夠看得見受困者、聽得見呼救聲，在水裡，也能憋氣憋得更久……」

「哇……」林君育有些心動，這樣的能力聽起來，就像是個超級英雄。

他雖然不知道自己爲什麼必須接下額外的工作，但和獲得的「能力」相比，他似乎沒有太多損失。

「有一天你膩了、累了，隨時可以辭職，只要去廟裡燒炷香，講一聲就行了。」黑影這麼問，還補充一句：「你願意擔任俺主公乩身了嗎？」

「嗯，好……」林君育點點頭。「我試試看。」

「很好。」大霧裡，黑爺那身碩大虎影若隱若現。「從現在開始，俺家主公保生大帝，就是你正式『老闆』，俺黑爺呢，是你直屬主管。」

「是……」林君育感到腳下土地微微震動起來，四周白霧隱隱透出紅紫異光，還透著一股噁心腐臭氣息。

「之前教你的那些——電擊器、強心針什麼的，都是救人招數。」黑爺的聲音持續傳來。「但就像俺之前和你說過的，你正式擔任神明乩身，難免逢魔遇鬼，你需要學點對付邪魔外道的防身功夫。」

「對付邪魔外道的防身功夫？」林君育見到前方大霧中一片腥紅擴散開來，穿出一批張牙舞爪的人形鬼物。

「之前學過的『爪子』沒忘記吧？」黑爺說：「先前也跟你說過了，爪子不但能挖土，也能搧鬼——搧鬼，才是那爪子的正宗用法。」

「呃，嗯嗯……然後呢？」林君育嚥著口水，見那批人形鬼物搖搖晃晃地朝他走來，卻等不到黑爺後續指示，只好硬著頭皮，按照先前大霧夢境裡學到的方法，彎臂舉手，吐納祝禱，讓雙手發出瑩亮白光。

白光中，隱約可見一雙巨大虎爪。

此時這虎爪比先前夢境裡的虎爪，都來得更加碩大且清晰，黃底黑紋，一枚枚利爪能夠隨著他心意在肉掌中伸縮。

就在林君育專心召喚「爪子」的時候，一隻鬼已經來到林君育身後，舉起手按上林君育腦袋。

林君育立時感到頭皮一陣刺痛痠麻，他急急轉身揚手，一巴掌搧在那鬼臉上。那鬼腦袋給搧了一巴掌，身子猶如脫線風箏，倏地飛遠，消失在大霧中。

跟著，林君育接連揮掌出爪，將一隻隻來襲鬼物全搧飛，甚至是扒得四分五裂。

「這爪子……好厲害呀！」林君育瞪大眼睛，有些興奮，甚至反過來催促起黑爺。「就這些鬼嗎？還有沒有更厲害的？」

「有。」黑爺冷笑聲在霧中響起。「你這雙爪子，是俺借你的神力，厲害是一定的，只不過嘛，陽世陰間厲害邪魔外道的力量，不是你現在能夠想像的，且上天對凡人乩身神力有一定的限制，俺能借你的力量有限，你很快會碰上用爪子也打不贏的對手。」

黑爺說到這裡，林君育眼前陡然出現一個巨漢。

那巨漢超過兩公尺高，一把掐著林君育頸子，將他舉起離地。

「唔……」林君育被這巨漢掐著脖子舉起，只覺得漸漸透不過氣，他不停揮爪搧那巨漢頭臉，巨漢一張大臉被他的爪子扒出一道道血痕，但力氣卻絲毫沒有減弱，不但緊揪著他不放，且還將他舉至面前，張開大口，朝他臉頰咬下，喀吱從他臉頰上咬下一大塊肉。

「唔哇——」林君育劇痛慘叫，雙腳掙扎踢蹬，不停搧打那巨漢，但巨漢絲毫無動於衷，只能眼睜睜地看著巨漢將他臉頰肉咀嚼嚥下，然後又緩緩張口，準備要咬第二口。「黑爺、黑爺……救我——」

「俺在救你沒錯呀。」黑爺的聲音迴盪在大霧四周。「俺現在替你上課，就是在救之後的你，助你能夠平安完成任務，別讓鬼怪吃了；俺怕你學了爪子覺得威風，行事莽撞胡來。過去有些神明乩身，因爲擁有了神力，變得高傲自負，因此壞事，甚至走火入魔，俺不願你變成那樣，明白嗎？」

「我沒高傲自負呀！黑爺！」林君育哀號著，被咬下一塊肩膀肉，只覺得自己儘管身在夢中，但這痛楚卻異常眞切。

「你怕痛的話，就趕快打倒他呀。」

「我打不倒他！我的爪子對這巨人無效！」

「不是爪子沒效，是你不夠誠心、不夠果決、不夠勇敢。你當這是兒戲？不，這是實戰演習吶！」黑爺冷冷說。

「什……什麼……」林君育愕然，見那巨漢嚥下他的肩頭肉後，第三度張口逼來，將他另一側臉頰也咬去一大塊肉。

鮮血染紅了他全身。

林君育在駭然劇痛之下，再一次誠心祝禱，捏拳張手，試著讓自己這雙爪子更健壯些。

他再一次朝著巨漢揮掌，這次終於將巨漢腦袋打偏。

但是巨漢不死心，又張口湊來，咬去林君育的鼻子。

再咬去林君育嘴唇。

林君育開始有點後悔，自己剛剛沒想太多就答應接下這工作了。

□

林君育驚恐睜開眼睛，急忙摸摸臉頰，又摸摸鼻子、嘴唇、耳朵，一塊也沒缺，全都在。

「沒事、沒事，別緊張，護士小姐要替你換藥……」林媽媽在一旁按著林君育肩膀，拍拍他腦袋。

值班護理師托起林君育胳臂，揭開他臂上紗布，翻視半晌，神情有些訝異——林君育前臂上的咬傷，此時已經癒合，連痂都沒有，只餘有淡淡一圈齒痕。「怎麼恢復這麼快？」

護理師困惑地替林君育量了耳溫、血壓，高燒退了，血壓也恢復原狀——他被送醫時，受那屍毒影響，體溫燒到接近四十度，心跳、血壓紊亂，入院不久，所有數字旋即恢復正常，也不發燒了，過了一晚，像是什麼事也沒發生過一樣。

「兒子呀，你覺得怎樣？」林媽媽關切地問：「昨天發生什麼事了？你同事說，你被人咬了一口？」

「我……」林君育坐起身，喃喃地說：「我打贏巨人了……他好凶，咬人好痛，差點被他吃了，嚇死我……」他說到這裡，突然發現自己並不像先前一樣，一醒來就將夢境課程忘個精光，而是記得一清二楚。

黑爺、大道公、大霧、課程、強心針、爪子、神明乩身、巨漢——

全都記得。

他望著媽媽，一時不知該不該向媽媽講這些事情，但他只猶豫一瞬間，便感到媽媽身上散發著一股奇異而熟悉的氣息，那是在這幾個月來的夢境裡，不時感受到的神祕氣息。

媽媽眼神變得有些陌生，沉沉對他說：「黑爺把該說的都對你說了？」

「呃！」林君育聽到媽媽說出「黑爺」二字，驚訝地問：「媽……妳怎麼知道黑爺？」

「我當然知道。」林媽媽跟著說：「我還知道，他請你當大道公乩身。」

「對……」林君育一時難以應對。「這半年我常作夢，我在夢裡答應黑爺，要當大道公乩身。可是、可是……這是夢呀……我也不知道到底是不是眞的……」他說到這裡，瞥見護理師還在身旁，一時不知該不該說下去，但見那護理師兩眼發直，動作卻挺俐落，快速收拾了剛剛換下的紗布，推著工作車離開，像是什麼也沒聽見。

「走吧，出院吧。」林媽媽拍拍林君育腦袋，催促他下床更衣，帶著他辦理出院手續。

「等等，媽……」林君育跟在媽媽身後，只覺得她語氣古怪，身上甚至重疊著個陌生婆婆的身影。他以爲自己眼花，不停揉著眼睛，害怕地問：「媽，妳……妳身上好像有個人。」

林媽媽停下腳步，轉頭似笑非笑地望著林君育。「喲，你看得見呀，不錯不錯，這些天，我們把你訓練得不錯。」

「妳……」林君育望著媽媽臉上那婆婆面貌更加明顯，害怕地問：「妳到底是誰？」

「老太婆我呀——」林媽媽臉上重疊著苗姑的面容。「是媽祖婆分靈，也是你的大前輩。」

「大前輩……」林君育困惑不解。「妳……妳是鬼？」

「鬼？也算是吧。」苗姑呵呵笑。

「妳附身在我媽媽身上想做什麼？」

「帶你去廟裡，向媽祖婆燒香磕頭。」苗姑這麼說。

「什麼？」林君育猶自一頭霧水，被媽媽一把牽著，只覺得腦袋一陣暈眩，像是半夢半醒般，迷迷糊糊跟著媽媽辦妥了出院手續，步出醫院，搭上媽媽招的計程車，搖搖晃晃乘坐半晌之後，下車。

他回過神來，發現自己站在整排公寓前的一處宮廟外。

他媽媽扠著腰，在那宮廟門前和掃地廟祝交頭接耳，還向他招手，要他過去。

「怎麼回事？」林君育猶自困惑，感到肩膀被人一拍，回頭，是那頭戴鴨舌帽的女孩陳亞衣。他困惑問：「啊！是妳，妳們到底……爲什麼我媽媽她……」

「別急，一樣一樣說。」陳亞衣說：「黑爺應該跟你提過我了對吧，我叫陳亞衣，是你以後的同事；你別擔心你媽媽，附在她身上的是我外婆苗姑，她是媽祖婆分靈。」

「陳亞衣、苗姑……」林君育困惑問：「妳們到底想幹什麼？」

「剛我外婆應該跟你說過了吧，我們帶你來向媽祖婆燒香磕頭，正式擔任媽祖婆乩身。」

「什麼？」林君育呆了呆。「媽祖婆乩身？」

「是呀。」陳亞衣說：「你在夢裡不是答應要擔任神明乩身了？」

「好像是，但是……」林君育問：「不是大道公嗎？」

「不，你已經先答應媽祖婆了。」陳亞衣這麼說。

「什麼？」林君育愕然說：「有嗎？」

此時他已經全部想起這半年來的大霧夢境課程，但對另一科課程的記憶仍然片段模糊，只依稀記得這半年來，他確實學過有別於「強心針」、「電擊器」、「爪子」之外的招式，也是救人用的，且替他上課的老師，語氣、教學方式，都與黑爺有些出入，甚至不只一人。

「有喔。」陳亞衣說：「之前你就說過自己是媽祖婆弟子了，在今天之前，你就已經答應要擔任媽祖婆乩身了……」

「吼——」一個古怪沙啞的獸鳴聲凌空響起。「道友，妳們這樣，不合規矩吧？」

「黑爺？」林君育立時認出這說話聲音。

「黑爺。」陳亞衣似乎也聽得見黑爺的聲音，她說：「哪裡不合規矩了，現在是我們的『上課』時間，你可以在上課時哄他，我們不行嗎？」

「誰哄他了。」黑爺不悅地說：「俺今早問他，他已經答應了。」

「他之前就口頭答應我們了。」陳亞衣說：「現在就只差正式簽約。」

「臭小子，之前你有答應她們？」黑爺惱火喝問。

「我……」林君育瞪大眼睛，慌亂搖頭。「我不記得呀……」

「你不記得沒關係，老太婆我記得就好啦！」苗姑附在林媽媽身上，一面嚷嚷、一面大步走來，揪著林君育衣領將他往廟裡拉。「我替你上了那麼多堂火災課，聽你說幾百遍啦！」

陳亞衣幫腔附和：「偶爾千里眼和順風耳將軍也替你上了幾堂課，他們也聽見了。」

林君育被苗姑揪著領子，突然覺得身子一輕，雙腿飄飄的像是離了地，神智又恍惚起來，搖搖晃晃地隨著苗姑跨過門檻，走進廟裡，傻愣愣盯著小廟神壇上那黑面媽祖像和左右兩尊紅綠將軍，好半晌，才又回過神。

「醒了沒？」陳亞衣拍著林君育的臉。

「怎麼了？」林君育東張西望。「啊，我進廟裡來了？」

「是呀。」陳亞衣遞給林君育三炷香，香已經點燃。「準備簽約了。」

「在廟裡簽約？」林君育問。

「當然呀！當神明乩身，不來廟裡簽約，難道去派出所簽？」苗姑附著林媽媽，來到林君育身後，和陳亞衣一左一右，兩人像是說好般，一個抬腳往林君育膝蓋彎一踩，另個按著他肩頭，將林君育壓跪在供桌前那張拜墊上。

陳亞衣舉起奏板抵著額頭呢喃祝禱起來，苗姑則按著林君育肩頭，說：「跟媽祖婆說你叫什麼名字。」

「啊？」林君育被苗姑按著肩頭、扶著後頸，見到小廟四周飄起了五彩飛雲，供桌上那黑面媽祖塑像面容慈藹，像是在對他笑，左右一紅一綠那千里眼順風耳，生龍活虎地朝他擠眉弄眼。他說：「我……我叫林君育。」

「你說過你願意擔任神明乩身。」

「是……好像……是在夢裡，我答應黑爺……」林君育呢喃說，怎麼也想不起來，自己究竟在哪一晚夢裡答應過要當媽祖婆乩身了。

「你之前先答應過我們了！」苗姑在林君育肩頭大力一拍。

「對呀！」陳亞衣祝禱到一半，還抬頭出聲幫腔。「你先答應我們的！」

「這……」林君育一臉錯愕，他確實隱約記得自己在夢境課程裡，似乎說過類似「媽祖婆弟子林君育」的字句，但那似乎是向媽祖婆借力的咒語、口訣什麼的，他也不確定這樣算不算是「答應」。

「好！我看這樣吧！」苗姑又拍了拍林君育肩頭，大聲說：「之前說的都是夢話，夢話怎麼作數呀，通通作廢吧！現在我們正式一點，再問你一次，你願不願意擔任神明乩身？」

「喂——」黑爺的聲音再次響起，但這次卻是從廟門外傳入，與眾人有段距離。「妳們怎能這樣賴皮呀！」

「我們哪有賴皮。」陳亞衣轉身，對著門外那掃地廟祝喊：「把門關上。」

廟祝應了一聲，將小媽祖廟木門閤上。

「妳們這樣是犯規！怎能這樣硬來！他已經答應俺了——」黑爺的聲音在廟門關上後，變得細如蚊蚋。「我要去向上頭告狀！」

「哼，告就告，怕你不成！」苗姑朝廟門外擠了張鬼臉。

「林君育——」陳亞衣則將奏板按上林君育腦門，說：「你願意擔任媽祖婆乩身，在人世救災救難嗎？」

「嗯……」林君育雖然一時不明白陳亞衣、苗姑和黑爺之間在爭執什麼，但兩方都要他救人救災，他也沒有拒絕的理由。「願意呀，我……我本來就立志要幫助更多人，在很久以前，我就答應石大哥了……」

「石大哥又是誰呀？」陳亞衣先呆了呆，跟著啊了一聲。「是在你以前國中時，救過你的那個鬼奴？」

「是啊……對了，黑爺也說石大哥是鬼奴，鬼奴到底是什麼？」林君育好奇問。

「這東西很複雜，以後慢慢告訴你。」苗姑對陳亞衣使了個眼色，一手按上林君育後頸，一手托著他胳臂，嚷嚷說：「你剛剛自己說，你願意擔任媽祖婆乩身，我跟亞衣都聽見了，千里眼順風耳將軍也聽見了，對不對？」

「對對對。」陳亞衣連連點頭。

供桌上媽祖婆塑像旁兩尊將軍像，也微微震動起來，同時隱約傳來應答聲響，表態附和。「聽見了、聽見了。」「大家都聽見了!這件事就這麼塵埃落定了……」

「從現在開始——」陳亞衣按在林君育腦門上的奏板綻放出一陣陣雪白光芒。「你和我一樣，就是媽祖婆乩身了。」

「是……」林君育被苗姑按著後頸、托著胳臂，朝供桌上的媽祖神像拜了三拜。

「大功告成……」苗姑喜孜孜地接過林君育手上三炷香，替他插上供桌香爐，回頭揪著林君育胳臂，拉他站起。

陳亞衣對林君育伸出手。「以後我們就是同事了，請多指教。」

「呃……」林君育伸出手，和陳亞衣握了握。「多多指教……」

捌

救護車嗡嗡鳴響，飛快駛向報案民宅。

「學長，你……眞的沒事？」駕車學弟瞥了林君育一眼。

「沒事。」林君育點點頭。

「昨天你昏迷一整天，今天一早出院，中午又回隊上……」學弟這麼說：「太拚了吧。」

「專心開車啦……」林君育這麼提醒學弟，心思卻有些混亂，總覺得自己仍然置身夢境，無法相信昨日到今晨發生的一切——

他在小媽祖廟裡向媽祖像跪拜磕頭，正式與媽祖婆「簽了約」，苗姑附在他母親身上帶她回家，陳亞衣則帶他上速食店用餐，順便交代他擔任神明乩身時的行事規矩，例如不得濫用天賜神力圖謀私利、賺取錢財或是美色等等。

陳亞衣說，先前他夢中課程大都由苗姑主導，千里眼和順風耳兩位將軍偶爾也會客串一下老師，傳授他一些救人祕法；而接下來，則由她接手帶領他進行眞實任務，讓他親身實習。

「我算是你師姊，你有什麼問題不懂，儘管發問吶。」

「所以……我現在算是媽祖婆乩身？」

「廢話！你進媽祖廟、對著媽祖像燒香跪拜，不是媽祖婆乩身，還會是誰的乩身？」

林君育那時聽陳亞衣這麼說，仍然有些遲疑。

「可是……大道公和黑爺那邊呢？」

「那邊呀……改天你準備好鮮花水果雞蛋，我帶你找間保生大帝廟上香磕頭，賠個不是就好了，剩下來的，上頭會替你處理好。」

陳亞衣這麼回答時，水汪汪的眼睛微微飄出心虛。

「雞蛋？爲什麼要準備雞蛋？」

「黑爺喜歡吃雞蛋吶，你不知道呀？」

「我怎麼會知道……」

「現在知道啦。」

「那現在……媽祖婆有任務交代嗎？」

「幹嘛？你等不及啦？」

「不……等等我就要回隊上……我們這行事情很多，我其實沒有太多空閒時間……」

「你放心，媽祖婆知道打火兄弟辛苦，所以賜你一項很棒的能力，你每天只要睡……」

「睡五分鐘，就抵一般人睡八小時？」

「哦，原來外婆已經跟你說過啦？」

「不……是黑爺在夢裡跟我說的……」

「啊！原來大道公也替你準備了一樣的能力呀。」

「黑爺說，我擔任大道公乩身之後，身體會變好，不容易生病，甚至能夠水裡來火裡去什麼的……」

「這些當媽祖婆乩身一樣有喔！當神明使者，總要有點特殊力量，不然怎麼跟妖魔鬼怪幹架呢？」

「當媽祖婆乩身，也要跟妖魔鬼怪幹架？」

「當然呀！」

「學長、學長……」

「啊！」林君育聽見學弟喊他，這才回神。「到了？」

「嗯，到了。」學弟開門下車。

林君育急忙跟上，熟練地與學弟取了擔架，進屋救人。

病患是名近百歲老人，前一次送醫在兩週前，在醫院昏迷數日甦醒，一醒來便精神抖擻嚷著要返家，沒兩天又接到家屬報案電話。

和之前一樣，學弟駕車，林君育在後車廂看照老人，他望著老人安詳面容，心中明白，在大多數這樣的案例裡，老人先前的精神抖擻，是生命步入終點之前的迴光返照——

想要再看看家人、想要再踏踏家門；想要躺躺熟悉的床，從熟悉的視角瞧瞧熟悉的窗外。

擔任消防員多年，林君育看過太多這樣的案例。

自然，不包括之前那次怪遇，那是他第一次遇見陳亞衣。

他輕輕拍了拍老人枯黃手背。

他有點緊張，不曉得有沒有效——這是這幾個月來，他在夢中習得的急救方式之一——

這兩天他終於弄懂了，自己數個月來的夢境課程，其實分成兩支派別，一支是大道公、一支是媽祖婆，兩派中都有救災、急救甚至是伏魔打鬼的招式，這也是爲什麼他時常覺得困惑，怎麼那五花八門的救護招式一下有用、一下沒用，甚至會招來「老師」責罵，原來是他在媽祖婆的課堂上，使用了大道公傳授的招式，或者相反過來。

他問陳亞衣，自己究竟哪裡好，爲什麼神明會看上自己，還一次兩個神明都看上自己。

「要是將來你有機會見到媽祖婆，自己問她老人家吧。」陳亞衣這麼回答他。

林君育吸了口氣，再次拍拍沉睡老人手背。

他的手沒發光，老人也沒有醒。

「不論是媽祖婆、大道公，還是其他神明，都沒辦法讓人長生不老、百病不侵；至於我們，能夠做的，只是在最危急的時刻拉人一把，剩下的，就看人們自己了。」

陳亞衣說的話和黑爺差不多。

「媽祖婆的神力，對壽終正寢，或是正常生老病死的人，沒有效嗎？」林君育喃喃自語，再次拍了拍老人手背——

拍拍。

這是他在媽祖婆課程裡學到的急救招式，一部分效用和大道公課程裡的「強心針」有些類似，都是能夠讓重傷瀕死之人得到一定程度的神力加持，在短時間強撐著一口氣，直到獲得正規醫療救治，增加存活機會。

這樣的力量用在天災急難的重傷患者身上，和用在年邁瀕死的老者身上，效力也有分別。因爲上天賦予他的職責是救難，不是賜人永生不死。

比起大道公的「強心針」，媽祖婆的「拍拍」範圍似乎又更廣些，據陳亞衣說，「拍拍」還具有鼓舞士氣、振奮人心的效用，陳亞衣也有相同的能力。

「如果要舉實際一點的例子嘛——有天你碰上鬼，嚇到腿軟，我用紅面神力加持你，你怕歸怕，腿不會那麼軟，還跑得動；又或者，你掛在懸崖上，再也沒有力氣往上爬了，我用紅面神力加持你，你就又有力氣了。」

陳亞衣這麼解釋她的「紅面神力」應用範圍，說她那「紅面神力」效用和他的「拍拍」差不多，還額外補充了個例子——

「再不然就是呀，你跟鬼打架，打不贏，我及時趕到，加持你，你力氣會變得大一些，勝算會增加。這樣你懂了嗎？」

林君育當時說自己懂了，但其實心裡還是有點茫然。

他實在很難相信這是眞的，畢竟先前所有課程，都在夢境裡發生，一個人在夢裡是超級英雄，跟在眞實世界裡是超級英雄，是兩件完全不同的事情。

他也不管有沒有用，繼續輕拍老人的手，直到救護車駛達醫院。

陳亞衣傳來了訊息，告訴他，明早八點下班後，趕去與她會合，她要帶他見一個男人。

「他是太子爺乩身，他超強，打不死，而且很帥喔。」

在陳亞衣先前的敘述裡，這男人擔任太子爺乩身十幾年，一雙拳頭從陽世打下陰間，被他痛毆過的妖魔鬼怪、神棍匪徒，沒有一萬也有八千，是天庭專司武鬥的戰神太子爺在人世的頭號使者。

陳亞衣說，上天爲了避免太子爺賜予使者過大武力，對那人神力設定了諸多限制之外，也額外增選陽世使者，協助那人共同對抗陰間魔王、邪魔外道。

林君育將老人送入醫院之後，立時轉赴下一趟勤務。

然後是再下一趟勤務。

更下一趟勤務。

這是極其忙碌的一天，和過去幾年的每一天差不多忙碌。

到了距離交班還有兩、三小時的凌晨，消防隊警報急響。林君育提著褲頭從廁所衝出，快速穿戴救火裝備，衝上消防車，趕往市郊一處工廠。

廠區裡數十間囤放易燃物的倉庫一間間被大火吞噬，趕往支援的消防車超過四十輛，包括林君育在內的近百名消防員先後抵達火場接力打火，從太陽還沒開工打到太陽下班，終於在入夜之後撲滅火勢。

林君育返回分隊，吃完延遲的晚餐、洗了個澡，已經接近深夜。

按照班表，今天早上八點過後，便是他的休假時間，但緊急支援工廠大火後，距離明晨上班，剩下不到十二小時，他懶得返家，寧可直接在分隊休息，省去了往返通勤時間，醒來直接執勤，可以睡飽點。

他拖著一身疲憊，窩進雙層床下鋪，雙手枕著胳臂，望著牆上時鐘，九點四十七分。

他突然想起了陳亞衣昨日午後的手機訊息。

但他太累了，還正猶豫著該如何婉拒陳亞衣這趟邀約行程，便已進入了夢鄉。

然後他睜開了眼睛，翻身下床。

洗好澡的學弟提著滷味進入休息室，對著林君育說：「學長，吃不吃？」

「呃？」林君育呆愣半晌，看看鐘。「還不到十二點？」

「……」學弟望著林君育，困惑說：「啊……不然咧？」

「我怎麼覺得……睡了很久？」林君育舉起雙手、伸展筋骨，還張大嘴巴想打個哈欠，但只覺得身子輕盈舒暢，不久之前那打了一天火的疲憊，像是轉眼間被偷走一般。

他張大嘴巴卻打不出哈欠。

他真的覺得自己像是睡足了八小時，且是品質極高的八小時睡眠。

他轉身從床上摸起手機，查了查時間日期和大火新聞，這才相信自己確實只睡不到十分鐘，身體甚至心靈都得到了充分的休息和恢復。

「我……」林君育只好對面露困惑的學弟說：「突然想起有點事，我得回家一趟。」他不等學弟回應，拿了手機、皮夾下樓，來到自己機車前望著手機，一時不知怎麼開口，遲疑半晌，這才按下通訊軟體通話鍵。

「抱歉……今天早上工廠大火，我被緊急調去支援……」他這麼對陳亞衣說。

「我知道，我有看新聞。」陳亞衣不太介意。

「妳說要帶我見一個人。」林君育問：「現在還來得及嗎？」

「現在？」陳亞衣說：「現在他在忙，我帶你去另一個地方實習。」

陳亞衣給了他一個地址，半小時後，林君育在市郊一間便利商店前與陳亞衣會合。

「我剛剛回到隊上，等學弟買宵夜，結果睡著了。」林君育一見陳亞衣，便迫不及待對她述說剛剛那神奇體驗。

「睡著了，然後咧？」陳亞衣拎著一包零食，邊吃邊問，帶著林君育轉入便利商店旁的小巷弄裡。

林君育跟在陳亞衣身後，繼續說：「然後……我醒了，我覺得睡得好飽，力氣都恢復了，也不痠痛了，我以爲自己睡了很久，一覺睡到天亮，誰知道才過幾分鐘而已！」

「對啊……」陳亞衣乾笑兩聲，塞了把零食入口，喀啦啦嚼著說：「啊不是已經告訴過你了。」

「是沒錯……」林君育抓抓頭。「原來，眞的是眞的……」

「什麼眞的是眞的？」

「我的意思是……原來我眞的是神明使者、擁有特殊能力，一切都是眞的，都不是夢……」林君育苦笑說：「其實我到現在還是……不敢相信，睡五分鐘等於睡八小時，該不會只是心理作用？」

「這很簡單呀。」陳亞衣說：「試驗看看就知道了。」

「怎麼試驗？」

「等等實習完，你拿把刀往大腿插兩下。」陳亞衣冷笑說：「神明乩身還不至於刀槍不入，但我可以向媽祖婆報備，開個特例給你，讓你一晚上刀傷痊癒——怎樣？這檢驗方式很棒吧，一拍兩瞪眼，這是那些騙人神棍絕對辦不到的事。」

「呃……」林君育有些傻眼，問：「有沒有其他檢驗方式？」

「其他方式？」陳亞衣想了想，從背包取出奏板低語幾句，跟著對林君育說：「讓你飛高高。」

「飛高高？」林君育還不明白陳亞衣說「飛高高」是什麼意思，也沒來得及再開口問，突然覺得被人托著雙脅，身子浮空騰起，他轉頭，瞥見身後飄著個蒼老身影，是苗姑。

「飛哦飛喲——」苗姑呀哈哈地笑。

「好了好了。」林君育連忙大叫。「我信！我信妳們真的有特殊能力！」

「你也有特殊能力，而且立刻就要派上用場了。」陳亞衣步出巷弄，扠著腰，望著眼前那汽車旅館。

苗姑托著林君育飄到陳亞衣身後，放下他，拍拍他的背。「小子，準備好上工啦。」

「呃……」林君育望望汽車旅館，又望望陳亞衣。

「你不要想歪喔。」陳亞衣見林君育神情古怪，哈哈兩聲，說：「我們上去抓鬼。」

「去汽車旅館抓鬼？」

「對。」陳亞衣點點頭，推開旅館大門。「抓一個討厭鬼。」

「討厭鬼？」林君育跟在陳亞衣身後，走入汽車旅館。

「那是一個很猥瑣很變態，一天到晚在旅館偷看情侶親熱，有時候還會附在男人身上吃女生豆腐的討厭鬼。」陳亞衣走向櫃台，對櫃台人員說：「五〇二號房。」

「哦。」櫃台小姐遞了把鑰匙給陳亞衣。

陳亞衣領著林君育走進電梯，按下五樓，見他一臉疑惑，便說：「這間旅館有固定合作的雞頭，男人進房間，可以打電話叫小姐，你別說你不知道喔。」

「我知道啊……」林君育隨口答，見陳亞衣瞅著他笑，連忙搖頭解釋：「我是說我知道有這種事情，但我沒叫過小姐。」

「誰管你有沒有叫過小姐。」陳亞衣哈哈笑著說。

電梯抵達五樓，兩人來到五〇二號房門前，陳亞衣按下門鈴。

房門開了，門後站著個身型瘦高、蓄著馬尾的青年，青年上身赤裸，下身僅圍著條圍巾，望望陳亞衣，又望望林君育，皺起眉頭，不明白爲什麼「小姐」身後還跟著個男人。

「他是馬伕。」陳亞衣大剌剌走進房，將鴨舌帽摘下搧搧風，對馬尾青年說：「他收了錢就走。」

「喔……」馬尾青年呆了呆，轉身從床邊小櫃取了錢包翻開，捏出一疊鈔票，遞向陳亞衣。「說好六千，對吧……」

陳亞衣伸出手，沒接鈔票，卻一把握住那馬尾青年手腕。

「妳做什麼？」馬尾青年呆然問。

「抓討厭鬼。」陳亞衣笑了笑，呢喃兩句，一張臉登時變得墨黑一片。

「哇——」馬尾青年駭然大驚，猛力甩動陳亞衣的手，卻怎麼也掙脫不了，陡然露出猙獰面孔，朝著陳亞衣吼叫：「信不信我殺了妳！」

「你殺殺看——」陳亞衣怒吼回去，全身炸出黑氣。

馬尾青年彷彿被陳亞衣這聲黑風怒吼嚇得魂飛魄散，雙腿一軟站都站不穩，不停哆嗦，再也不敢吭聲。

「哼……」陳亞衣回頭，見林君育瞪眼張嘴地呆立門邊，連忙喊他：「還呆著，快來呀，這是你的實習作業。」

「是……」林君育這才回神，正要上前，卻又被陳亞衣喝住。

「關門呀笨蛋，想嚇死住客呀！」

「喔、喔喔……」林君育關了門，再奔到陳亞衣和馬尾青年身旁，見那青年臉色發青，癱縮在地上，一時也不知道該怎麼做，急得問：「我要做什麼？」

「做什麼？他被鬼附身，你要把鬼抓出來。」

「把鬼抓出來……怎麼抓？」

「啊！」陳亞衣瞪大眼睛問：「你不是上過課嗎？」

「上課？」林君育愕然。「妳是說夢裡那些課……我在夢裡只學急救，沒學過抓鬼……」

「什麼？」陳亞衣嚷嚷問：「外婆，妳沒教他打鬼？」

「誰說沒教的。」苗姑倏地在林君育身旁現身。「千斤頂、油壓剪、救災鑵，哪樣不能打鬼啦？」她拍了拍林君育腦袋，喝喊：「快！油壓剪！」

「什麼？油壓剪？」林君育儘管愕然，但數個月來的夢境課程記憶已然恢復，夢裡油壓剪、千斤頂之類的救災裝備也練得挺熟了，被苗姑大力拍了腦袋，連忙低喃唸咒。「弟子林君育現在人在……在汽車旅館，碰到、碰到有人鬼上身，求大慈大悲……」

「都叫你別那麼囉唆了！」苗姑又拍了林君育後腦一下。

「外婆妳不要一直打他啦……」陳亞衣在旁勸阻。

「媽祖婆賜我油壓剪！」林君育簡化祈禱，右手一揚，掌心倏地耀起一團白光，白光裹上他整條前臂，在前臂外側，化成一隻機械臂，機械臂前端成鉗狀，能夠隨著林君育心意張闔，正是把不折不扣的油壓剪。

「哇塞，眞的是眞的耶！」林君育瞪大眼睛，驚愕自己第一次在清醒時刻，召喚出這機械臂油壓剪，跟著又狐疑地望向苗姑。「妳要我用油壓剪抓鬼？」

「對呀！」

「油壓剪怎麼抓鬼？」

「我教你。」苗姑捧著林君育那隻機械臂，對準馬尾青年腦門，說：「他不出來，你就敲到他出來。」苗姑這麼說，當眞抓著林君育機械臂，往馬尾青年腦袋重重一敲。

咚——

青年怪叫一聲，兩眼翻白，身子一軟就要癱倒。

「啊！」陳亞衣見苗姑還捧著林君育胳臂，像是要敲第二下，連忙出聲阻止。「等等，外婆！妳有教他分辨陽世實物跟陰間鬼怪嗎？」

「啊……」苗姑呆了呆，搖搖頭。「我忘了。」

「陽世實物……陰間鬼怪？」林君育起初有些困惑，但見到馬尾青年兩眼翻白、癱倒在地，額頭淌下幾道鮮血，陡然明白了什麼——媽祖婆這油壓剪、千斤頂之類的工具，能夠讓他在災區、火場裡開路救難、能夠觸及陽世實物。

自然包括活人腦袋。

苗姑捧著林君育那機械臂急急解釋：「笨蛋，你用這東西打鬼得換種方式打，不能……」

「換種方式打？怎麼換？」林君育傻眼問。

「很難解釋，憑感覺。」苗姑托著林君育機械臂，對準倒地馬尾男腦袋。「心裡想著打鬼不打人、打陰不打陽，來，再打打看！」

「什麼？打打看？」林君育愣然說：「他頭流血了。」

「流血又沒什麼。」苗姑這麼說，抓著林君育胳臂，又要往馬尾男腦袋上敲。

「不行！」陳亞衣伸手抵著林君育胳臂。「這樣說不定眞會打死大岳……」

「這小子哪那麼容易死。」苗姑哼哼說：「你們兩個就在這兒，眞打壞他腦袋，也能就地急救呀！」

「什麼……」林君育驚愕之餘，瞥見那馬尾男身子一顫，口鼻竄出團怪煙，怪煙化成人影，倏地要飛，但人影手腕和馬尾男手腕仍被陳亞衣黑手一同握著，逃不了，只能跪地求饒。

「對不起，我錯了，放過我……」人影在馬尾男身旁下跪，發抖求饒。

「看……」苗姑得意地說：「打出來了吧……」

陳亞衣和林君育望了望這「討厭鬼」，見他個頭瘦小、頂著西瓜皮髮型、身後揹著一只大背包、胸前掛著一台單眼相機，厚重眼鏡底下那雙細小眼睛說有多猥瑣就有多猥瑣。

「臭小子，終於現身啦。」陳亞衣仍頂著張黑臉，威嚇問：「偷看情侶做愛很爽嗎？」

「我以後不敢了……」討厭鬼抱膝坐地，抽噎說。「我錯了……」

「報上大名。」苗姑倏地飄到那討厭鬼面前，左手從紅袍口袋取出一張空白符紙，右手伸指抹了抹口唇，飛快在那符紙上寫起字。「老太婆替你燒令下去，讓牛頭馬面上來接你。」

「我……我叫曹大力。」討厭鬼推了推眼鏡，怯怯地問：「牛頭馬面……會帶我回陰間？上城隍府？」

「原來你知道啊。」苗姑畫妥符令，在曹大力頭頂上繞了繞，然後大力一抖，抖得整張符紙瑩瑩發亮，還冒出亮眼煙霧；苗姑捻了捻符紙光煙，捻出一條細繩，將符紙套上曹大力脖子。

這潛入旅館房間、偷窺情侶親熱的曹大力被繫了符令之後，全身閃閃發亮、十分醒目。

「牛頭馬面……會打我嗎？」曹大力神情有些害怕。「我會下地獄嗎？」

「少囉唆，你去了不就知道了？」苗姑不耐地搧搧手，不想再理會曹大力，轉頭湊去馬尾男身旁。

陳亞衣和林君育已經開始替馬尾男急救。

陳亞衣此時整張臉雪白瑩亮，她向媽祖婆借來了白面神力，正要替馬尾男加持，卻停下手，抬頭對林君育說：「讓你試試好了。」

「好。」林君育點點頭，伸出手，呢喃祝禱：「我需要強……」

他才剛唸出「強」字，突然想起「強心針」、「電擊器」等都是大道公門派急救手法，便及時改口。「媽祖婆，我是阿育，需要借您神力救人……」他祝禱完，見手掌亮白，便往馬尾男心口拍了拍。

「嘔——」馬尾男睜開眼睛，呻吟幾聲，摀著頭喊疼。「好痛……」他喘著氣，左顧右盼，瞪著林君育，伸手一把揪著他衣領，破口大罵：「幹！是你打我對吧！」

「先生，我……」林君育瞪大眼睛，正欲辯解，臉上就挨了馬尾男一拳。

馬尾男掙扎起身，還想追打，卻被陳亞衣拉住後領，將他一腳拐倒在地，怒斥：「馬大岳，你幹嘛啊！」

「他打我……」馬尾男還欲掙扎，又被苗姑在腦袋上搧了一巴掌，唉喲一聲倒地。

「現在是媽祖婆乩身實習時間，你搗什麼蛋！」苗姑瞪大眼睛罵。

「他叫馬大岳，也算是媽祖婆門下弟子，他假扮成好色嫖客，故意讓討厭鬼上身，等我們上門。」陳亞衣指著馬尾男，對林君育說：「他是我的助手之一，以後也是你的助手，你有什麼事，可以叫他幫忙。」

「啊？助手！」馬大岳像是極不滿意「助手」這身分，又要發怒吵鬧，突然身子一震，摀著耳朵連連求饒。「好啦好啦，我知道了，別那麼大聲……」

林君育見馬大岳行跡古怪，正困惑著，陳亞衣便向他解釋：「他直屬上司是媽祖婆左右手順風耳將軍，他不乖，順風耳將軍就會吼他。」

「原來是這樣……」林君育點點頭，問：「所以……今天任務，算是達成了嗎？」

「俺猜沒有……」一個沙啞聲音自林君育喉間響起。

包括林君育本人在內，房裡所有人都是一愣。

這是大道公帳下黑虎將軍黑爺的說話聲音。

「黑爺？」陳亞衣望著林君育。「你降駕在他身上！」

「是呀。」黑爺說：「現在到了俺上課時間了。」

「我說黑爺吶。」苗姑嚷嚷說：「這小子已經正式成爲媽祖婆乩身了，你的課該停了吧，替我向大道公爺說聲謝謝呀。」

「是啊。」陳亞衣接話說：「改天我帶林君育買些鮮花素果，找間保生大帝廟正式向大道公道謝，我們也會準備點您愛吃的東西，例如雞蛋……」

「免了，雞蛋讓這小子自己買就行了。」黑爺的聲音再次響起。「上頭已經做出決議了，你們之前的契約不算數，這小子得實習一段時間，咱兩邊都可以安排實習功課給他。」

「什麼！」苗姑喝問：「不算數，爲什麼不算數？」

「因爲妳們賴皮呀！」黑爺哼哼說。

「我們哪裡賴皮？我們帶他去廟裡問他願不願意擔任媽祖婆乩身。」苗姑氣呼呼地說：「他自己說願意的。」

「他先前已經答應過俺了！」黑爺說。

「他更早向媽祖婆借力時就說過自己是媽祖婆弟子了。」陳亞衣幫腔爭辯。

「那明明是上課內容！」黑爺惱火嚷嚷：「怎麼作數？」

「作不作數又不是你說了算！」苗姑反駁。

「廢話，當然不是俺說了算，是更上頭說了算。」黑爺氣惱說：「至於更上頭說了什麼，俺剛剛不是已經說了嗎！」

「……」陳亞衣靜默幾秒，喃喃問：「順風耳將軍，黑爺說的，是真的嗎？」

「是呀，上頭是這麼說的沒錯……」順風耳的聲音自馬大岳喉間響起。「上頭決定讓林君育繼續實習一段時間，這段時間裡，媽祖婆和大道公的神力，他都借得到，過陣子上頭會再視他情況決定結果。」

「什麼……還有這種事……」苗姑仍不服氣。但一旁的林君育在黑爺耳語提醒下，突然望向曹大力。

曹大力正鬼鬼祟祟地拿著一把剪刀，對準了他頸上那符令光煙繩子。

「你做什麼？」苗姑也發現曹大力鬼祟舉動，怒目指著他喝喊。

曹大力沒有答話，剪斷頸上光煙繩子，身子倏地鑽過地板溜了。

「喝！」苗姑也立時鑽地追趕。

「哼哼。」黑爺再次開口：「這臭小子身上有那陰間古怪道具的氣味，肯定是向底下那些旁門左道小幫派買來躲避牛頭馬面追捕。」他說到這裡，還向林君育說：「臭小子，若你用俺的『虎嗅』，就能早一步聞出他那些鬼道具；你用俺的『虎耳』，就能聽出他鬼鬼祟祟拿剪刀的聲音。不過不要緊，你現在施展，一樣能逮到他，去吧。」

「虎嗅、虎耳？」林君育不解問：「怎麼用？」

「俺現在教你。」黑爺急急催促。「走——」

「噫！」林君育感到屁股啪地一疼，像是被抽了一鞭子般。

「這是虎鞭。」黑爺得意地說：「不過不是那條『鞭』，是俺的尾巴，能打鬼、綁鬼，也能當成教鞭，督促鞭策那些不認真的學生、徒弟什麼的。」

黑爺說完，林君育屁股又挨了一記鞭打，他再也不敢多問，乖乖聽從黑爺指示，開門衝去追捕曹大力。

「黑爺——」陳亞衣追在後頭，急急嚷著：「這案子本來是太子爺乩身韓杰領的籤令，是我向韓大哥借來給林君育實習用的，你怎能硬搶？」

「妳能借俺不能借？」黑爺說：「俺也在替師弟上課呀！」

「韓大哥是借我又不是借你！他有答應借你嗎？」陳亞衣氣惱地問，急急往電梯追去，遠遠卻見電梯門已經關上，門縫裡林君育也一臉無奈。

「俺借了就借了，大不了連本帶利還他！」黑爺略顯得意的聲音響出門縫。「妳不服氣，叫他來跟俺討呀。」

「什麼！」陳亞衣奔近電梯，電梯門已完全關上，她只得轉往樓梯奔，急急取出手機撥按，還回頭怪罪緊跟在她身後的馬大岳。「都是你在鬧，害我分心，不然那討厭鬼跑不掉！」

「幹……」馬大岳捂著腦袋上那疼痛大腫包，聽陳亞衣罵他，本想頂嘴，但又怕順風耳責怪，只好將一連串髒話通通嚥回肚子裡。

「韓大哥！」陳亞衣撥通了韓杰電話，嚷嚷抱怨：「我跟你講——」

玖

深夜這間二十四小時營業的大賣場冷冷清清。

韓杰走在賣場通道，持著手機低聲應答。

「什麼？大老虎搶妳案子……妳跟我說這個幹嘛？去跟媽祖婆告狀呀……」韓杰有些急躁，兩隻眼睛牢牢盯著前方老遠處一老一少兩個人。

老人頂上白髮稀疏，穿著條紋襯衫和西裝褲，側揹著一只褐背包。

小孩約莫五歲大，短袖短褲，踩著卡通球鞋。

乍看之下，像是一對尋常祖孫。

「啊？妳要我去找那大老虎，把案子要回來？妳有沒有搞錯！」韓杰惱火低語：「大枷鎖現在就在我眼前，我這邊全都部署好了，馬上要開幹啦！」

他說完，收起手機，繼續往前。

前方一老一少轉進零食區。

韓杰遠遠跟在那一老一少身後二十來公尺，前方貨架拐出另個古怪老人，迎面走向韓杰。

那老人身型矮小，頂著一嘴大鬍子還駝著背，和韓杰擦身而過時，轉頭對他低語。「客人差不多疏散光了。」

「那我上了。」韓杰點點頭，加快腳步往那一老一少走去。

□

天空飄起雨，林君育在黑爺指揮下，在雨夜小巷中穿梭奔跑。

曹大力那大背包裡似乎藏著不少道具，他刁鑽逃跑，不時亂扔煙霧彈，那些煙霧彈會竄出一些外觀和曹大力一模一樣的假魂，三、五個假魂四面亂飛，真假極難分辨，苗姑接連逮著兩個假魂之後，氣得哇哇大叫，抖開紅袍扯著喉嚨怒罵要出重手了。

儘管林君育不像苗姑會飛天遁地，但在黑爺指點下，靠著「虎嗅」遠遠地追蹤曹大力鬼味，並未被那些煙霧假魂騙倒。

「臭小子，別一副死人臉，有俺帶著你，你進步只會更快。」黑爺的聲音迴盪在林君育耳邊。「趕快把夢裡學過的東西練熟，去幫那太子爺乩身抓大枷鎖。」

「幫太子爺乩身抓大枷鎖？大枷鎖又是什麼？」

「大枷鎖像是手銬，是一種用來拘禁凶神惡煞的道具，多半是違禁品。底下那些陰間魔王、黑道呀，最喜歡向軍火商買大枷鎖上陽世打獵，抓些凶猛山魅回陰間進補，有時甚至連小山神、虎爺都不放過，哼哼……」黑爺說：「之前有家軍火商出了意外，逃了好幾隻大枷鎖，那些逃脫的大枷鎖，大都被軍火商安全部門和陰差聯手抓了回去，偏偏有隻大枷鎖不知為什麼，流落到陽世，上頭派太子爺乩身出馬，銷毀那大枷鎖。你明白了嗎？」

「我……差不多明白吧。」林君育聽著黑爺講出一連串從未見識過的東西——大枷鎖、陰間魔王、軍火商，腦袋一片混亂，但就怕又挨虎鞭抽打，便也不敢說不懂，只好隨口亂問：「手銬丟了，爲什麼要『抓』？手銬會亂跑嗎？」

「會喔！這些大枷鎖，都是用山魅，也就是動物魂魄修煉出來的東西，是活的！」黑爺說：「你就把那東西想成是『專門用來抓怪物的怪物』就對啦！」

「專門用來抓怪物的怪物，好像很厲害……」林君育在雨中吸著鼻子，鎖定曹大力位置，身後還響著陳亞衣的叫嚷聲。

「有厲害的，也有不那麼厲害的……」黑爺這麼說。

「對呀！要看等級……」陳亞衣追到林君育身後，聽見黑爺和林君育對話，便氣喘吁吁地插嘴接話：「大枷鎖在陰間有等級之分，越厲害的價錢越高。之前韓大哥打壞一堆價值連城的大枷鎖，像是綠孩兒、黃孩兒、橙孩兒啦……這些高級大枷鎖名字裡都有『孩兒』兩個字，像是一種標籤，表示這具大枷鎖，或多或少摻了人魂！在底下，大枷鎖本來就是違禁品，摻了人魂的大枷鎖更是違禁品中的違禁品，在黑市裡能賣出極高的價錢……」

「吼——」黑爺悶吭一聲，埋怨起陳亞衣。「俺和師弟上課，妳插什麼嘴？」

「我也在幫我師弟上課呀！明明是你硬搶我這堂實習課……」陳亞衣一把拉住林君育胳臂。「跟著我，我帶你去抓討厭鬼！」

「可是……」林君育正猶豫間，屁股又挨了重重一記虎尾鞭，只好甩開陳亞衣的手，對她連連搖頭。「抱歉，現在我沒辦法聽妳的……」

「以後應該也沒辦法。」黑爺呵呵一笑，指揮著林君育轉入小巷。

「煩耶！」陳亞衣不死心地緊追在後。

「剛剛說到哪兒啦？」黑爺繼續說：「喔，上頭決定，接下來派給你的實習任務，就是支援太子爺乩身，去逮著那隻逃上陽世的大枷鎖。那東西可凶了，在陰間修煉好多年都沒被馴服，他嘴巴吐出的妖火，據說不輸給太子爺的三昧眞火，現在躲藏在陽世，要是發起狂來，可能會燒死很多人，你的任務，就是在必要的時刻，進火場滅火救人——你是消防員，這事難不倒你，對吧？」

「進火場救人……」林君育終於聽見一件十分容易理解的任務。

他在黑爺指揮下奔入一條死巷，就見到死巷末端地上，有個古怪的紅色包袱正不停地掙扎蠕動——

林君育奔向那紅包袱，苗姑倏地從他頭頂掠過，搶先一步竄到那紅包袱前，伸手揭開包袱——那是苗姑的小紅袍。

原來苗姑追在半空，朝曹大力擲出紅袍，將他緊緊裹住，跌落進這條死巷子裡。

苗姑抖開紅袍，見紅袍裡是一具草偶，知道自己又上了當，氣得扔下草偶暴怒大罵，飛空再找。

「連俺也被騙啦……」黑爺指揮林君育拾起那草偶，翻看檢視，還用鼻子聞嗅，林君育這才知道，這草偶便是剛剛那「討厭鬼」曹大力逃跑時扔出之後能變化出的假魂煙霧彈——這草偶發揮作用時，不但會噴煙，還會幻化出曹大力的假身，甚至連氣味都和他一樣，因此不但騙了苗姑，也騙了黑爺那虎鼻子。

「現在陰間那些古靈精怪的道具可是越來越先進了……」黑爺喃喃地說：「下一次俺可不會再上當了……」

陳亞衣急急追來，又嘰哩呱啦地和黑爺爭辯起現在究竟是誰的上課時間，黑爺也絲毫不讓，你一句我一句地爭辯，突然兩邊都陡然住口，靜默下來。

苗姑飛了回來，落到陳亞衣身邊對她說：「順風耳將軍報令給我，要我們現在立刻……」

「去支援韓大哥。」陳亞衣接話，回頭望了林君育一眼。

「真巧。」黑爺嘿嘿一笑。「俺也收到通知，要俺帶師弟，去辦同一件案子。」

林君育在黑爺催促下，跟著陳亞衣一路跑回剛剛那便利商店外，準備上車趕路，他忍不住問：「所以我們現在就要去幫忙太子爺乩身抓那隻……會吐妖火的大枷鎖？」

「是呀。」陳亞衣跨上車，戴上安全帽。

「那隻大枷鎖也是摻了人魂、最名貴的等級？」林君育也上車戴帽、發動引擎。

「那隻大枷鎖不只是『摻』人魂，而是完完全全由人魂煉成。」陳亞衣發動引擎。「他叫作——」

□

「紅孩兒。」

韓杰站在老男人和小男孩身旁，望著那小男孩。「我沒認錯人吧？」

小男孩抬頭看看韓杰，小眼睛眨了眨，又轉頭望著身旁老人。

老人面無表情，牽著小男孩的手卻微微發顫。「陰差？神使？還是……集團派上來抓我的人？」

「我是太子爺乩身，上頭派我來抓你們。」韓杰望著老人。「你就是帶這大枷鎖上陽世的傢伙？你想幹啥？」他說到這裡，見老人兩眼鬼祟瞥視，便說：「你最好別打歪主意，現在這邊裡外都有神仙坐鎮。」

「你可別亂來呀……」老人緊握小男孩的手，用眼神對韓杰示意。「這孩子有點脾氣，他只聽我的話，你別嚇著他，否則……後果會很嚴重，這裡是陽世，人命很寶貴的。」

「你在威脅我？」韓杰冷笑兩聲。「你帶這大枷鎖躲到陽世，仗著凡人性命寶貴，以為沒人敢動你了？」

「我不是這個意思……」老人解釋：「我是在逃難……底下鐵兵集團在找我，也在找這孩子，我不想讓他們抓他回去……這孩子命苦，生下來就沒爸媽，仇家找上門放火，把他和爺爺燒死在家裡，他……」

「你跟我講這些幹嘛？」韓杰說：「這傢伙被煉成大枷鎖，已經不算是人魂了，他是顆不定時炸彈，不能讓他留在陽世……」

「不！」老人連連搖頭。「他可以變好……」

「變好？怎麼變好？」

「我正想辦法治他……我會卸去他這身道行，讓他……變回普通的孩子。」

「你說什麼？」韓杰啞然失笑。「你還能把大枷鎖變回普通人魂？」

「能。」老人點點頭。「因爲這孩子正是我煉成的，當時煉他煉到一半，就後悔了，我不想將他交給集團，打算用其他備品交差，但我徒弟背叛我，他向集團告密，他們搜出了這孩子，強行把他帶回集團實驗室，胡亂煉了好多年，還是馴不乖……我想救這孩子，他是個好孩子，他不應該被當成大枷鎖……」

「……」韓杰默然幾秒，看看那模樣猶如五歲小童的紅孩兒，對老人說：「你把他交給我，讓上頭那些神仙決定怎麼處理，如果你能治他，神明當然也行。」

「他可能會被銷毀。」老人搖搖頭。

「如果上頭眞決定要銷毀他，我也沒辦法。」韓杰聳聳肩。

「這樣的話……」老人握緊紅孩兒的手。「我不能讓你帶走他！」

紅孩兒像是感應到老人心思般，本來空洞的雙眼陡然溢出殺氣，眼瞳眼白通紅一片，頭臉脖頸崩出裂紋，裂紋裡透出亮紅光芒，像是火山熔岩。

「我不想惹事、不想傷人……」老人從口袋中掏出一枚古怪小罐，喀啦捏碎。

韓杰左手掏了顆蓮子入口嚼起，右手緩緩擰揉，揉碎了一直抓在掌中的尪仔標。

老人手掌張開，落下小罐碎屑，碎屑轉眼化爲大團灰煙，裹住老人全身，飛快凝聚成寬大外衣，乍看之下，猶如穿上了一套防火裝。

韓杰手掌射出陣陣火光，他翻掌一張，那火流雲似地捲上他全身、纏繞流轉，是混天綾和九條火龍；同時，風火輪飛旋升起，落在他雙腳外側——他一口氣發動三枚尪仔標。

「呀？」紅孩兒見到韓杰身上纏火，像是見到有趣玩具般瞪大雙眼，咧嘴笑問：「哥哥也喜歡玩火？」

「他不是玩火，他……」老人拉著紅孩兒緩緩後退。

「我不知道你打什麼算盤。」韓杰雙臂微微舉起，讓火龍盤繞上他雙臂。「但是上頭交代下來的籤令我一定要執行，你不想惹事，就別亂來……」

「這孩子很厲害，你別招惹他……」老人繼續後退，還張著手示意韓杰別再前進。

「我知道，上頭特別交代，要我小心這東西，他隨時會下來。」韓杰步步進逼，說：「你明白我的意思嗎？如果你交出這大枷鎖，上頭會看情況處理他，但要是我老闆親自降駕開打，結局只有一個……操我說這麼一大串你是聽不聽得懂？我老闆是誰你知道嗎？」

「你剛剛說啦，是那天庭戰神，中壇元帥太子爺……」老人牽著紅孩兒退出零食貨架，向韓杰苦苦一笑，突然拉著紅孩兒拔腿奔跑。

「喂！」韓杰本想繼續遊說老人，卻見他說跑就跑，腳下風火輪一催，竄出貨架追趕。

老人拉著紅孩兒沒入另一區貨架。

「老獼猴，所有人都疏散了嗎？」韓杰大叫，踩著風火輪躍上貨架頂端飛追老人。

「所有人都疏散了，剩下的都被小傢伙哄得服服貼貼。」古怪老邁的說話聲自賣場擴音器響起。「需要我們幫忙圍捕大枷鎖嗎？」

「不用！這東西很危險！」韓杰加快腳步，自貨架上方急奔往前，縱身躍向老人和紅孩兒身後。

紅孩兒突然扭身，朝著韓杰鼓嘴吐出一團飛火。

「不行！」老人尖叫，卻已經阻止不及，只能眼睜睜見韓杰在半空中挨著這記飛火，被燒成一團火球。

韓杰摔落在地，在地板打起滾來。

老人放開紅孩兒的手，衝到韓杰身旁，從口袋掏出一條灰色毛巾，往韓杰身上不停抽打。

韓杰一把揪著老人那毛巾，緩緩撐身站起。

老人瞪大眼睛，只見韓杰身上仍有幾處餘火，但被韓杰身上火龍一一咬滅。

「你……你竟然不怕這孩子的火……」老人睜大眼睛，有些不敢置信。

「噫！」紅孩兒在老人身後探出頭，咧開大嘴，神情驚訝之外，更多是開心——這個身上纏著九條火龍的韓杰，在他眼中不僅是玩具，還是個夢寐以求的大玩具。

「……」韓杰握著老人那條溢散冰煙的古怪灰毛巾，只覺得掌心一片沁涼，反問：「你幫我滅火？」

「我說過了，我不想惹事，誰那麼無聊沒事同時和地下軍火集團和天上神明乩身作對呀……」老人這麼說，感到身後紅孩兒愈漸興奮，連忙轉身制止。「孩子，冷靜點，爺爺買冰給你吃……」

但慢了一步。

紅孩兒尖笑著踩上左側貨架，蹦上右側貨架，再高高躍向韓杰，雙手托起兩團紅火，分別擲向韓杰，再張口吼出第三團火。

韓杰急急後退，見三團火像巡弋飛彈般飛追竄來，連忙甩混天綾格擋，啪啪接連擋下三團火。

「玩火、玩火！哥哥陪我玩火！」紅孩兒兩眼通紅，噗噗吐出一團火在手上，像是捏麵團般揉捏那團紅火。他左手托著火團，右手捏出一枚枚小火團，飛快往韓杰扔去。

韓杰甩動混天綾，打落接二連三迎面飛來的幾枚小火球，踩著風火輪向後退出貨架；他感到胳臂灼熱刺痛，陡然驚覺混天綾上火色不太對勁。

紅孩兒扔來那一連串大小火球，雖然盡數被他擋下，卻沒有熄滅，而是燒上他的混天綾，和混天綾上的紅火互相角力起來，像是爭搶著地盤般。

妖火甚至佔了上風，不僅延燒範圍擴大，且逐漸燒破混天綾。

同時，韓杰感到渾身灼熱刺痛，本來被火龍咬滅火勢的皮肉灼傷處，竟重新燃起火。

紅孩兒那妖火似乎比他本身性格還要頑劣，可沒那麼容易撲滅。

紅孩兒笑嘻嘻追來，歪著頭捏著火打量韓杰，像是想看他打算用什麼方式應付身上重燃的火。

韓杰甩甩胳臂，指揮火龍纏身滅火，順便支援混天綾。

九龍神火罩裡那九條火龍口鼻噴出的三昧眞火，比混天綾、火尖槍、風火輪上的火更厲害一個等級，轉眼撲熄妖火。

「哥哥好棒、好厲害！」紅孩兒拍手歡呼，猶如玩瘋了的孩子，完全不理會追到身後攔阻的老人，高高抱起一團大火，像是打枕頭戰般衝向韓杰砸他。

「媽的……非要逼我打小孩……」韓杰雙手一揚，舉起九條火龍，硬扛紅孩兒砸來的那團大火。

五條火龍纏擋妖火、三條火龍勒捲紅孩兒腰身雙臂、一條火龍環繞韓杰全身，阻擋濺來的細碎妖火。

「龍龍會噴火！」紅孩兒雙臂腰際被火龍纏捲啃咬，仍捧著大火，朝著韓杰亂砸，一面砸、一面大笑。

韓杰指揮火龍強擋幾記大火重砸，儘管留下一條火龍防身，但全身還是被細碎妖火濺著不少，身上不少地方燃燒起來——紅孩兒這奇特妖火碰著陽世實物，起初不燒，但時間一久，會持續升溫，進而燃起陽世眞火。

韓杰身上有火龍護身，火龍咬妖火也順勢甩尾撲熄眞火，但他倆沿途打鬥之際被妖火濺著處，漸漸燒出更多眞火。

「老獼猴，過來幫忙滅火——」韓杰全力格擋紅孩兒砸火，一面嚷嚷下令，跟著抽了個空檔撤掉混天綾，掏出新尪仔標揉開，又是一枚九龍神火罩。

第二批火龍全數往紅孩兒身上纏，紅孩兒揪著火龍向後一躍，拉開與韓杰的距離，兩人相隔數公尺揪著火龍互扯，像是在拔河一般。

「給我！龍龍給我——」紅孩兒頭臉身子被火龍張口啃咬甚至吐火焚燒，像是有些疼，不再那麼開心，但他玩性不減，想要搶下這些火龍把玩。

老人一面甩動毛巾打滅賣場四周的細碎妖火和延燒出的眞火，一面追著紅孩兒。「別打了，冷靜點！」

一個古怪傢伙從貨架撲下，將老人撲倒在地，騎跨在他身上，硬搶他手上那條灰毛巾。

「你……你是什麼東西？」老人只見騎在他身上搶他毛巾的怪傢伙，五官像是獼猴，卻蓄著一嘴突兀大鬍，不禁嚇得怪叫。「你想幹嘛？你是集團追兵？」

「追兵？什麼追兵！」老獼猴惱火怒斥。「我是六月山土地神！奉命支援太子爺乩身抓逃上陽世的大枷鎖！你這是什麼毛巾？快給我！」

「什麼？你是土地神？」老人不敢置信。

「幹嘛？我不能是土地神？」老獼猴聽老人這麼說，氣得大罵，揚著手上那木杖揮舞。「看看！這是土地神杖，你怕了沒？」

老獼猴身後竄出一個小影，朝著老人齜牙咧嘴。

那小影乍看像是隻幼貓，身軀尾巴遍布黑色斑點、眼額耳朵有白紋白斑，是隻石虎——老人並未認出「小貓」是石虎，卻認得他身上披著的虎紋袍子，是貨眞價實的虎爺袍。

「現在陽世什麼世道？猴子當土地神、小貓當虎爺？」老人愕然驚問。

「嘎！」小石虎聽那老人喊他「小貓」，氣得小眼圓瞪，一個蹦跳撲上老人胸前，小爪子扒著防火裝，張口啃咬老人頭上那頂防火面罩。

「這東西怎麼了？發什麼脾氣？」老人駭然揮揚毛巾驅趕小石虎，卻又被老獼猴一把搶下毛巾。

「你完啦！柳丁最討厭人家當他是貓。」老獼猴嘎嘎怪笑，拿著搶到手的毛巾，轉頭去打四處火光，只見那毛巾所及之處，妖火、真火，轉眼全滅，興奮地朝著韓杰大喊：「太子爺乩身呀，你看這灰布好神奇呀，冰冰涼涼的，哪裡有火就打哪裡，打到就滅啦，有這條布，不必找媽祖婆乩身幫忙滅火啦——」

「別吵！」韓杰雙手揪著火龍尾巴，身前身後圍繞，被紅孩兒捧著火打得連連後退，不停抬頭望向天花板，像是在等待著什麼降臨一般，嘴巴還忍不住低喃催促。「老闆呀……你不是說會出手幫忙？這小鬼吐出來的火，比欲妃地獄火還難纏呀……」他這麼埋怨時，雙臂頭臉上一塊塊被妖火燒出的灼傷不時復燃，再被火龍撲滅。「操……我肉快燒熟了。」

紅孩兒揪住一條火龍，像是孩童玩弄泥鰍般，被逗得哈哈大笑。

火龍扭身咬了紅孩兒鼻子一口。

紅孩兒氣得揪緊火龍身子，張口對著火龍吼叫。

火龍朝著紅孩兒頭臉吐出三昧真火。

紅孩兒也吼火還擊。

火龍那三昧真火立時被紅孩兒的妖火蓋過，火龍漸漸吐不出火，直到被妖火噴成焦灰。

紅孩兒抹抹嘴，轉頭望著韓杰，嘿嘿笑。「哥哥，龍龍好好玩……」

「媽的……」韓杰掏出三枚蓮子咬下，又掏出一枚尪仔標揉爛，再從揉爛了的尪仔標碎屑那片耀眼金光中，握出一柄火尖槍。

「啊！」紅孩兒望著韓杰手上那柄火尖槍，露出羨慕神情，飛奔撲來要搶。「給我！」

韓杰挺槍連刺幾下，都被紅孩兒閃過。

紅孩兒幾次擒抱，倒也沒抱著腳踏風火輪的韓杰。

「我要輪子！」紅孩兒尖叫，追著韓杰跑。「我要大槍——」

「好，你乖乖別動，我就借你玩……」韓杰不是沒想過撤了法寶哄他騙他，但一來怕眼前這五歲孩子其實在裝傻，二來見他激動興奮難以溝通，加上妖火極其厲害，便也不敢輕易撤去法寶，只能且戰且走，想到什麼說什麼。「臭小鬼乖，我帶你見太子爺，他的火比我更厲害，和他玩更好玩，好不好？太子爺之前說要下來陪你玩，但不知道爲什麼沒動靜，不曉得是不是忘記了……你乖，別吵，我打電話問他好不好？我操！你到底聽不聽得懂我說什麼？」

韓杰越哄越惱火，他沒有哄孩子的天分。

紅孩兒和韓杰追逐一陣，停下腳步，搖頭晃腦，像是想起了什麼，往手上吐了兩團火，揉揉甩甩，甩出兩柄短槍；這兩柄短槍，模樣和韓杰火尖槍有些類似，同樣有槍頭槍纓，卻短了許多，且非金黃色，而是遍體赤紅。

「我也有火尖槍。」紅孩兒嘿嘿笑了幾聲，往雙腳吐了幾團火，像是穿鞋子般踩踏那些火，卻沒能踩出和韓杰一樣的風火輪，反倒將地板燒出熊熊眞火。

他再次拔腿衝向韓杰，又要搶韓杰的風火輪。「輪子給我——」

「我操！」韓杰挺槍疾刺，和抓著雙槍的紅孩兒有來有往，一口氣對了幾十槍，只覺得拿著雙槍的紅孩兒更加難纏。

「別打啦！別打啦——」老人被老獼猴和小石虎柳丁壓倒在地，聽見遠處韓杰和紅孩兒纏鬥聲漸漸激烈，急得大喊：「再打下去，那孩子會失控，到時候，誰也制伏不了他啦。」

「這臭小鬼現在還不算失控？」韓杰在賣場另一端苦戰紅孩兒，聽老人那樣喊，有些愕然，只見紅孩兒兩眼通紅、咧嘴怪笑，肩頭有處古怪突起。

那突起處上還有幾枚更小的突出物，微微隆動著。

像是初生新芽，又像是未發育完全的小手。

「你打架打一打，還會生出新手？」韓杰舉著火尖槍，望著紅孩兒左右雙頰上，隱隱約約浮現出兩張小臉。「你是三頭六臂？」

他再摸出一枚尪仔標，捏在手上，有些猶豫。

火尖槍、風火輪、兩枚九龍神火罩——他正同時動用四片尪仔標，儘管吃了幾枚蓮子，卻也壓制不了法寶副作用疊加。

他好一段時間沒有遭遇需要一口氣砸出四張尪仔標以上的對手了。

他記得這實行一段時間的尪仔標新規則裡，同時動用五張尪仔標，是極限中的極限，但似乎仍難以企及眼前這紅孩兒的力量底線。

他猶豫著接下來該打出哪一張尪仔標，但紅孩兒似乎有些分心，轉頭看向他方。

韓杰並未趁隙突襲，因為他同樣感到那股新出現在這賣場中的異樣氣息——窮凶且極惡。

拾

「警告你，別再掙扎，快束手就擒！」

賣場那頭，老獼猴摘下老人防火面罩，凶猛警告。

老人卻沒理會老獼猴，而是發起抖來，望著賣場另一端。

那端燈光不知怎地，一陣一陣地明滅閃爍，走出一個黑色身影。

黑色身影長髮披肩，分不清是男是女，一身破爛長袍，寬大袖口露出一截墨黑枯手，倒拖著一柄比人還高的漆黑大太刀。

那柄大太刀刀身毫無光澤，顏色像是墨條、炭筆，在地上拖出一道長長的漆黑筆畫；他踩過之處，同樣留下漆黑的腳印。

黑腳印、墨筆畫，乃至於黑色大袍飄過之處，都留著灰燼的煙霧和氣味。

整個人，像是被烈火焚成的炭。

「啊啊……追兵來了！」老人怪叫掙扎起來。「集團請的殺手來找我了——」

「嘎？殺手？」老獼猴望向那黑色身影，還搞不清楚狀況，便見到離他們最近的一處貨架上方，蹲著一個全身雪白的女孩。

那女孩衣著、體膚，乃至於雙瞳、口鼻和一頭長髮，全都是白色。

女孩周圍飄逸著像是乾冰一樣的霧，從貨架高處一躍而下，腳下落地處散開一圈冰霜。她走向老人，從懷中取出一把折扇，折扇也是雪白色。

「逃……快逃呀……」老人呀啊一聲，奮力推開老獼猴，轉身就要跑，跑不出幾步，身子撞上一個龐然大物。

老人轉身，發現自己撞上一個異常粗壯的無頭壯漢。

無頭壯漢肩高超過兩公尺，軀體極其厚實，胸膛上有兩隻眼睛，腹部生著大嘴大鼻；斷頸處蓋著一只黑色圓蓋，模樣有些像是玻璃酒瓶的瓶蓋，蓋上有電子零件，還豎著兩支一高一低的金屬支節，彷如天線。

無頭壯漢後方，站著一個中年人和一個青年。

中年人穿著褐色西裝，手中托著一本字典厚的書。

青年一身T恤搭牛仔褲，微微駝背，戴著眼鏡，眼色死寂，雙手端著一具無線電玩手把。

「銬爺。」中年人望著撞上無頭壯漢的老人，說：「好久不見，我現在在鐵兵集團混得風生水起，您替我開心嗎？」

「你……」被稱作銬爺的老人瞪著褐色西裝中年人，冷笑說：「哼哼……鐵兵集團是沒人還是沒錢請不起打手？要堂堂研發部組長親自出馬抓我這糟老頭兒？」

「不。」中年男人搖搖頭。「上頭已經派出專人啦，我只是休假無聊，上來玩玩，就這麼巧碰上老師父您，向您打個招呼——還有，我早不是組長啦，我最近還升上第二開發部部長啦。」

「恭喜你升官吶……」銬爺冷笑說：「休假特地上來向我打招呼？我看你是急著想搶功吧，這麼多年，你一點也沒變……」

「不管怎麼說——」中年男人說：「那東西，也花了我不少心血照料，眞算起來，這些年，我陪他的時間，其實比您陪他的時間還多出更多更多呀。」他這麼說時，回頭望向身後廊道末端。

那頭廊道轉角，走出一個小小紅色身影——紅孩兒。

紅孩兒歪著頭望向這兒，一見中年男人，像是膽小孩子見著食人鬼般，嚇得縮回那排貨架後頭，雙手抱膝、背抵著貨架，哆嗦哭泣起來。「高老師……高老師來找我了……」

中年男人還想說話，卻見紅孩兒那方向貨架高處，躍上另個人——韓杰。

韓杰挺著火尖槍，看看底下紅孩兒，又看看老人那兒竟無端多出這麼些怪傢伙，嚷嚷喊著：「我操！你們又是誰呀？」

「哦，有神明乩身坐鎭呀。」中年男人挑挑眉，從胸前口袋掏出兩張證件，舉起對著韓杰晃。「我只是一個普通的陰間住民，我有陽世許可證，是合法入境。我是上來度假的，看！我連良民證都有，不信可以讓你檢查。」

「……」韓杰揚了揚火尖槍，說：「誰管你有良民證還是什麼證，這裡歸我管，沒你的事就滾遠點！」

「也不能說沒我的事。」中年男人指著韓杰那方向的貨架。「本公司失敗產品外流上陽世，身爲公司職員，多少有點責任。」

「公司？」韓杰呆了呆，問：「你公司是陰間軍火商？這大枷鎖紅孩兒就是從你們公司跑上來的？」

「是。」中年男人點點頭，從胸口掏出一張黑色名片。「鐵兵集團第二開發部部長，高安，請多多指教。」

「那個大塊頭是什麼東西？」韓杰挺著火尖槍指著那無頭巨漢。「那個沒有頭的東西也你們公司員工？」

「不是。」高安搖搖頭，說：「那是我們公司最新研究項目……」

「研究項目？你當我傻啦！」韓杰瞪大眼睛。「那是用人屍煉出來的兵器，你帶著那重兵器上陽世度假？」

「誤會誤會！」高安連連搖頭。「那真是合法的研究項目，這是我們公司和地府簽下的正式合作案，有閻羅殿公文的！」他說到這裡，頓了頓，指指身邊青年。「還有，我真是上來度假，這『刑天』也不是我的，是他的；他上來出差，同樣有許可，一切合法。」

「啊！」韓杰見高安說得從容，還從公事包掏出一疊證件，又見那青年嚼著口香糖、模樣輕佻，手裡抓著電玩手把，便問：「他上來出差？他又是誰？」

「鐵兵集團第二開發部研究員——拾貳。」高安這麼說，轉頭望著青年。「你名片有沒有帶在身上？」

那叫作「拾貳」的青年吹破顆泡泡，又嚼回口裡，點點頭，從褲口袋摸出一張縐巴巴的名片。

「……」韓杰遠遠望著高安和拾貳，一時難辨眞僞，他得守著躲在貨架堆裡抱膝哆嗦的紅孩兒，無法分身，便朝著老獼猴喊。「老獼猴，替我拿來看看是不是眞的……」他這麼說的同時，還對高安說：「大枷鎖跟人屍武器在底下都是違禁品，閻羅殿怎麼可能找軍火商研發這種東西？」

「乩身大人呀，法規與時俱進嘛；尤其陰間法條一日三變，時時刻刻都不一樣，你又不是不知道。」高安哈哈笑說：「陰間一堆私人軍火公司，違法買賣人屍、修煉魔屍、到處打打殺殺；人屍武器到了陰間，銅皮鐵骨，舊有陰差裝備根本擋不住，閻羅殿特別委託我們公司，研發專門用來壓制魔屍的大枷鎖，跟可以和魔屍抗衡的兵器──我們這大傢伙叫作『刑天』，他的這副大皮囊，是用人屍萃取物培養出來的肉身，在陽世……這種技術叫什麼？人造人？複製人？總之，絕不能和那些非法買賣屍體的小廠商的東西相提並論呀。」

高安這麼說，將自己和拾貳的名片、陽世許可證、鐵兵集團員工證，連同幾份公文副本，一併交給走來的老獼猴。

老獼猴捧著大疊文件蹦蹦跳跳回去遞給韓杰，搔著頭問。「太子爺乩身，現在什麼情況？不是圍捕大枷鎖嗎，怎麼開始看公文了？」

「操！我怎麼知道……」韓杰翻了個白眼，接過文件、名片和證件，胡亂翻了翻，一時也沒頭緒。只能掏出手機，一一翻拍，再讓老獼猴全數交還給高安。「我不管你是眞是假，我受太子爺籤令來抓大枷鎖紅孩兒，你們沒事就閃遠點。」他說到這裡，見那一黑一白兩個傢伙，前後擋著老人去路。便挺起火尖槍，指著他們喝問：「那兩個又是誰？也是你們開發部員工？」

「不是。」高安搖搖頭。「他們不是我們公司的人，跟我有一點私交，剛好順路，閒話家常幾句，他們想幹什麼，我不知道，也跟我無關。」

「太子爺乩身呀！」銹爺高聲喊：「這兩個是陰間殺手，是集團買來殺我的！高安剛剛講的廢話，你聽聽就算了。他以前是我徒弟，助我一同修煉紅孩兒，後來他出賣我和那孩子，投靠一個陰間老大，又背叛那老大，投靠鐵兵集團！他上陽世，只是想比其他同事更快逮回我和紅孩兒好邀功，他從以前到現在一點也沒變，爲了利，什麼都可以背叛！你千萬別相信他——」

「好好好，就當你說的是眞的，重點是——」高安望著銹爺，微笑說：「我所作所爲，有沒有違法？沒有。一切合法。」他說到這裡，向韓杰點點頭，後退幾步，退到冷藏貨架區靜靜站著，向拾貳說：「太子爺乩身辦案，我們還是閃開點。」

「……」拾貳跟著高安一同退遠，舉手操作起遊戲手把，只見那無頭巨漢斷頸上幾枚電子零件閃閃發光，隨著拾貳的操作動作起來。

高安見銹爺望著那無頭巨漢的神情有些詫異，對他說：「怎麼樣，銹爺，你以前瞧不起我的點子，說我不腳踏實地、成天作白日夢、講空話，但經過這麼多年，以前我那些白日夢已經一一成眞了，刑天就是其中之一。」

高安說到這裡，對拾貳挑挑眉。

拾貳飛快扭按遊戲手把——他雙手和常人有些不同，在兩拇指尾端，還生著一對更長的拇指，他能同時使用四隻拇指操作一只遊戲手把。

加上原本十指，拾貳有十二隻手指。

在拾貳熟練操作下，高安口中那成眞的白日夢之一——無頭巨漢「刑天」，從身旁水果攤位抓起幾顆小玉西瓜，玩沙包似地拋接起來。

刑天那雙巨大手掌抓著小玉西瓜，就像常人把玩橘子；他身型巨大，動作卻十分靈巧，三顆小玉西瓜在他雙手拋接十餘下，沒摔著也沒被捏傷，最後，他左手接著兩顆西瓜擺回攤位，右手接著一顆西瓜，往腹間一擺，他腹部那張嘴巴張開，露出整排方方正正的人牙，喀啦一口咬下半邊西瓜，嚼兩口嚥下，再咬去另一半，最後吮吮手指，露出意猶未盡的神情。

跟著，意猶未盡變成了貪婪飢渴。

刑天抓著一顆顆西瓜往腹部嘴裡塞，西瓜塞沒了，就換成榴槤、柳橙、香蕉等各式水果。

韓杰本來還思索著如何制伏紅孩兒，發覺這頭刑天出現異狀，連忙喝問：「怎麼了？你們在幹嘛？幹嘛偷吃人家水果？」

「怎麼了，拾貳？發生什麼事？」高安睜大眼睛，尖聲問：「這刑天又失控了？」

「是呀。」拾貳兩對大拇指飛快按著手把，只見刑天身子顫抖，胸膛兩隻長眼睛發出紅光，斷頸上那黑蓋子冒起黑煙，上頭電子零件劈里啪啦地炸開。

刑天吼叫一聲，伸手對著斷頸上那黑蓋子猛一抓，扯下黑蓋子，還抽出一截像是蟲足、又似神經的古怪金屬支節——

那是控制魔屍刑天的大枷鎖。

「啊呀！他拆下大枷鎖啦──」高安怪叫一聲，朝韓杰奔去，還一面嚷嚷求救：「太子爺乩身，不好啦，刑天沒有大枷鎖控制，會尋找活人氣味，要吃人啦！」

「什麼？」韓杰愕然，只見那刑天身子一仰，腹間大口張開，發出震天吼叫，跟著轟隆隆地在賣場奔跑起來，然後突然停下腳步，轉頭望著韓杰──

韓杰領著老獼猴和一票山魅上這賣場圍捕紅孩兒，事先也做足準備，老獼猴派出隨從山魅裡那擅長迷魂術的小傢伙，四處催眠客人和店員，將人群都疏散了，才通知韓杰行動，因此這時偌大賣場中，只有韓杰是活人。

「喂喂喂──」韓杰還站在貨架高處，見那刑天轟隆隆地朝他直直走來，沿途揮動粗壯大手，將眼前攔路攤位、貨架全掀翻砸爛扔遠。

「你們竟然帶了隻會吃人的魔屍上陽世出差？」韓杰朝高安怒吼：「你們到底在玩什麼把戲？」

「我在休假。」高安咧嘴一笑，指指身邊拾貳。「他才是出差。刑天失控，可能是身上大枷鎖故障，過兩天我上班時絕對會嚴厲究責……」

高安還沒說完，刑天已經衝向韓杰身下那處貨架，厲吼一聲往貨架撞去。

「操……」韓杰踩著風火輪高高躍起，避開刑天這記衝撞。

刑天一口氣撞倒兩、三排貨架，包括紅孩兒抱膝藏身的那座。

一袋袋米連同整排貨架，轟隆隆地往紅孩兒小小的身軀壓去，轉眼將紅孩兒淹沒。

「太子爺乩身，你別上當──」銬爺急急往紅孩兒那兒跑去。「他們故意解開大枷鎖，想用魔屍絆住你，方便他們抓紅孩兒呀！」

「嘖！」韓杰過去對付過的狡詐對手並不算少，在空中瞥見高安那詭詐笑容，心中也知道這傢伙擺明耍詐，但他甫落地，刑天已經衝向他，也只能挺槍迎戰。

韓杰一槍扎進刑天胸膛上那碩大左眼。

刑天腹部嘴巴大張，發出哀號，但仍凶猛往前，用眼窩抵著火尖槍，推著韓杰往前，將他壓撞在一面貨架上，架上調味料遭到碰撞，啪啦啦地往韓杰頭頂身子砸下。

「操……」韓杰惱火一扭火尖槍，令火尖槍紅纓燃燒冒火，烈火溢出刑天眼窩，同時下令周身十餘條火龍纏上刑天狂燒痛咬。

刑天被燒成一顆巨大火球，慘痛哀號之餘，仍奮力向前。

韓杰鼓足全力挺槍，腳下風火輪催到極限，火尖槍卻只深入刑天眼窩內裡寸許，便無法進一步穿透刑天身軀，反而被刑天抵著火尖槍壓上貨架。

刑天繼續往前，韓杰連同身後整座貨架都被刑天這怪力推動，碰地撞上第二排貨架。

「咦？」韓杰後背抵著貨架，見刑天被火龍纏成一團金火大球，仍撐著槍尖步步逼近，韓杰雙手力竭，握不緊火尖槍，抓握處不停往前端滑移，火尖槍尾和槍身則被推進貨架縫隙。

「怎麼回事？這傢伙屍魂不怕火燒？」韓杰愕然，只見幾條火龍鑽進刑天大嘴，在大嘴裡滑來竄去，狂噴三昧真火，仍阻不住刑天前進。

「吼——」刑天腹間大嘴開開合合，將鑽入口中的火龍盡數咬碎，上下兩排厚重牙齒喀啦啦撞擊，漸漸逼近韓杰胸腹。

「喂——你們這東西裡頭的屍魂有額外保護?」韓杰見十餘條火龍在刑天腹部大口鑽進鑽出、口吐烈火,卻燒不著刑天身中屍魂,不禁愕然。

他只好召回一半火龍,捲上自己全身,雙手一鬆,撤去火尖槍,一手按著刑天那斷頸,一手握拳猛擊刑天胸膛上另隻眼睛。「鑽他眼睛!」

他拳上火龍鑽入刑天另隻眼睛,在眼窩裡噴吐三昧眞火,終於將刑天燒退兩步。韓杰趁這空檔催動風火輪,矮身倏地自背後貨架和刑天身子間逃出,遠遠盯刑天半晌,倏地竄遠。

刑天那巨大身軀裡外一條條火龍凶猛啃他皮肉,但每一口都像是咬在椰子殼般,只能咬下一點絲絲塊塊的粗韌組織,有些火龍持續往刑天胸膛兩個眼窩鑽,吐出的三昧眞火甚至會從刑天大嘴冒出,卻仍燒不倒他。

刑天咆哮吼叫,一面揪扯著身上火龍,搖搖晃晃朝著韓杰竄逃的方向追去。

□

「啊?怎麼逃了?」高安遠遠望著韓杰動靜,見韓杰竟不打逃走,不禁覺得好笑,轉頭對拾貳說:「這就是所謂的……見面不如聞名,對吧?」

拾貳聳聳肩,又吹出個泡泡再嚼回口裡。

「孩子、孩子,你沒事吧……」老人站在壓著紅孩兒的米袋堆前,著急喊他。

持著大太刀的黑色男人和持扇的雪白女人,站在米堆左右兩側,像是在等待米袋堆中紅孩兒下一步動靜。

一包包米袋縫隙冒出煙霧。

「退開點。」高安一把揪著老人後領，退開老遠，又向黑色男人和雪白女人分別使了個眼色，要他們也退遠些。

黑色男人沒有理會高安，而是緩緩地舞畫著他那把超過兩公尺長的大太刀；持扇的雪白女人先是後退幾步，但見黑色男人不退，便又逞強地走回米堆前，跺了跺腳，踩出一圈冰霜雪印，還抖開折扇搧了搧自己，搧出一陣雪風在身邊旋繞。

「喂喂喂，我叫你們後退，沒聽見嗎？」高安見兩人不聽自己號令，有些不悅，取出手機，撥了串號碼，等對方接通，立刻嚷嚷埋怨。「竇爺，你派給我那兩個傢伙，不聽話呀。」

電話那端，先是傳出一陣濃痰聲，跟著沙啞說：「不聽話？你要他們幹啥了？」

「沒幹啥。」高安說：「他們圍著紅孩兒，我要他們退遠點，別讓紅孩兒燒傷啦！」

「燒傷？」電話那端濃痰聲說：「他倆是你自個兒挑的，你不知道他們能耐？」

「我怎麼會不知道。」高安說：「黑的那個生前被活活燒成灰，白的那個活活凍死，一個不怕火燒、一個能放冰降雪——但是，他們要對付的傢伙也不是普通的傢伙；他們要對付的火，更不是普通的火……」

「還能是什麼火？」濃痰聲音問。

「是我當年大枷鎖師父，爲了超越天上太子爺三昧眞火，蒐集陰間諸位放火大佬獨門密術竅門，替他量身打造的火。」高安這麼說。

「你當年師父？」濃痰聲哦了一聲：「是那個『老銹』？」

「是呀。」高安嘿嘿笑地說：「他老人家現在就在我旁邊。」

「這麼多年沒他消息，還以爲他不在了，原來他沒投胎也沒魂飛魄散？」濃痰聲說：「你們聯手了？」

「就看銹爺他老人家答不答應。」高安瞥了身旁的銹爺一眼。

銹爺側目瞧了瞧高安，冷冷說：「你別妄想了，當年的帳還沒跟你算呢。」

「嗯，他要跟我算帳呢。」高安笑了笑說：「竇爺，我感激您借人給我，但他們不聽我指揮，接下來我辦起事也麻煩，怎麼替你弄好處呢？」

「你把電話開擴音，我跟他們說。」

「已經開了。」

濃痰聲又清了清喉嚨，嚷嚷透過高安手機，向黑白兩殺手下令。「墨筆、白扇子，你們兩個乖乖聽高安命令，別自作主張，聽到沒？」

黑色男人、白色女人聽見那濃痰聲，回頭望著高安，都點了點頭，低聲說：「是。」

「太好了。」高安立時說：「往後退開點，小心那傢伙的……火呀！」他說到「火」這個字，聲音立時激動起來——

層層疊疊的米袋縫隙透射出光，墨筆和白扇子腳下旋起火舌，游蛇般捲上兩人大腿。

墨筆揮舞大太刀轉了個圈，往地板一插，一陣黑色墨跡向外擴散，切斷腳下火源。

白扇子對地猛搧兩下，搧出冰風滅了火。

兩人向後躍開，擺出架勢，眼前那大堆米袋瞬間熊熊燃燒起來，火光中，一個孩童身影推開米袋，蹦了出來，蹲在燃燒米袋堆上東張西望，找著了鎊爺，走下米袋，對鎊爺說：「爺爺，我想回家。」

「好，爺爺帶你回家……」鎊爺點點頭，苦笑說：「小心一黑一白的傢伙，他們是壞人，別讓他們傷了你……」

紅孩兒左右瞥了瞥墨筆和白扇子，雙手熊熊起火，豎成兩支赤紅燃火的短槍。

「小鬼！」高安陡然朝著紅孩兒大吼一聲。「你想造反？給我放下武器——」

「噫！」紅孩兒被高安一斥，像是被嚇飛了魂，身子一顫，雙手鬆開，兩枚紅短槍落下地，砸成了火。

墨筆挺起大太刀往前一刺，一刀穿透紅孩兒肚子，猶如串烤般將他串起騰空。

白扇子躍上墨筆大太刀刀尖，對著被騰空串起的紅孩兒腦門搧風，搧下大片風雪，急速冷凍紅孩兒身子。

「你……你這傢伙。」鎊爺轉身，一把揪著高安領子，朝他怒吼：「你這些年，到底對他做了什麼？」

「做什麼？就只是日復一日地煉他。」高安說：「像您以前教我的那樣。」

「放屁！」鎊爺兩眼發紅，暴怒之際，不自覺地露出厲鬼面容。「他聽到你聲音，像是見鬼一樣，你分明虐待他了，這不是我煉大枷鎖的方法！」

「多少摻了點其他門派的方法囉。」高安嘿嘿笑了笑。「朱門、張家、瑪麗亞等流派的方法，我都有參考……不過效果都不太好。」

「這些流派，一個比一個凶狠呀……」鎊爺舉拳往高安鼻子上打，被高安一手擋下。

「鎊爺……」高安手腕上纏著張符，隱隱閃耀青光，高安捏著鎊爺拳頭，捏得他跪下地。「您當年替紅孩兒量身打造的火，在我接手之後，變得更旺更凶了；如今這紅孩兒，可是我倆聯手的成果，您就別鬧脾氣，仔細看看吧……」

高安說到這裡，見前方米堆上，紅孩兒被白扇子冷凍的身軀重新燃起紅火，立時放開鎊爺，急急上前，翻開他那本一直托在手上的厚書，從中揀出幾張書頁，飛快唸咒，再往紅孩兒身上貼。

原來他那本大厚書，是一整本符籙。

紅孩兒升溫發亮的體膚，被貼上書頁大的符，立時又黯淡下去。

白扇子鼓嘴，朝著紅孩兒頭頂吹氣，在紅孩兒身上吹出厚厚一層冰霜。

墨筆挺刀橫舉著紅孩兒，騰出一手對著紅孩兒身上冰霜，凌空寫出墨跡符咒，那符咒化出黑色鎖鍊，飛快纏捲住紅孩兒身子。

高安再貼符。

白扇子再鼓嘴，在墨跡鎖鍊外，吹結出新一層冰霜。

墨筆再寫出新一道墨色鎖鍊。

一層冰、一圈鎖鍊、一張張符；再一圈冰、再一圈鎖鍊、再一張張符。

鎊爺企圖上前阻止，卻被拾貳揪著不放。

「這是太子爺乩身要逮的傢伙，你們想對他幹嘛？」老獼猴湊到高安身旁，看看他、看看紅孩兒，還伸手摸摸高安那本大符籙典，卻被高安伸手撥開。老獼猴惱火怒罵：「你敢對土地神不禮貌！」

一旁小石虎柳丁齜牙咧嘴，朝高安哈氣。

高安只得好聲好氣地安撫：「別氣別氣，土地神，我在忙，您去別的地方玩，好嗎？」

「我不是在玩！我陪太子爺乩身執行任務！」老獼猴吹鬍子瞪眼睛，扠著腰說：「且你剛剛不是說休假嗎？」

「你陪太子爺乩身執行任務？太子爺乩身現在有難，你還不去幫忙？」高安問。

「他厲害得很，連第六天魔王都打不死他。」老獼猴說：「我去插手，他說不定嫌我煩。」

「那可不一定。」高安說：「纏著他的那東西，是用人屍煉出來的凶器，非鬼非魅。」

「不是鬼魅又怎樣？」老獼猴不解問。

「神明乩身法寶，都是用來對付鬼魅的不是？」高安反問：「對陽世實物有用嗎？」

「陽世實物、人屍……啊呀！難怪我說怎麼太子爺乩身和那傢伙打那麼久，那東西有『肉身』，不怕天賜法寶呀！」老獼猴怪叫一聲，向柳丁招手，急急往剛剛韓杰離去那頭奔。「柳丁！咱們快去幫忙呀——」

高安望著奔遠的老獼猴和柳丁，哼了一聲，又從書上撕下一張符紙，要往紅孩兒身上那層層冰霜和墨鍊上貼——

冰霜狀態有些古怪，冰裡紅通通的。

「嘖……」高安手捻著符，剛按上厚冰，厚冰立時崩開一道裂痕，裂痕噴出熱風，燙得高安摀臉退開。

啪啦一聲，多層厚冰和墨鍊一口氣炸開，紅孩兒雙手握著穿透他腹部的大太刀，朝著墨筆鼓嘴吹火。

墨筆起初幾秒，還閉眼硬撐，他生前在一場大火中成了餘燼，死後不怕火燒，幾經修煉，成爲黑道打手，被高安看中他不怕火，向他頂頭大哥借來逮這紅孩兒，但他此時在紅孩兒那口火下熬了十秒，只覺得魂都要給燒飛了，只得棄了大太刀，翻滾退遠，不停撲拍臉面，拍下一堆堆帶火炭屑。

一陣雪風籠罩住紅孩兒全身，紅孩兒立時扭頭吹火。

白扇子高高躍起，避開紅孩兒吐出的火，她在空中打了個轉，落地後大力搧扇，搧出一股冰凍龍捲風暴，朝紅孩兒襲捲而去。

紅孩兒肚子上還插著墨筆那把大太刀，雙手捏著拳頭，吐火追擊白扇子。

白扇子的冰雪風暴擋不下紅孩兒的火，只能邊吹邊跑。

轉眼間，賣場這一角，幾乎都沾上紅孩兒吐出的妖火，又進而被妖火燃起眞火，大火快速擴散。

幾股墨流捲上紅孩兒腹部大太刀刀柄，倏地抽出那把大太刀，墨筆雙手揚著墨流，奪回武器，加入戰局，和白扇子一前一後遊鬥紅孩兒。

「嘖！」高安托著符籙厚典，焦急觀戰，見墨筆和白扇子落了下風，轉頭對銹爺說：「本來我帶那刑天上來，就是用來當肉盾擋火，我們再趁機拿下紅孩兒，誰知道這兒有個太子爺乩身礙事，唉……」他說到這裡，見銹爺瞧他的神情帶著輕視，便說：「好，我知道您老人家心裡想什麼，你一定想我那刑天也不管用。沒錯，我也嚇了一跳，這小鬼的火眞是超乎我預料，我得向竇爺借更多人。你知道竇爺竇老仙吧？」

「……」銹爺撇開頭，不想理睬高安。

「我知道你氣我當年掀你的底，搶了紅孩兒，不過我這次上來，是想和你談合作。」高安說：「現在底下除了我公司外，開出高價想將紅孩兒弄到手的人馬可多著了。」

銹爺聽到這裡，惱火罵他：「你這傢伙……剛剛我以爲你只是想搶功，結果你想抓了紅孩兒賣給其他人？我太小看你啦！」

「只是買賣？您還是小看我了……這紅孩兒價値連城，賣掉豈不可惜？」高安咧嘴大笑。「我現在是第二開發部部長，等我進入總部，當上總部長，再推舉您當副部長，我師徒倆聯手，您的技藝加上我的資源，絕對能夠打造千百件紅孩兒，到時候，嘿嘿嘿……」

「你……」銹爺愕然問：「你們總部部長投胎去啦？那位子空著？你想當就當？」

「總部長還好端端地在位子上呢，前兩天還訓了我一頓嘿。」高安神祕兮兮地笑。「不過再過不久、水道渠成時……竇爺會派人替我清空那位子，條件是——我日後提供他源源不絕的紅孩兒。」

「什麼……」銹爺望著高安，一時說不出話，只覺得當年將他當成見利忘義的小人，或許當眞小看了他，倘若眞如他所說，有本事造出「源源不絕」的紅孩兒，到時候的影響，可不只一筆買賣的數字。

而是整個陰間，到人間，甚至到天庭，都要地動山搖了。

「墨筆、白扇子，別打了，準備撤退——」高安高聲下令，向拾貳使使眼色，扣著鎊爺往賣場一扇門撤，還朝著紅孩兒大喊：「喂，小鬼！別玩火了，我要抓走你爺爺啦，想救爺爺，就跟我來……哇！」

高安還沒喊完，身邊鎊爺那防火衣口袋，突然炸出一陣亮白粉末，震得他和拾貳暈頭轉向，回過神來，鎊爺已經掙脫了拾貳扣拿，急急跑開。

「抓……快去抓回他……」高安急急下令，但見紅孩兒不要命地朝這兒衝來，眼耳口鼻都噴出烈火，也顧不得鎊爺動靜，只嚇得撲進賣場門內——

那是一扇通往陰間的鬼門。

大火在門外炸開，墨筆、白扇子先後撤入鬼門，拾貳在最後一刻也撲回門裡，左腳還燃著火，痛得在地上不停打滾，但他沒有墨筆、白扇子的功力，拍了兩下，連手都沾著火，痛苦哀號。

高安連忙從地上撿起幾張散落的符籙，施法替拾貳滅了火，一把拉起他，碎碎罵著：「走走走，我們回去向竇爺借更多人。那小鬼竟不聽我話！哼哼……」

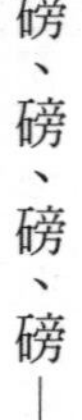

拾壹

磅、磅、磅、磅——

魔屍刑天在賣場貨架間闊步疾走，腹上大嘴開開合合，兩排厚重巨齒交撞，像是迫不及待將韓杰咬成肉泥。

胸膛一雙眼睛都被韓杰打壞的刑天，只能靠著嗅覺，在廣闊賣場中尋找韓杰；賣場裡一座座貨架、堆積如山的商品，在壯碩異常的刑天面前，不是被掃開就是被踏平。

刑天突然停下腳步——找到韓杰了！刑天緩緩轉身，腹上那大鼻子告訴他，韓杰距離他約莫十公尺外。

韓杰確實就在那兒——大賣場廚具區。

韓杰腿側附著風火輪，要逃離這瞎眼刑天並非難事，但一來還沒逮到紅孩兒，二來他不能讓這刑天跑出賣場——紅孩兒雖然厲害許多，但好歹有個爺爺看著，這失控魔屍刑天要是逃出賣場，殺入人群，那可不得了。

韓杰望著刑天緩緩朝他走來，刑天身上還捲著幾條火龍，那些火龍又啃又燒已經好一會兒，卻沒辦法對刑天造成更進一步的傷害。

這是因為韓杰的尪仔標法寶對陽世實物影響相對較小，而刑天並非單純鬼物，是用陽世人屍進一步煉成的魔屍，火尖槍穿不透魔屍軀體；雖說韓杰並非沒有收拾過殭屍，不久之前殯儀館火化場一戰，他便用火龍燒煅一批殭屍體內屍魂。

但眼前這刑天和先前韓杰遭遇的魔屍、殭屍都不相同，刑天肉身經過特殊異法修煉和手術改造，不僅令神明法寶無法透體直接攻擊屍魂，且軀體內部構造也與尋常人屍不同，火龍即便鑽入了嘴巴、眼窩，也無法繼續深入屍魂躲藏處。

韓杰幾樣法寶，既燒不著刑天屍魂，又破壞不了刑天堅皮厚肉，因此打得狼狽不堪。

韓杰感到賣場那頭炙熱氣息，眼見火勢逐漸擴大，知道紅孩兒那頭漸漸失控，儘管他還沒準備完全，但明白不能再拖下去了。

他抄起一把菜刀，菜刀上寫著符籙金字，一旁攤位還平擺著十來把寫有金字的菜刀、主廚刀。

刑天轟隆隆走來，舉起拳頭往韓杰腦袋砸。

韓杰一個瞪眼，纏在刑天身上的幾條火龍同時勒緊刑天胳臂，火龍的力量不足以阻止刑天動作，但足夠讓韓杰趁隙往刑天胸口劈上幾刀。

韓杰一口氣連劈三刀，躲開刑天擒抱，催動風火輪繞到他背後，再劈五六刀——神明法寶對這經過加工又有異法護體的怪屍兵器沒輒，他決定用陽世菜刀硬剖。

菜刀劈在刑天前胸後背上，像是劈在堅硬結凍豬肉上一樣，菜刀崩出了缺口，刑天後背皮肉也被劈出一道口子，露出隱隱透著紫氣的肩胛骨。

韓杰退遠，甩甩發麻的手，掏出一片尪仔標砸出混天綾，令混天綾纏裹雙臂增加臂力，竄回刑天身旁對著他一陣亂砍，手上菜刀砍壞了，便繞回攤位抄起兩把刀再砍。

很快地，韓杰就發現這刑天皮肉堅韌程度遠超出他的想像，儘管菜刀上寫著金粉符字，但砍不透皮肉、傷不著屍魂，符字便無效力；混天綾加持了他的臂力和握力，但要靠這賣場菜刀劈開刑天胸膛韌肉和底下粗骨，不知道得劈多少刀。

他且戰且退，想找把消防斧頭，但左顧右看，連個滅火器都沒瞧見。

遠處蔬果區紅孩兒那赤紅妖火炸開，眞火燒出的濃煙迅速蔓延，韓杰低罵幾聲，開始猶豫是否該轉頭回去，藉那紅孩兒的妖火來燒這刑天——太子爺法寶不會在陽世引燃眞火，但紅孩兒妖火可以。

「太子爺乩身，你在哪兒？」老獼猴的呼喊聲響起。「我們來幫忙啦！」

「老獼猴，去找把斧頭給我！」韓杰大叫。

「斧頭？你要斧頭幹嘛？」老獼猴遠遠怪叫。

「這東西皮太厚，我要劈開他的肉，燒他的魂！」韓杰一面嚷嚷，一面隨手抄起鍋碗瓢盆往刑天胸腹口鼻上砸。

老獼猴急忙下令：「眾山魅聽好，太子爺乩身需要武器，大家給我找一找！」

本來和小傢伙一同疏散客人的待命山魅們，聽了老獼猴號令，立刻四處搜索起武器或是看起來像是武器的東西，遠遠地往韓杰扔。

韓杰接下幾把菜刀、水果刀，砍沒兩下立刻砍崩了刀刃，隨手扔了，要大夥兒別再扔菜刀，沒用。

又有山魅拋來長柄拖把、掃把和各種工具，韓杰接了支馬桶吸把插入刑天腹部大嘴，氣得大罵：「扔點有用的過來！」他剛罵完，腳下踩著一隻山魅扔來的保溫壺，差點摔倒，他連忙穩住身子，卻因此分神，被那刑天揪著右臂，高高舉起，往地板一砸。

磅啷——

韓杰在千鈞一刻之際扭動身軀，避開腦門要害，讓左肩著地。

他左肩脫臼、骨裂，右臂也因爲刑天怪力抓握和後續撞擊而折斷。

刑天握著韓杰斷骨右臂，再次將他高高提起，想砸第二下，但刑天身上幾條火龍在韓杰急令下，一口氣往刑天肩膀胳臂上纏捲緊箍，死鎖刑天肩臂。

刑天胳臂受制火龍，摔擲不便，便揪著韓杰往前衝撞，轟隆隆撞進貨架堆裡，撞倒幾排貨架，商品散落滿地。

這區貨架擺放的都是五金工具，本有幾隻山魅徘徊在這附近挑揀武器，被刑天這麼一撞，嚇得散開，有幾隻山魅在驚訝之餘，還不忘將抓在手上的五金工具拋給韓杰。

韓杰被撞得七葷八素，哪騰得出手接工具，被一個山魅扔來的扳手砸到頭，連罵人都懶了。他嘔出幾口血，覺得自己肋骨應該也斷了幾根，他感到胳臂發出劇痛、雙腳開始浮空，知道刑天又想將他舉高砸地，連忙抬膝頂撞刑天胸腹鼻子。

刑天腹上鼻子被撞了兩下，吃痛怪叫，張口想咬韓杰膝蓋。

韓杰見刑天鼻子敏感，索性抖抖腳，將風火輪抖上膝蓋，往刑天鼻子連續狂撞，還令風火輪疾轉，摩擦刑天鼻子，又令兩條火龍鑽入刑天鼻孔吐火。

刑天咆哮怪叫，仰身打了個大噴嚏，鬆手放開韓杰。

韓杰沒有趁機逃遠，反而躍上刑天肩上，像孩童騎跨父親肩膀般，騎上刑天肩膀，將剛剛隨手在貨架上摸得的螺絲起子，往刑天斷頸處插——

他在被刑天高舉砸地時，瞥見刑天高壯身軀斷頸切面有些破口，裡頭微微透出異樣紫光，那是刑天拔下斷頸黑蓋子大枷鎖時扯出的傷口。

屍魂或許就藏於其中。

韓杰右臂骨斷、左肩脫臼，握著螺絲起子僅能刺進刑天斷頸破口寸許，正想喊老獼猴替他回頭找把菜刀，便見到眼前飛來一個五金工具，他忍痛抬手接著，那是一支三十公分長、拇指粗的三角銼刀——

「嘩！這東西誰扔的？」韓杰興奮怪叫，抓著那銼刀往刑天斷頸破口一插，同時令幾條火龍奮力箍鎖刑天雙臂，不讓刑天舉手抓他。

「我……是我……」一個山魅害怕舉手回答。「太子爺乩身，那東西不好嗎？」

「非常好——」韓杰大喊：「就是缺了把鎚子，快找把鎚子給我！」

韓杰一面喊，一面指揮混天綾上下延伸，往下纏繞他腰腿，將他和刑天綁在一塊兒；往上纏繞他雙臂，讓他在左肩脫臼、右臂骨折的情況下，仍能使力。

刑天咆哮、掙扎，像隻發狂的牛不斷扭動身體，還張口啃咬捲在他腹部的火龍身子。

韓杰騎在刑天肩上，左手握著銼刀抵著刑天斷頸破口，被山魅扔來那一把把大小鎚子砸中七八記，額頭被敲出個大包，終於接著一把鐵鎚，藉著混天綾加持，舉鎚往插在刑天斷頸上的銼刀柄上砸——磅！

「吼——」刑天爆出怒吼，更加瘋狂地奔衝亂撞。

「操……」韓杰咬緊牙關，忍痛借用混天綾纏捲斷骨右臂，舉起大鐵鎚重搥銼刀，一下一下地將那尖頭三角銼刀敲進刑天斷頸中，斷頸底下，便是有著厚實肌肉和肋骨保護的胸腔。

刑天高高躍起，往後仰倒，將韓杰整個身子砸在散落五金工具的地板上。

韓杰扎了滿背鐵釘和五金工具，痛得連叫喊的力氣都失去了。

刑天掙扎起身，又開始暴衝，韓杰在劇痛中被掀上老高，又隨著刑天四處衝撞貨架好一陣，再也支撐不住，終於令混天綾鬆綁，摔落在地，連滾帶爬地撲遠伏地。

刑天鼻子雖被韓杰用風火輪加持膝蓋撞歪，但嗅覺似乎並未喪失，轉了幾個圈便鎖定了韓杰位置。

韓杰癱坐在地嘔血喘氣，老獼猴驚慌地領著幾隻山魅上前攙扶。「太子爺乩身吶，你這些法寶對這東西不管用，快退遠點……求太子爺降駕吧……」

「媽的，他一定罵我……」韓杰冷笑呢喃。「怎麼這麼晚才想出這招……」

老獼猴本來聽不懂韓杰這句話意思，但見到朝這頭走來的刑天像是觸電般顫抖起來——

刑天斷頸上方，有個紅色的東西飛速旋轉。

那是韓杰逃開刑天之前，刻意留在刑天身上的風火輪。

兩只風火輪併疊著，和底下三角銼刀被混天綾緊緊綑在一塊兒。

風火輪一轉，插在刑天斷頸中的三角銼刀也開始轉。

「給我轉快點呀……」韓杰喘氣下令，風火輪連同底下三角銼刀轉動更快，像是電鑽一樣往刑天斷頭鑽。

「吼——」刑天吼叫著又往韓杰走來幾步。

「我還沒打完，你們滾遠點……」韓杰推開老獼猴，掏出一枚尪仔標捏爛，一支金亮耀眼的火尖槍在他手中閃現。

他全身激烈顫抖起來，浮現一塊塊火灼、割傷和勒痕——

這支火尖槍是此時此刻，他同時動用的第五張尪仔標；五張尪仔標副作用加成，已經遠超出蓮子效力。

刑天又逼近兩步，韓杰緊握火尖槍，往一旁的貨架躍去，藉著火尖槍飛衝之力，躍上貨架頂端，跟著再一蹦，朝刑天高高跳起——

□

陳亞衣騎著機車，遠遠便見到前方賣場門窗透著火光、溢出濃煙，外頭聚著大群人，同時一陣陣消防車警報聲響起。

她在對街停車，往賣場奔，林君育跟在後頭，褲袋裡手機響起，連忙接聽，手機那端是分隊學弟的吆喝：「媽啦學長！又有大火——」

「是大賣場？」林君育報上這家賣場名字和地點。

「啊？」學弟說話含糊不清，大概口中的滷味還沒嚥下。「你收到通知了？」

「我已經到了。」林君育緊跟在陳亞衣身後。「替我帶一套裝備，在火場會合……」

「什麼！」學弟愕然，卻也無暇細問，只能大聲答：「好！」

陳亞衣奔過人群，只感到四周人群大都昏昏沉沉，像是作著白日夢一般。其中有幾個人肩上攀著山魅。有隻山魅又似樹懶、又像嬰孩，不停遊走眾人肩頭，對著每個人耳語，這山魅一見陳亞衣奔來，立時伸長了脖子，向她揮手。

陳亞衣奔到那小山魅身旁，問他：「小傢伙，你在做什麼？」

這叫「小傢伙」的山魅擅長迷魂幻術，是賣場裡那土地神老獼猴得力助手，他對陳亞衣說：「老獼猴要我把客人都哄出來……他們在裡頭逮大枷鎖……」

「我去探探。」苗姑二話不說，一馬當先竄入賣場。

「……」陳亞衣知道那紅孩兒來歷和他妖火厲害，見到賣場起火，心想裡頭或許已經打得不可開交，轉頭對林君育說：「我們上，記得跟緊點……」

「就這樣進去？」林君育有些猶豫。「可是……我還得和隊上兄弟會合，不能擅自行動。」

「什麼……」陳亞衣瞪大眼睛，本想碎嘴埋怨兩句，但想到他是消防員，得遵守團隊紀律，莫可奈何，只好說：「那我自己進去。」

「啊……」林君育見陳亞衣頭也不回地衝入那湧出濃煙的賣場大門，一時不知如何是好。他見識過陳亞衣能耐，知道她有神力護體，但又隱隱覺得讓一個女孩獨自闖入火場，自個兒守在外頭，似乎有些窩囊。

「你擔心的話，就一起進去。」黑爺的聲音在林君育腦袋裡嗡嗡乍響。「不用擔心你隊上兄弟到了找不到人，我借你『虎毛』用用。」

「虎毛？」林君育正困惑著，突然見到一條黑影竄到面前，是條粗實虎尾巴。

「來，拔條毛下來。」

「拔毛？」林君育見那條粗實尾巴在臉前左搖右擺。「你要我拔你尾巴毛？」

「真是囉唆……」黑爺語氣顯得十分不耐煩，那條粗黑大尾巴在林君育臉上啪啪賞了兩巴掌，跟著捲上林君育手腕，讓他的手攤開，接下一根自空中緩緩飄落的黑毛。黑爺用命令的口吻說：「對著這根毛吹口氣。」

「……」林君育挨了耳光，不敢再問，鼓起嘴巴朝手掌一吹，將那黑毛吹飛。

黑毛一離掌，立時發出光芒，在空中化成一個和林君育一模一樣的人形。

人形落地，靜靜站著，乍看像是一尊極其逼真的蠟像。

但會眨眼，會抓頭，似乎是活的。

「哇！」林君育嚇了一跳，問：「這……這是什麼？」

「你的替身。」黑爺這麼說。「這一點他們沒替你設想，但俺主公想到了，主公知道你公務繁忙，有時抽不出身，所以要俺額外賜你變化假身能力，讓你在情急時刻，能騰出真身做事。」

「這個假人，能頂替我工作？」林君育訝異問。突然想到身後人群眾多，回頭一看，那人群只是呆愣愣站著，猶如作著白日夢般——這些圍觀人群，大都是中了小傢伙等山魅的迷魂幻術，被驅離賣場的顧客，自然，也有些在賣場失火冒煙之後，才跑來湊熱鬧的路人，同樣也被小傢伙迷惑，一點也沒有注意到人群中有個林君育，莫名其妙變出個假身這件事。

「大道公特地挑出一些部下，演練你平時工作內容，他們會控制這虎毛假身，模仿你的言行舉止。」黑爺這麼說：「你別擔心出亂子，俺帶著你，也同時替你看著假身，不會有事，上吧。」黑爺說到「上吧」時，又揚起黑尾巴，在林君育屁股又抽上一鞭。

「噫！」林君育摀著屁股，三步併作兩步地奔入賣場，在黑爺指示下，很快追上陳亞衣。陳亞衣用上了媽祖婆那白面神力，全身雪白一片，煙火不侵，她見林君育追來她身邊，問了幾句，聽林君育說到黑爺動用假身代他出勤，立時向黑爺抗議：「這樣難道不是賄賂？黑爺你讓他用假身，以後他豈不是都不用工作了？」

「這假身只有在情急時刻能用。」黑爺說：「至於怎樣算情急時刻，俺自然會判斷；這虎毛是從俺尾巴上拔下來的，他想濫用，也得經過俺同意啊。」黑爺說到這裡，語氣有些得意。「這當然不算賄賂，頂多算是員工福利，妳們沒提供他這福利，不能怪俺吧。」

「嘖……外婆！外婆！情況怎樣了？」陳亞衣一時不知如何辯駁，眼見前方火勢越來越大，煙霧濃得連路都看不清，便不再與黑爺爭論，四處嚷嚷找起苗姑。

「亞衣，在這兒——」苗姑的聲音自某個方向傳來。

陳亞衣和林君育循聲追去，遠遠只見五金貨架區雖沒起火，但凌亂不堪，有個巨大身影搖搖晃晃，身上纏著一條條火龍。

同時，一個身影挺著金黃長槍竄上空中——

韓杰藉著火尖槍飛天力量，竄得老高，在接近天花板處扭身轉向，挺著火尖槍直直對準刑天斷頸，俯衝而下。

金黃火尖槍像是巡弋飛彈般，倏地扎入刑天斷頸上那被三角銼刀鑽開的洞口中，足足沒入數十公分。

刑天撲通跪地，掙扎慘嚎，身上幾條火龍激動纏捲上火尖槍，藉著槍身，一口氣全鑽入刑天體內──這刑天肉體是陽世人屍，經過異法修煉，能防神明法寶，但被韓杰用同樣是陽世實物的三角銼刀鑽開屍肉，讓火尖槍得以插入，再引入火龍，直接在刑天胸腔內部噴吐三昧眞火。

刑天斷頸破口、胸膛眼窩、口鼻，全噴出火。

藏在刑天胸腔內部的屍魂轉眼被火龍焚滅，刑天那刀槍不入的屍身，此時便當眞像是冷凍豬肉，動也不動了。

韓杰翻摔落地，只覺得四周天旋地轉，尪仔標副作用愈漸加強，全身疼痛反而開始發麻，意識也漸漸渙散。這情形對韓杰而言，其實再熟悉不過，這是尪仔標副作用逼至極限時，令他暈厥失神、墜下陰間的過程。

自從閻羅殿大戰之後，已經好久沒有這樣的經驗了。

他依稀想起一年前自己替鬼王鍾馗代訓菜鳥乩身許保強時，用上五片尪仔標也能硬撐不暈，這一年來，除了數月前重遇夜鴉之外，平時經手處理的籤令大多是些雞毛小事，因此注意力鬆懈了？或是肉身衰退了？

「韓大哥——」

韓杰依稀聽見有聲音叫喚他，同時有股力量自他跪地雙膝，傳入他五臟六腑，舒緩他全身不適和疼痛。

他知道是陳亞衣向媽祖婆借紅面神力加持他了。

拾貳

啪啦啦的碎裂聲接連響起，賣場外的消防隊員持工具擊破整排大窗，跟著一柱柱消防水柱射入賣場。

「這些水沒用的。」陳亞衣帶著林君育站在賣場中心位置，在一圈瑩亮白光中，和林君育討論著，彷彿這場大火不過又是一堂實習課程。「你之前碰過這種水澆不熄的火，對吧？」

「嗯……」林君育點點頭，之前他確確實實見識過怎麼也淋不熄的火，那樣的火，和化學火災不同，那並非尋常陽世的火，而是另一個世界的火。

有些陽世以外的火，只燒得著陽世以外的事物，例如韓杰法寶那三昧眞火，只燒鬼物；但也有許多陽世以外的火，能夠在陽世引發眞火，例如此時此刻，賣場裡頭這紅孩兒的妖火。不論是滅火器、消防水柱，都只能滅眞火，卻滅不了那千奇百怪的「另一個世界的火」。

「撲滅這些亂七八糟的火，就是你往後的任務之一。」陳亞衣對林君育這麼說：「跟著我，我示範給你看——」她這麼說，帶著林君育在濃煙中穿梭，往一處火勢旺盛地帶前進。

林君育見陳亞衣在火場裡一切行動，全然不符合消防常識，心裡不免有些疙瘩，但此時他身邊情境，確實也與一般火場情況大不相同——陳亞衣腳下那瑩白光圈，猶如無形的防護罩，不但阻絕了濃煙，所及之處火勢立刻撲滅，即便踏入紅孩兒妖火範圍，只要她多踩兩下，也能立時滅火。

「嗯。」陳亞衣踩滅了兩條貨架火勢，停下腳步，對林君育說：「換你了。」

「聽到沒有。」黑爺打了個哈欠，接話說：「輪到你了。」

「輪到我……」林君育呆了呆，問：「滅火？」

「不然咧。」「廢話。」陳亞衣和黑爺同時開口。

「可是……」林君育愕然。「我……我空手怎麼滅火？還是你們要我去找滅火器？」

「啊？」苗姑忍不住大罵：「不是教過你？快拿——」

黑爺搶在苗姑話前先插了口：「拿俺主公賜你的水槍出來救火！」

「風扇……」苗姑被黑爺搶了話，惱火地說：「是媽祖婆的風扇！什麼水槍？讓小孩子玩鬧是吧。」

黑爺不甘示弱回嘴：「水槍是小孩子玩鬧，那風扇是啥？讓小孩子午睡用？」

「風扇？水槍？」林君育無奈說：「我……我不記得你們有教我這兩樣東西。」

「什麼？」「明明有教過，你忘了吧！」「臭小子你到底有沒有認眞上課？」苗姑、黑爺同聲譴責起林君育，你一言我一語地對林君育敘述「水槍」和「風扇」這兩樣神力的使用方法，不時罵他：「好好想想呀！」「呆瓜呀，怎會忘了最重要的東西呢？」

「弟子林君育……」林君育在黑爺和苗姑左右轟炸下，莫可奈何嘗試演練他們口中的「水槍」和「風扇」。其實用來也不難，和油壓剪、強心針差不多，祝禱借力之後，手中泛起白光，凝聚成形。

水槍外型和這賣場裡的玩具大水槍相差無幾，數十公分長，通體雪白瑩亮；風扇活脫就是老式電風扇，底座、細頸加上金屬細框罩，同樣雪白一片。

林君育右手抓著水槍，左手握著風扇細頸，照著黑爺和苗姑指示，看哪兒有火，就滅哪兒的火。

水槍射出的水柱其實不小，且閃閃發亮，水花濺及處，煙消火散——不論是眞火還是紅孩兒那妖火；風扇吹出的風中還飄著雪花，能夠直接將濃煙吹得無影無蹤，也能滅火。

「我先送韓大哥出去，再來找你。」陳亞衣見林君育上手迅速，便與他兵分兩路，自個兒指揮老獼猴等山魅扛著韓杰肉身，往賣場後方小門走，讓林君育自個兒繼續滅火。

苗姑緊跟在林君育身邊，不停說那風扇好處，倘若林君育用水槍滅火的次數多過用風扇滅火的次數，苗姑便會惱火責備他是否大小眼。

林君育爲難極了，因爲黑爺也這麼施壓他。他小心翼翼地射一柱水、吹一次風，公公平平地滅火，倘若其中一樣神力不小心多用了一次，便得找機會補回來。

□

老舊公寓四樓一戶裡兩房兩廳，家具、裝潢老舊得像是上個世代，但也算是乾淨素雅。

鎅爺和紅孩兒坐在廚房外餐桌旁吃著點心。

不久之前，他們從那賣場逃脫，返回這陽世老屋中。

紅孩兒面前堆著一堆零食包裝、兩個布丁空盒，手裡還捧著半盒布丁，捏著小杓慢慢吃著；鎊爺穿著泛黃背心和短褲，捏著叉子叉起芭樂往嘴裡塞，邊吃邊翻看著筆記。

像是尋常祖孫晚餐後的點心時間。

雖然紅孩兒這點心時間吃下的零食似乎過多，但他本非凡人孩子，這些甜膩重鹹的零食對他也沒太大壞處。

鎊爺翻看筆記，不時瞥瞥紅孩兒兩眼。

現在的紅孩兒，模樣和許多年前的紅孩兒幾乎沒有多少分別，差別最多的，是捧在手上吃的零食，那年代，即便在陽世，也沒那麼多稀奇古怪的零食。

何況在陰間。

鎊爺都快不記得當年透過關係，向十八層地獄裡某個單位買下紅孩兒距今已有多少年了，那時候他可是陰間大枷鎖工匠界的紅人，不少陰間黑道老大重金請他打造大枷鎖。

那時有個勢力頗大的陰間老大，逮了隻厲害山魅，怎麼也馴服不了，透過關係找上他。他帶著自己珍藏的四具大枷鎖上門，不但制伏不了那山魅，還被啃壞三具。

他拍胸脯向陰間老大保證，給他半年時間，他絕對能夠造出足以馴服這傢伙的大枷鎖。

陰間老大也樂得開出三倍價碼，一來作爲激勵、二來當作賠償鎊爺被山魅破壞的三具大枷鎖，還預付一半，也答應盡量替他張羅煉製大枷鎖所需原料。

鎊爺稱最好的大枷鎖需要摻入人魂，而他這次打算用人魂作爲主體，打造一具史無前例的大枷鎖。

那老大便令手下四處打聽消息，得知在十八層地獄裡，有個年幼男童罪魂揹著數十條惡名昭彰的重罪，囚禁在火海地獄某間房裡被日夜燒烤。

男童似乎不怕火烤。

銹爺透過老大提供的人脈，拿著老大額外補貼的費用，來到十八層地獄，買下男童和他的人間記錄，帶回工作室，開始研發。

男童的記憶零零碎碎，已記不清生前種種，但銹爺從他不大的年紀，和他片片斷斷口述的過往生活，大致推敲出男童短短數年的歲月歷程。

男童爸爸好賭，欠債逃到外地，男童自幼和爺爺相依爲命。

債主找上門來，逼迫爺爺賣地償債，爺爺不從，債主便放火燒了祖孫那遮風避雨的破屋。

男童和爺爺一同葬生火窟。

男童死後，魂魄流落陰間，被某個陰間小幫派撿去當奴僕，那小幫派裡有些嘍囉品行惡劣，閒來無事就喜歡欺負幫裡地位低下的小奴僕，尤其喜歡用人間落下的香火紙錢燙幾個小孩魂魄，燙得他們哇哇大哭。

男童很快被發現不怕火也不怕燙。

嘍囉們通報大哥，做了幾次殘酷實驗，向幫派大哥證實了男童這奇異魂魄體質，大哥便輾轉將男童魂魄賣給地府一位判官，發了筆小財，帶著幫眾們逍遙快活了好一陣子。

買得男童的判官，讓男童替陰間重犯扛下不少重案，最後連同整本被修改得亂七八糟的人間記錄，一併賣給銹爺。

銹爺生前就喜歡看小說，偏愛神話故事，他知道某部神話故事裡有個孩童角色，能耍雙槍、吐凶火，甚至一度將那天下聞名的猴大聖烤得失神。儘管他不知道這故事是眞是假，但對於自己即將親手打造出一個活生生的神話角色，倒是躍躍欲試——

「紅孩兒」就這麼成爲男童往後的名字。

銹爺開始用各式各樣的動物魂魄、符術草藥，強化紅孩兒的道行和不怕火的體質，還替他裝入一副火肺，讓他隨口就能呼出火來。那可不是普通的火，是銹爺鑽研多年、研究過陰間各種使火好手的火後，改良精進到了極致的火。

整個訓練過程裡，紅孩兒出乎意料地聽話，銹爺事前準備的體罰工具、藥物和法術，沒有一樣對紅孩兒用過。

銹爺很快明白，記憶錯亂的紅孩兒，將他當成生前的爺爺了。

只要餵些陽世梅子、糖果，即能讓紅孩兒服服貼貼，又何必動用那些會令紅孩兒痛苦萬分，且成本不低的刑具呢。

最初銹爺只覺得能用梅子、糖果調教大枷鎖，省錢又省事，直到某天，梅子吃完了，助手高安嫌麻煩懶得出門補貨，隨意抓了把草藥摻鹽打發，被鬧起情緒的紅孩兒拋在地上，高安氣得對紅孩兒打了兩鞭，被紅孩兒咬了一口，整條手臂燒出大片灼傷——那時紅孩兒的火尚不及此時百分之一厲害，否則高安可不只有手臂灼傷，要魂飛魄散了。

聞聲趕到的銹爺，阻止紅孩兒繼續攻擊高安，將紅孩兒囚進了籠子裡。

高安不停遊說銹爺，要他更凶更狠，大枷鎖才會聽話，千萬別眞將紅孩兒當成尋常孩子看待。

鎊爺猶豫了幾天，付了筆錢資遣高安，從地牢籠子裡牽出紅孩兒，他想用自己的方法繼續修煉紅孩兒。

他越煉，越是惶恐不安，他漸漸明白，其實不只紅孩兒將他當成爺爺，就連他自己，也將紅孩兒視爲了孫子。

他生前寶愛的孫子重病死去，或許都輪迴了，但他仍忘不了孫子拉著他手討糖吃的模樣。

他發現原來自己餵梅子馴紅孩兒不只是爲了省錢省事。

而是他喜歡看紅孩兒口含梅子、糖果時的滿足模樣。

和陰間老大約定的期限日漸逼近，鎊爺開始日夜趕工，紅孩兒不再是研究對象，而變成了助手——幫助他打造另外一具大枷鎖。

到了約定交貨的那一日，鎊爺帶著新造成的大枷鎖，信心滿滿地去見陰間老大，且在老大面前，用新造出的大枷鎖成功鎖住那頭凶獸。

不論如何，他可是大枷鎖工匠界第一把交椅，即便放棄了首選素材紅孩兒，臨時動用過往珍藏備品，精心改良，仍然能夠將老大那頭恐怖凶獸馴服得服服貼貼。

老大替鎊爺鼓鼓掌，皮笑肉不笑，從褲袋掏出槍，對鎊爺開了三槍，說自己可以放他一條生路，但他得退出江湖，此後再也別造大枷鎖了。

老大最討厭人騙他。

儘管鎊爺確實造出了一具能夠替老大馴服凶獸的大枷鎖。

但卻不是先前銬爺拍胸脯保證，稱是空前絕後、陰間最好的一具大枷鎖——最多最多，只能算是第二好。

銬爺撫著槍傷趴在地上哀求老大原諒，說自己能力不足，先前那紅孩兒煉壞了，派不上用場。

老大又賞他三槍。

然後叫出高安。

高安在老大面前說得口沫橫飛，將銬爺藏匿紅孩兒，拿了備用品交差這件事，鉅細靡遺講了一遍，鉅細靡遺到連銬爺都不知道自己造這紅孩兒過程中竟有這麼多心機算計，包括與老大死對頭眉來眼去這些瑣事——這些自然是高安自行加油添醋、天馬行空的部分，比眞實情節還多出好幾個章節。

銬爺愕然望著高安，想要辯駁，卻又挨了幾槍，只能莫可奈何地沉默。

老大派出的一隊人馬重傷回來，牽著精疲力盡、傷痕累累的紅孩兒。

銬爺瘋狂磕頭，求老大放過他和紅孩兒，稱自己將來願意替老大做牛做馬，但他身中多槍，很快連磕頭的力氣也沒了，暈厥過去。

他醒來時，發現自己被扔在被燒成灰燼的工作室不遠處。

他的身子輕飄飄的，幾處槍傷還敷著藥，老大倒是信守承諾，沒讓他魂飛魄散；他身上幾處槍傷麻癢癢的，他知道子彈裡下了符，打壞了他多年道行，讓他無法施法下咒，甚至連拿法器的力氣都沒有，別說獨力打造大枷鎖，被廢了道行的他，連當工匠助手，或許都得先花許多年復健。

這大枷鎖工匠界，他不退出也不行了。

許多年過去了，陰間勢力此消彼長，當年那位老大失勢多時，出賣鋳爺的高安，在老大失勢時，偷偷帶走紅孩兒和老大一批昂貴珍藏轉投鐵兵集團。

鋳爺落魄多年，僅能和幾位過往老友合作，自行造些擬人針、鬼門符之類的藥物道具，在黑市買賣。

「吃完布丁，先回房睡覺吧。」鋳爺摸摸吃完第三盒布丁的紅孩兒的頭。

紅孩兒將雙腿縮上椅子，抱著腿搖搖頭。

「怎麼了？」鋳爺問。

「我怕睡著了，爺爺又不見了。」紅孩兒說：「高老師會來抓我。」

「高老師……」鋳爺呆了呆。「你叫他高老師呀……」

紅孩兒點點頭，抱著腿怯怯地說：「高老師很凶，常冰我、電我……」

「……」鋳爺明白紅孩兒在鐵兵集團實驗室裡，自然是吃足苦頭，他說：「放心吧，除非爺爺魂飛魄散，不會讓那個高安帶走你的。」

「爲什麼……」紅孩兒望著鋳爺，問：「你那麼久才來帶我回家？」

「唉，爺爺也是前陣子才有了你的消息呀……」鋳爺苦笑回答。

當年鋳爺挨了幾槍，道行盡失，擔心那小心眼的高安私下找他麻煩，躲藏許多年，躲到老大失勢，他也不知道紅孩兒被高安帶入鐵兵集團，只當紅孩兒或許已在老大和其他勢力爭鬥打殺時戰死了。

直到前陣子紅孩兒逃出鐵兵集團的消息傳遍陰間，銬爺這才知道紅孩兒原來還在，而急急忙忙地想找回這失散多年的「孫子」。

他憑著自己對紅孩兒的了解，研究了鐵兵集團附近的地形，帶著過去紅孩兒最愛吃的梅子和糖果，找了好多天，終於在鐵兵集團廠區鄰近山上，找著了紅孩兒。

過去他晚上對紅孩兒說故事，時常講到夜空裡星星滿天。

紅孩兒老是問，爲什麼眞實的天空和故事裡的不一樣？

他則是回答，因爲這兒是陰間。

滿天星星的天空，在陽世。

他帶著紅孩兒逃上陽世，躲入這間房子，這是他過去風光時即擁有的陽世據點，屋主是他曾孫，那曾孫過世多年，後輩都在國外，家產豐厚，這間房子是他在曾孫在世時，屢次託夢，要曾孫無論如何也得替他留著的一處家產。

多年前他以假身分向替自家後人打理房產的物業管理公司租下這間房子，作爲陽世據點。他有一張永久陽世許可證，三不五時打擬人針上來活動，左右鄰居都認得他，他向鄰居謊稱自己和兒女長居外地，偶爾才回來這屋子懷念一下他的曾祖父——其實是他的曾孫。

「我不想睡，我想看星星。」紅孩兒這麼說。

「今天可能還是看不到星星吶……」銬爺搖頭苦笑。「晚點可能會下雨呢……」

他帶著紅孩兒躲入這陽世屋子好一陣子了，天氣時晴時雨，但即便在晴天，也只能看見稀疏的星星，他過去說的那燦爛星河夜空景象，在現代城市裡，已近乎成爲神話。

「那我在陽台看。」紅孩兒搖著銹爺的手。

「好，在陽台看。」銹爺收拾了零食空袋和布丁盒，帶著紅孩兒來到後陽台，將紅孩兒抱上鐵窗，讓他坐在鐵窗上看天空。

他們這房子是老舊公寓，視線被大樓遮著，僅能看到一小角天空。

儘管如此，紅孩兒還是揪著鐵窗，將腦袋貼在欄杆縫隙上，盡量看更多些——陽世城市裡的夜空儘管沒有過去美麗，但仍比陰間好看。

「讓爺爺準備幾天，帶你去山上看星星。」銹爺這麼說：「山上的星星，比城市裡的星星美多了。」

「眞的嗎？」紅孩兒有些驚喜。

「眞的呀。」銹爺摸摸紅孩兒腦袋。「不過……一路上或許會有危險……」

「危險？」

「那個高老師，帶了殺手上來找你。」銹爺說：「這間屋子，我看是沒辦法久待了……」

紅孩兒一聽銹爺提起「高老師」，嚇得不看星星了，從鐵窗跳下，躲回房間鑽進被窩，一動也不敢動。

拾參

「原來是這樣……」

韓杰站在一面大落地窗前，扠著手望著窗外。

這兒是小歸保全公司十二樓辦公室。

小歸坐在辦公室沙發上，端著杯參茶呼呼地吹，他花了幾十分鐘，向韓杰講述大枷鎖師鎊爺往年意氣風發和後來落魄始末。

不久之前，韓杰在賣場因爲同時動用了太多尪仔標，受不了層層疊加的副作用，暈進了陰間。

陳亞衣用他過去傳授的聯繫法術，告知他賣場後續情況。

韓杰知道陳亞衣和林君育借了媽祖婆神力，在消防隊抵達之前，滅了紅孩兒妖火、控制眞火火勢，將他的肉身送回家去，和未婚妻王書語一同將他泡進蓮藕水中修復傷勢。

韓杰要陳亞衣轉告王書語自己安然無恙，且打算在陰間一遊，探探那紅孩兒和鐵兵集團的底，爲後續任務做點功課。

他來到小歸保全公司，向小歸打聽消息，這才知道那從鐵兵集團逃上陽世的紅孩兒，原來是那賣場老頭以前親手打造出來的大枷鎖。

至於那高安，曾經是鋳爺助手，後來投靠一位陰間老大，又在那老大落魄失勢之際，轉入鐵兵集團，一路高升到第二開發部部長。

「當年那老大地盤裡最大一間倉庫起火，損失好多武器物資。」小歸喝著參茶，哼哼地說：「大家本來以為是第六天魔王底下的人幹的，之前聽到紅孩兒從鐵兵集團跑了，才知道那厲害的東西藏在鐵兵集團實驗室裡——仔細想想，肯定是高安當年投靠鐵兵集團時帶去的大禮，說不定倉庫大火也是他放的。」

「第六天魔王？又有那傢伙的戲分？」韓杰怪笑兩聲。

「現在沒戲。」小歸說：「但幾十年前，他可紅了——他在陰間的勢力，也是一塊一塊打下來的，又不是生來就是他的。」

「說的也是……」韓杰聳聳肩，對小歸說：「最後一個問題，鐵兵集團在哪裡？要怎麼去？」

「你要去鐵兵集團？」小歸訝然問。

「有個王八蛋帶著隻失控魔屍上陽世搗蛋。」韓杰恨恨地說：「我這次會下來，就是和魔屍打架打下來的——那東西用陽世人屍煉成，對我的法寶免疫，我得找那些傢伙溝通溝通。」

「別衝動呀大哥。」小歸參茶也不喝了，跳下沙發，瞪大眼睛對韓杰說：「鐵兵集團跟地府長年合作，六成以上的陰差配備都是鐵兵集團供應的……」

「那又怎樣？」

「又怎樣？你用魂魄下來，沒有肉身呀。」

「又怎樣？」

「你仗著有太子爺在上頭顧著你，天不怕地不怕是吧。」

「是呀。」

「這就是問題。」小歸皺眉說：「你知道地下有種叫作『遮天』的技術嗎？」

「遮天……」韓杰哦了一聲，說：「碰過好幾次了，弄些煙呀、破布什麼的遮著天，上頭就看不見……我想起來了，陰間和陽世上下顛倒，我記得陰間還有什麼遮天泥，是塗在地上的，操！」

「讓天上看不到、阻斷神明借法，都過時了。」小歸說：「現在最新的技術，是能阻擋神明降駕。」

「啊……」韓杰終於露出驚訝神情。「還能這樣？」

「能呀。」小歸說：「陰間的科學家不用睡覺，工時比陽世科學家長得多囉，每個月都能生出新技術呀。」

「無所謂。」韓杰說：「我有分寸，我就只問問話。」他說到這裡，指指小歸辦公室四周。「你這地方沒裝什麼遮天地毯、遮天壁紙吧？我這次行動，說好讓太子爺全程盯著，現在任務還沒結束呀。」

「太子爺全程盯著，怎麼讓那紅孩兒逃了？」小歸問。「他老人家沒有手癢下來跟那百年難見的大枷鎖過兩招？」

「沒有。」韓杰攤攤手。「我也不明白他爲什麼沒下來，可能嫌紅孩兒還不夠凶。」

「所以你想去鐵兵集團鬧事，找找有沒有更凶的東西？」

「有更凶的傢伙，他也沒辦法降駕——我是魂身下來。」韓杰說：「我只是去問問話，交代一些事情。要是那些傢伙三天兩頭帶魔屍上去『出差』，那還得了。」他說到這裡，往門走去，準備離開。

「我派人載你過去。」小歸說。

「借我台機車就行了。」韓杰回答。

「沒問題。」小歸持著手機送韓杰下樓，沿途又問：「對了……你是被尪仔標副作用痛下來的，所以現在身上沒有尪仔標對吧？」

「對呀。」韓杰點點頭。

「來倉庫挑幾樣傢伙防身吧。」小歸說：「你在陰間這麼紅，遮著臉都會被認出來，不要以爲沒人敢動你——對了，這麼大的案子，怎麼不帶著你那鬼王徒弟一起？」

「他忙著考試。」

「考試？」

「大學考試，好像是學測還是指考什麼的，之前他考了其中一個，不太理想，現在在拚另一個，我很久沒帶他開工了。」韓杰說：「這些考試我一個也沒考過，幫不上忙，只能讓他專心念書，打打殺殺我自己來就行了。」

「照你之前對他的形容，那小子不像是會在意成績的小子。」

「他不在意自己的成績，但是想跟月老徒弟讀同一所學校。」韓杰哈哈笑說。「他不想和她分開。」

「哦。」小歸也嘿嘿一笑。「那加油啦。」

韓杰隨著小歸轉去保全公司倉庫，穿上一件能防鬼牙槍的防彈衣，又拿了甩棍和電擊棒，這才下樓騎上向小歸保全公司借來的機車。

確定了目的地位置，半小時後，他來到鐵兵集團園區。

□

園區裡外有些騷亂，一隊隊全副武裝的保全進進出出。

韓杰遠遠見到高安氣急敗壞地在園區空曠處跳腳怒罵。

高安面前，有兩個武裝保全人員，押著一個和高安同樣身穿研究服的中年男人。

那傢伙鼻青臉腫，像是挨了頓暴打，虛弱地被保全人員按在地上。

韓杰大步朝著高安走去，一個保全人員攔下韓杰。

「我要找那傢伙，他叫高安對吧。」韓杰指指高安，不顧保全攔阻，繼續往前。

保全拉住韓杰胳臂，問：「你……是他什麼人？你有事先和公司預約？」

「……」韓杰望著保全揪著他胳臂的手，覺得先動手不妥，便擠出笑臉，說：「我在執行任務，我老闆在──」他本來伸手要指指天，但想起陰間陽世天地顛倒，便改指著地。「在陽世的天上，中壇元帥太子爺。」

「喝！」那保全立刻鬆開了手，嚇得向後一跳，結結巴巴地說：「你……你是太子爺乩乩乩……」

「不是太子爺乩乩，是太子爺乩身。」韓杰冷笑一聲，大步朝高安走去。

高安身邊幾個保全見韓杰剽悍走來，且面露不善，連忙上前攔阻。

高安見到韓杰，先是一驚，跟著立時喝住保全，上前，對韓杰堆起笑臉，搓著手說：「不好意思，太子爺乩身，剛剛場面有些失控，火燒太大，我先走一步，沒辦法和您打招呼……」

「你先走一步？」韓杰深深吸了口氣，強忍著怒氣，知道自己在動拳頭之前，好歹得先將事情弄清楚些。「你忘了隻魔屍在陽世……」

「啊！」高安聽韓杰說到魔屍，突然嚷嚷一聲，拉著韓杰往人少處走，還回頭朝著保全大喊：「先帶他回去，關進保全室，晚點我去問話。」跟著又換了個語氣，笑著對韓杰說：「誤會誤會，眞是糟糕，我也知道自己闖禍了，眞的很不好意思……」

韓杰對高安說話語氣感到有些厭煩，一把甩開他的手，站定身子，扠著手說：「不是好不好意思的問題，我領了籤令掃蕩人屍買賣，你竟然光明正大帶上陽世？還失控要吃人？」

「這眞是我們的錯……眞的是嚴重失誤，我向您保證，絕對不會發生第二次。」高安搓著手對韓杰說，跟著又補充：「但我得澄清一下，本公司研發的這些東西，和神明令乩身大人您銷毀的東西是完全不同的，您看到的那個，是本公司和閻羅殿最新簽約的產品，是造出來維護治安的——您也知道，這陣子陰間那些黑道壞蛋，成天帶著魔屍你打我我打你，普通陰差哪裡是魔屍的對手，怎麼插得了手，他們需要更強大的反制武器。我們日夜趕工，才造出『刑天』，還沒進入量產階段，確實有些問題需要解決……」

「我操，拿人屍當材料研究武器？」韓杰喝問：「是哪位閻王許可的？地府誰和你們簽約的？」

「不不不……我在賣場就說過了，再和您解釋一次。」高安搖頭笑說：「刑天原始研發材料確實有人屍成分，但都是合法取得，且數量其實不多，您見到的那隻刑天，那強壯身體是我們公司運用科技力量培養製造出來的，和你們陽世的『生物科技』差不多，乩身大人你看起來見多識廣，讀很多書，一定聽過生物科技對吧？」

「聽是聽過，但我眞沒讀什麼書，我是來警告你——」韓杰語氣漸漸不耐煩。「千萬別再帶那東西上陽世，否則……」

「否則，您要像剷平魔王喜樂據點一樣，剷平本公司，是嗎？」高安搓著手這麼問。

「是。」韓杰點點頭，捏緊拳頭在高安面前晃。「可能你覺得你公司比喜樂勢力還大，但別忘了，勢力更大的第六天魔王，之前也被我剷掉了。」

「沒忘沒忘，我一定謹記在心。」高安微笑說：「同樣的情形，我保證絕對不會再發生，所以——現在乩身大人，還有其他事嗎？沒事的話，我就要去忙了……」

「你忙個屁，你不是休假？」韓杰瞪著他。

「剛剛公司出了點事……」高安笑臉有點不自在。「當然啦，我們那刑天上陽世失控，也是件大事，我還得寫份報告向上頭交代呢，我就先……」

「那人是誰？他怎麼了？」韓杰指著那被保全押往實驗大樓的研究員。

「那傢伙吃裡扒外……」高安望著那研究員背影，神情露出濃濃恨意。「他盜賣本公司重要資產，我們正想辦法找出他的同夥、找出買方……」

「他盜賣你們什麼東西？」韓杰冷冷問。

「這個嘛……」高安收去恨意，恢復笑臉，說：「算是公司機密，恕我無權對外人透露啊。」

「……」韓杰本想繼續追究關於那紅孩兒的事情，但他手機響起，一看是王小明，連忙轉身接聽。

「韓大哥救我！」王小明聲音刻意壓低，語氣惶恐。

「怎麼了？」韓杰低聲問。

「我跟蹤葬儀社老闆到一間怪屋子裡。」王小明害怕地說：「這裡好恐怖，我被困住了！我逃不出去！」

「什麼？」韓杰無暇再理高安，大步走出園區，跨上機車，追問：「你現在在哪裡？屋子裡有什麼？」

「屋子裡有看門鬼，而且不知道爲什麼，我找不到路出去，我迷路了……」王小明哆嗦著說了大致位置，將他跟蹤葬儀社老闆時沿途蒐證錄製的影片傳給韓杰，影片裡清楚錄下那間「怪屋子」的門牌地址。

韓杰立刻將影片轉傳給陳亞衣，請她趕去救援王小明，自己則催動油門，急急騎向那怪屋子的陰間對應地點。

高安望著韓杰駛遠的背影，喊來兩位保全，低聲吩咐幾句，跟著掏出手機撥號，對著電話那頭說：「竇爺，是我，高安。那太子爺乩身真找上門來了……」

「哦？」竇老仙的聲音從高安手機傳出。「剛剛你才說，在陽世賣場也碰過他，一轉眼他就找下陰間了？」

「是呀。」高安說：「在賣場裡他被我那刑天整得很慘，骨頭斷了不少根，剛剛倒是生龍活虎，沒啥大礙的樣子……」

「這表示他用魂下來，不是用肉身下來？」

「嗯，我聞不出他身上有活人味兒，應該是魂身沒錯。」

「那表示他在陽世暈死了。」竇老仙哈哈笑說：「那傢伙用太子爺法寶，身體會疼、頭會暈，聽說最新使用規則是同時用上四片還五片，他的身體就會受不了——過去那小子三不五時暈下陰間，好長時間沒聽說他下來了，你那刑天有本事將那小子逼下陰間，真了不起。」

「竇爺過獎了。」高安嘿嘿笑地說：「天賜法寶對陽世實物傷害有限，用人屍煉出來的兵器，拿來對付神明乩身，確實好用。」

「暫時好用沒錯，之後上頭當然會有對應之策。」竇老仙嘿嘿笑地說：「不過既然現在有這空窗期，不幹點事情，好像有點可惜。」

「竇爺想幹什麼事情？」高安問。

「那傢伙在這兒可值錢了，各路人馬都出了賞金要買他的魂跟蓮藕身，傳聞連閻羅殿都有官私下出價，想做掉他。」竇老仙哼哼說：「我幫派裡不少嘍囉，都被他打得魂飛魄散。」

「竇爺，他剛走不久。」高安插嘴說：「我派了兩個保全跟著他，你有興趣逗他玩玩的話，我叫保全把他位置傳給您。」

「嘿嘿。」竇老仙笑了兩聲，說：「如果他眞因爲用了太多法寶暈下陰間，現在只是魂身，那身上應該沒有法寶啦。」

「這我就不大清楚了……」

「好。」竇老仙說：「把位置給我，我派人逗逗他，說不定逗到個寶喲。」

拾肆

凌晨四點四十四分。

陳亞衣和林君育將機車停在巷弄外，徒步走入這條靜僻巷弄。

那賣場大火控制住後，林君育悄悄離開，留下黑爺用虎毛造出的假身，繼續和同袍兄弟處理後續事宜。

林君育想要回家休息，但苗姑和黑爺卻花了不少時間，爭辯用虎毛造假身代林君育值勤究竟合不合乎規則。陳亞衣送韓杰肉身返家之後，趕來與林君育會合，卻不是勸架，而是火上加油，一對祖孫和一頭大老虎爭得面紅耳赤，誰也不讓誰。

直到陳亞衣接到韓杰從陰間撥上來的電話，說王小明有了麻煩，託他們探探情況，還傳來王小明錄製的跟蹤影片。

新的實習任務又開始了。

林君育有些疲憊，但他很習慣這樣的疲憊，所以也沒有什麼怨言。

陳亞衣按照影片裡路上門牌，一路找入這偏僻市郊裡的偏僻巷弄，巷弄兩側都是不起眼的老公寓。

影片裡，葬儀社老闆來到這靜僻巷弄一處公寓前，開門上樓。

陳亞衣等來到那公寓門前，苗姑伸手穿過鐵門開門，陳亞衣立時與林君育步入公寓上樓。

「我們現在要救的是……太子爺乩身的陰間助理？」林君育路上約略聽苗姑和陳亞衣對話，此時插嘴確認。

「是一隻肥宅。」苗姑這麼說。

「噓——」陳亞衣回頭，對林君育比了個小聲的手勢，又指指前頭那戶，向苗姑和林君育展示手機。

手機影片裡，汪伯便佇在此時眾人上方那戶鐵門前，取出鑰匙開門進屋。

陳亞衣等來到鐵門前，比對眼前鐵門和手機影片裡的鐵門，確定正是王小明口中那「怪屋子」。

「準備好，要上啦……」苗姑伸手穿過鐵門，和陳亞衣相視一眼。

兩人點點頭，苗姑一開門鎖，陳亞衣隨即拉開鐵門、旋開木門；苗姑竄入屋中，陳亞衣緊跟著衝進陽台，扎了個迎戰馬步，左手按上裝有媽祖婆奏板的腰包，整張臉瞬間漆黑如墨。

「嘩！」林君育見她祖孫倆像是特警攻堅破門般動作俐落、一氣呵成，不禁由衷讚歎，連忙跟進屋，只見這戶人家客廳空空如也，只擺著幾張簡易摺疊桌椅。

他們在屋中巡了巡，三間房其中兩間堆著些紙箱，裝的都是包裝飲料、乾糧和飲用水，主臥房裡有張雙人床，床架上那張老舊雙人彈簧床墊中央微微凹陷，沒包床單，也沒有枕頭棉被。

陳亞衣和林君育在主臥房裡呆立幾秒，繞出來再次瞧瞧客廳、看看另兩間房、探探廁所、廚房和後陽台——什麼也沒有。

沒有葬儀社老闆，也沒有王小明。

更沒有王小明口中的「看門鬼」。

「怪了，難道找錯房子？」陳亞衣愕然重播王小明錄製的影片，繞出門外比對鐵門，橫看豎看，就是同一棟公寓、同一戶人家，同樣的客廳、同樣的主臥房，同樣的雙人床和微微凹陷的彈簧床墊——

在王小明錄製的影片最後，汪伯坐在雙人床床沿，從提包取出水壺，喝了兩口，身子顫了顫，躺上那雙人床，靜靜入睡，十餘秒後，影片結束。

「就這樣？那後來呢？」陳亞衣困惑回到主臥房，撥著電話聯絡韓杰，想向韓杰要王小明電話，直接打給他問明情況。

韓杰電話無人接聽。

就在陳亞衣和苗姑大眼瞪小眼之際，林君育突然有了動作。

他上前掀起那雙人床架上的彈簧床墊，只見床墊下的床板上，寫滿密密麻麻的奇異符籙。

「黑爺要我看看床墊底下。」林君育這麼解釋。「他說這床墊裡有怪味。」

「床墊裡有東西，剖開來看看。」黑爺的聲音從林君育喉間傳出。

「床墊有東西？」苗姑聽黑爺這麼說，立時伸長腦袋往床墊探去，將整張臉埋入床墊——床墊裡一柱柱彈簧上，夾著一張張符籙。

一個模樣奇異的小鬼，伏在床墊中，小鬼那張古怪扭曲的臉，和探頭進床墊的苗姑臉龐相距不到三十公分，大眼瞪小眼。

「噫！」小鬼受到巨大驚嚇，揚爪朝苗姑扒去。

苗姑一把抓住那小鬼手腕，怒喝：「什麼東西？」

陳亞衣和林君育還搞不清楚床墊裡頭究竟藏了什麼東西，只感到整間房像是地震般微微晃動起來，四周壁面、地板、天花板浮現古怪符紋，日光燈座激烈閃爍，燈光由白轉青。

數秒之後，異動止息，整間房間變得不一樣了。

窗外天空從近晨微亮變成黑夜紅雲。

房間壁面斑剝，燈光青森黯淡。

雙人床墊不見了，只剩下一張黑髒老舊床架。

剛剛那古怪小鬼仍被苗姑揪著，噫噫呀呀地掙扎想逃，還揚爪要抓苗姑，被搧了兩巴掌，這才乖乖閉嘴讓苗姑提在手上。

「這裡……是怎樣？」林君育驚慌轉頭四顧，只覺得這兒仍是剛剛那個房間，但氣氛、景象，全然不同了，牆旁還多出兩座大櫃。

大櫃門喀啦啦地向外推開，王小明蹲在櫃中哆嗦，喃喃說：「亞衣？苗姑？」

「王小明！」陳亞衣愕然望著王小明。「你躲在櫃子裡？這裡是……陰間？」

「陰間？」林君育聽陳亞衣這麼說，愕然一驚。

黑爺也有些驚訝，嚷嚷說：「俺下陰間啦？俺沒告知主公呀，這下回去報告該怎麼寫？」

「是陰間沒錯呀……」苗姑提著那古怪小鬼，見他破褲小袋裡還塞著符，抓出幾張嗅聞檢視，喃喃地說：「床墊裡的彈簧上夾著符……老太婆眞是大開眼界了，原來鬼門還能這樣開呀。」

「噓、噓噓——」王小明驚恐地對大夥兒比出「別出聲」的手勢，搖搖晃走出大櫃。

「噓啥呀！」苗姑見王小明嘟著嘴巴豎起手指對她擠眉弄眼，便搧了他腦袋瓜子一巴掌，說：「小肥宅，到底發生什麼事？」

「別吵醒外面的看門鬼！」王小明驚恐撫著頭。

「看門鬼？」陳亞衣悄悄走出房，探頭往客廳瞧，只見客廳模樣與剛剛也大不相同，陰森、斑剝、古舊，貼牆堆疊的大桌上、大櫃裡，堆滿各式各樣的符籙雜物。

本來通往前陽台的玻璃門變成一面厚重鐵柵欄，柵欄上還有道門，彷如囚牢；柵欄外陽台上有個身材胖壯、頭上生角的大鬼，抱著支大木棒，盤坐在陽台地板上垂頭打盹。

苗姑提著小鬼，飄在陳亞衣身後，手中小鬼突然再次激烈掙扎起來，他扯開喉嚨大叫：「噫呀——」

大鬼睜開眼睛，望向客廳，一見陳亞衣等，立時站起，揪著鐵柵欄吼叫起來，還伸手拉著鐵柵欄上一條粗繩，粗繩連著幾只大鈴鐺，警報器般叮叮噹噹乍響起來。

「完蛋了！」王小明嚇得哇哇大叫，左顧右盼：「韓大哥呢？他沒一起來？」

陽台外樓梯間響起一陣嘎嘎尖叫和奔跑腳步聲。

就連林君育也感到細細碎碎的陰邪氣息快速逼近。

陳亞衣呼了口氣，舉起雙掌拍拍臉，本來漸漸褪去的漆黑墨色，再次覆滿整張臉。

苗姑抖開小紅袍，將那駝背小鬼裹進紅袍口袋裡囚著，飄在陳亞衣頭頂。

「好樣的。」黑爺的聲音從林君育喉間響起，林君育只覺得雙手暖呼呼的，低頭一看，兩隻手像是戴上了大拳套般毛茸茸的。黑爺對他說：「剛剛練完救火，現在練習打鬼。」

「打鬼……」林君育舉起雙手，望著兩隻手外那雙「碩大拳套」，儼然是一雙虎掌。

七、八隻持著鐵叉的駝背小鬼從樓梯間湧入陽台，推開鐵柵欄上的小門，殺入客廳。

□

韓杰催滿油門，加速駛往王小明受困公寓陰間位置。

後頭一陣車聲急急逼來，韓杰瞥了眼後照鏡，連忙一轉機車龍頭，向右閃開。

一輛廂型車倏地自韓杰機車旁衝過。

韓杰減速，廂型車也減速，退到韓杰機車旁，車門唰地打開。

車上幾個像是混混的野鬼，朝著韓杰齜牙咧嘴尖笑大嚷：「太子爺乩身，聽說你現在身上沒帶法寶，是不是眞的？」

「……」韓杰瞥了混混們幾眼，沒有理會，油門一催，加速往前飆去。

廂型車也加速追去，又追到韓杰機車旁——

只剩一台機車，卻不見韓杰蹤影。

「呀！人呢？」車內幾個混混鬼全瞪大眼睛，不知韓杰怎麼會一眨眼就不見了。

磅！車頂轟隆一聲，有個東西落在車上。

「啊！他跳上車啦？」混混們駭然大叫，紛紛掏出手槍，一口氣朝車頂連開數十槍。

紅光在車頂那片彈孔耀過、倏倏裹上車窗和前擋風玻璃。

「這是混天綾！」「誰說他沒法寶的？」混混驚駭怪叫起來。

韓杰揪著混天綾，在廂型車敞開的車門旁現身，他腳上附著風火輪，一腳踹進車廂，踏在一個混混鬼的臉上，風火輪飛梭疾轉，在車廂裡旋出大火。

廂型車左右搖晃，一連擦撞好幾輛車，最後撞上一棵焦黑無葉的陰間行道樹。

韓杰甩動混天綾，將混混鬼一個個自車廂捲出，捲近身邊一陣暴打。

□

公寓怪屋中，陳亞衣一腳跺地，跺出黑色震波，將兩個衝向她的持叉駝背小鬼嚇得撲倒在地。

苗姑甩動小紅袍，鞭倒好幾隻小鬼。

王小明也掏出他那把大左輪槍，對著小鬼開槍，射得滿屋濃濃尿臭——他的左輪槍用的是童子尿彈，對惡鬼沒有太大殺傷力，僅具嚇阻功效。

陳亞衣、林君育是活人肉身，只聞到淡淡尿臭，苗姑卻被熏得乾嘔不止，氣得一巴掌將王小明搧倒在地，還罵他：「閃一邊涼快，別礙手礙腳！混蛋！」

王小明撫著臉頰，有些委屈，不敢再開槍，只好趁著小鬼被苗姑或陳亞衣擊倒在地，上前用槍托補一兩下過過癮。

林君育在黑爺指揮下，奔到那矮身企圖鑽過鐵柵欄小門進入客廳的看門大鬼面前，照著大鬼鼻子揮出一拳。

將那大鬼腦袋打得向後一仰，跌倒在地。

「哇！這老虎拳頭這麼厲害！」林君育對自己這拳威力感到十分滿意。

「厲害個屁！這是你肉身厲害——陽世活人下了陰間，有銅皮鐵骨，但是對特殊道行的鬼物傷害有限。」黑爺怒斥：「你不能握拳頭，要用掌拍他！你見哪隻貓握拳打架的？」

「用掌拍？」林君育見那大鬼掙扎兩下，再次站起，從柵欄小門外探進胳臂要抓他領子，立時依照黑爺指示，左掌一甩，拍在大鬼右頰上。

大鬼腦袋一扭，像是擂台上的拳擊手挨著一記沉重鉤拳般跪倒在地，翻起白眼暈了過去。

「哇！」林君育見這虎掌果然厲害，不等大鬼回復力氣，又一記巴掌像是撈網球般，從下往上一撈，重重拍在大鬼下巴上，將大鬼打得整個身子騰空彈起，又摔落回地板，歪歪斜斜地癱倒暈死。

「打得好！」黑爺得意地說：「再過一段時間，主公肯定了你品行，開放更大武力權限給你時，俺再教你怎麼彈爪。」

黑爺剛說完，鐵柵欄外幾隻駝背小鬼，見這大鬼都給打倒，嚇得關上鐵門，急急上鎖。

「喂！混蛋，給我開門——」苗姑竄到那鐵柵欄門前，抓著鐵欄搖晃。

小鬼們怪叫著全從大門逃了。

「哇！」苗姑伸手穿過柵欄縫隙，反手摸著外側門鎖——這兒是陰間，她無法穿牆，柵欄小門的鎖得用鑰匙開啓，並無法像開陽世公寓大門那般用按鍵、扳動鎖柄等方式開門。

「混蛋……」苗姑惱火回頭，哼哼地說：「我們直接走鬼門回去——」她這麼說，走回主臥房，卻見到剛剛那小鬼攀在主臥房鐵窗上，手裡還揪著個小瓷瓶，往房裡一扔，扔在那木床架上，砸碎了瓷瓶，砸出一陣青色火焰。

「哇！這小混蛋朝屋子裡丟火！」苗姑哇哇大叫，朝著燃火木床鼓嘴吹氣，卻怎麼也吹不滅那古怪青火。

跟著，廚房、後陽台、廁所等紛紛傳出瓷瓶碎聲和火焰燒響——是剛剛逃走的小鬼，繞去外側，從窗外朝屋裡扔擲火瓶。

幾處青火飛快擴散，轉眼吞噬廚房和房間，往客廳延燒。

「這火吹不熄！」苗姑氣喘吁吁地退回客廳，陳亞衣從腰包掏出奏板，接連幾下跺腳，踏出一圈圈雪白瑩光，阻下燒來的青火。

前頭，王小明啊呀一聲，見到前陽台鐵窗外也繞出一個駝背小鬼，舉著枚小瓷瓶要往陽台扔。

「張口！」黑爺一聲喝斥，揚起尾巴，按著林君育腦袋，將他整張臉壓在鐵柵欄上。

林君育只覺得喉頭一癢，有股怪異力量自腹間湧出，對著那扔火小鬼張大嘴巴。

「吼——」

一記震耳欲聾的虎吼轟天響起，陳亞衣、苗姑和王小明都給嚇得分神，連林君育自己都嚇得汗毛直立，陽台鐵窗外那扔火小鬼首當其衝，給吼離鐵窗、彈飛老遠，本來要扔來的小瓷瓶在手中炸開，將小鬼燒成一團青色火球，慘嚎墜落下地。

「這火好厲害，不……」陳亞衣接連跺腳，卻感到青火越燒越旺，一寸寸地壓過她的雪白光圈；她見到幾處牆面浮現一道道青光符籙，青符映出的青光，像是澆進火裡的汽油般，助燃著青火，使青火愈漸旺盛。「牆壁上有符在加持這些火，我擋不了太久！」

「把門給拆啦！」黑爺嚷嚷一聲，喝令林君育用虎掌破門。

林君育舉起虎掌，朝鐵柵欄小門大力一拍，將一條柵欄鐵支拍得歪了，門卻沒開。

「打欄杆幹啥，照著鎖打！」黑爺怒斥。

林君育對著門鎖處連拍十餘掌，將整扇小門打得歪斜，仍打不斷鎖、破不了門。

「再多打幾下門就開了。」黑爺惱火催促林君育。「笨小子，大力點，別丟俺的臉……」

「用手拍門要拍到什麼時候？」苗姑竄到林君育身旁嚷嚷：「快用油壓剪——」

「對，油壓剪！」林君育聽苗姑這麼喊，連忙舉起右手，低聲祝禱，右臂外側白光閃耀，凝聚成一條機械胳臂。

他操使機械臂、張開前端大鉗，鉗住一條鐵柵欄上端，喀嚓剪開，跟著剪斷下端，便這麼剪斷了一條鐵支。

「有效耶！」林君育知道這油壓剪是媽祖婆神力，但情況緊急，也顧不得黑爺不悅，接連再剪下兩根鐵支。

「夠了夠了！」苗姑嚷嚷自破口竄到陽台，往那逐漸醒轉的大鬼腦袋上補上一腳；王小明見又有小鬼繞來前陽台，想朝裡頭扔炸火小瓶，立時舉槍射退那些小鬼。

林君育、陳亞衣和王小明紛紛穿過柵欄破口，和苗姑一同下樓，陳亞衣不忘轉頭對林君育說：「媽祖婆的神力好用多了對吧。」

「呃……」

林君育感到黑爺發出的惱火咕嚕聲，不敢應答，黑爺已經搶著開口：「俺那虎爪一樣可以撕鐵碎石，等到主公許可，俺就教他。」

「打鬼救災還要等上頭許可，拿到證書，人都死囉！」苗姑湊在林君育耳旁遊說：「媽祖婆大方不龜毛，油壓剪不需要許可，想用就用，過陣子中秋烤肉，你想用油壓剪挾肉來烤都行！」

「天賜神力那樣子用，成何體統？」黑爺怒斥，卻又暗暗對林君育補充：「俺那虎爪其實也沒那麼多規矩，一樣可以叉肉燒烤，你要抓癢擦屁股俺都沒意見。」

「只要能救人，當誰的乩身、用誰的神力都一樣，不是嗎？」林君育這麼說，他本以爲這說法大家都會同意，誰知道苗姑和黑爺同時出聲反駁，都說要當神明乩身可不能三心二意，腳踏兩條船。

大夥兒奔離公寓，陳亞衣正要聯絡韓杰，便見韓杰騎著機車遠遠駛來。

拾伍

「別打、別打了！我錯了！不敢了！」

鐵兵集團實驗室大樓一間小房，那身穿研究服的老男人蜷縮在角落、雙手抱著頭，哭嚎求饒。

三個武裝保全，手中那柄甩棍暴雨般往老男人身上砸。

小房隔壁房間，高安站在窗邊眺望市景，一手扠腰一手接著電話。

「他有法寶？那……可能我猜錯了，不好意思……」高安一面向電話裡的賓老仙道歉，一面說：「還有，我這裡出了內鬼，這傢伙偷了『腳』，賣給一個陽世活人……」

電話那端的賓老仙好奇問：「什麼？陽世活人？陽世活人買魔王的腳幹嘛？」

「那人不是一般的江湖術士，本事好像不小……」高安說：「聽說太子爺乩身也吃過他的虧，我也不曉得他打什麼算盤，總之，我得處理一下……您放心，這件事不會妨礙到我們的合作，那玩意兒本來就沒辦法量產，頂多造出一兩隻厲害原型兵器，向上頭討更多預算。抓回紅孩兒，持續研究，想辦法大量生產，才是我們往後的目標。」

高安結束通話，扠著腰望窗半晌，推門出房，來到隔壁。

三個保全手中甩棍都打得扭曲變形，仍一棍又一棍往老男人身上砸。

高安揚手示意停止，保全這才放下甩棍，將老男人從地板上架起，還揪著老男人頭髮，讓老男人抬頭看著高安。

「部長……我錯了……我不敢了……」老男人瞇著瘀腫眼睛，涕淚縱橫地拱手乞求。「我一時……一時鬼迷心竅……請您看在過去的交情，放老哥一條生路，求求你……」

「之前魔屍失控時，你就玩完了，我讓你進我的研究小組，已經是看在過去交情的份上了，結果你怎麼回報我？」高安抬起一腳，踩在老男人雙手上，單膝蹲下。「聯合外人，盜賣公司重要資產。」

「啊、啊啊……」老男人雙手疼痛，想要抽回雙手，卻被兩個保全按著胳臂和身子，動彈不得。

老男人是老趙。

之前，老趙主導的百煉魔屍計畫功虧一簣，魔屍失控，打壞了鐵兵集團諸多設備，跑了好多隻大枷鎖，園區保全、研究員死傷不少。

老趙的研究小組被解散，研究員被併入其他小組，收留老趙的，便是與老趙過去有點交情的高安。

高安派給老趙一份清閒差事讓他調整心情，卻令老趙在河岸發現魔王喜樂掉回陰間的半截身子，老趙將魔王下半身帶回鐵兵集團，向高安報告，以爲自己立了大功，可以將功補過。

他興奮地向高安提出建議，要高安撥出些人力給他，讓他組成一個臨時研究小組，他稱自己有辦法將喜樂魔體的力量注入金銀孩兒，不僅能夠治癒金銀孩兒傷勢，甚至能讓金銀孩兒的力量遠遠超出傷前，能夠百分之百壓制魔屍。

高安開心得合不攏嘴，大大讚揚老趙，說這主意好極了，但需要一些時間準備，包括挑選適合的研究成員。

高安派了份遠行差事給老趙，稱自己會在幾天內，替老趙編組一支頂尖研究小組，讓老趙出差回來，正式接手小組。

老趙歡欣鼓舞地出差，覺得過去偶爾請高安喝酒，實在是個很棒的投資。

但他出差回來，發覺情況和自己想像有些不同。

研究小組確實是成立了，但主持人卻不是自己，而是高安本人。

且這臨時研究小組，在他出差時連工作都替他完成了——

一具力量極強的大枷鎖，完美安裝在先前那狂暴失控的百煉魔屍身上，將百煉魔屍治得服服貼貼，讓高安在鐵兵集團高層面前大顯威風。

讓高安從原本第二開發部副部長，躍升爲部長。

那大枷鎖甚至不是原本他提議的金銀孩兒，而是高安自己小組研發多時的大枷鎖。

他忍不住私下質問高安，高安只是輕描淡寫地帶過，說公司在他出差時臨時下了指示，需要一具強大的大枷鎖，他出差，高安便自己代勞，支解魔王喜樂那半截身子，放入儀器裡煉出巨大能量，注入大枷鎖中。

之所以沒用在金銀孩兒身上，是因爲高安認爲自己研發的那具大枷鎖更爲適合，且成果十分完美。

空前強大的大枷鎖，將窮凶極惡的百煉魔屍馴得服服貼貼，老趙先前做不到的工作，高安代他完成了。

那時，高安只是拍拍老趙的肩，說那東西雖是老趙發現，但既然上繳公司，就是公司資產，由誰主導研發，沒有分別，大家都是老同事，以後有空還是可以一起吃飯喝酒。

高安要老趙繼續照料那金銀孩兒，他不會給老趙壓力，慢慢來就行了。

老趙望著高安微笑神情裡的從容和輕蔑，終於明白，這個過去窮困潦倒時，吃過自己請了幾次酒菜的同事，並沒有自己以為的那麼講義氣。

且從頭到尾，都沒有將他放在眼裡。

老趙行屍走肉般地照料了金銀孩兒一段時間，有天聽到消息，這才知道魔王喜樂的半截身子並沒有完全用在高安那具大枷鎖上，而是留下一雙小腿和腳掌，藏在高安辦公室裡，像雙名貴靴子般被珍藏著。

即便只是一雙小腿，但好好研究，仍然有巨大價值。

老趙開始幻想倘若自己擁有一支研究團隊，會如何將那雙小腿榨出最大的力量。

他堅信那本來就是他的東西，是不顧道義的高安擅自偷走的。

他開始暗中尋找合作對象，他對鐵兵集團心灰意冷了。

在他找到屬意對象之前，有人主動找上了他，是個陽世活人。

那傢伙似乎對煉屍相當有興趣，在陰陽兩地都經營了一段時間，擁有獨立的人脈、資源。

甚至有個傳聞，說連太子爺乩身都吃過那人的虧。

「『老師』……」老趙顫抖地對高安說出這兩個字。「這是他在陽世其中一個名字，他有很多名字，但我只知道這個……」

「你怎麼聯絡上他的？」高安冷冷問。

「是他……主動聯絡我的……」老趙虛弱地說：「我替公司煉屍，和煉屍圈子一直有接觸往來……這個『老師』，在煉屍圈也有專屬的眼線跟跑腿……這兒有新技術、那兒有新成果，他都知道……鐵兵集團第二開發部用大枷鎖控制百煉魔屍，這麼大的消息，他當然也聽說了……」

「他怎麼知道我們公司的大枷鎖，是用魔王喜樂的身子煉出來的？」高安問。

「他知道魔王喜樂丟了半截身子在陰間，他老早就想用魔王喜樂的半截身子來煉些厲害玩意兒，只是一直找不著……」老趙喃喃說：「我在煉屍圈子裡本來就是公開身分，他在這之前就知道我這號人物，也知道之前我在公司搞出魔屍失控這件事；他一聽說鐵兵集團煉出能夠馴服魔屍的大枷鎖，很快就找上了我，向我打探情報。」

「你告訴他了？」

「對……」

「他要你偷出魔王雙腳轉賣給他？」高安恨恨地問：「還是跟他合作，一起研發？」

「跟他合作……他說會給我一個研究小組。」

「結果呢？」高安大笑。「他拿到魔王腿之後，就丟下你了，你看看你這狼狽樣子，嘿嘿，這麼蠢的話，你也相信？」

「我……我也不只蠢一次，我一直那麼蠢呀……」老趙苦笑說：「所以這麼多年，升遷得這麼慢……當年見到你，還是個小老弟，你沒錢吃飯，我帶著你吃飯，一眨眼，就升上組長，跟我平起平坐，又一眨眼，變成部長了……高部長，我真的蠢，我不如你聰明……你大人有大量，放我一條生路吧……」

「少說廢話了。」高安惡狠狠掐著老趙頸子，威嚇說：「你將雙腿交給那位『老師』，你知道他的樣子，你得幫我找到他。」

「東西是交給他派來的跑腿……」老趙說：「之前和他聯絡，也都是用手機，他連聲音都是假造的，我沒見過他本人，我對他知道得不多……」

「是嗎？」高安鬆開老趙頸子，拍了拍保全肩膀，冷冷地說：「你們努力點，幫他多想起些事情，晚點我再來問。」

「是。」三個保全點點頭，扔下打彎了的甩棍，拿出電擊棒。

高安不等老趙求饒，默默走出小房，將門關上；小房隔音效果顯然極佳，走在廊道上的高安，一點也聽不見房裡老趙那一聲聲淒厲的哀號聲。

□

韓杰睜開眼睛。

王書語披著浴袍、坐著小凳，伏在浴缸旁，用胳臂枕著頭，靜靜睡著。

韓杰抬起手，摸摸王書語的頭。

王書語醒了，伸手摸摸韓杰的臉。「醒啦？」

「謝謝。」韓杰撐著身子從冷水中坐起，順手從浴缸中捏了片蓮藕放進口中。

「謝我什麼？」王書語從洗手台裡拿出一只小碗，捏出兩枚蓮子餵韓杰吃。

「謝妳聰明啊。」韓杰掏掏口袋，從口袋摸出一疊尪仔標——

昨晚賣場大火，韓杰魂魄暈下陰間，肉身則被陳亞衣和林君育送回家。

王書語將韓杰泡入蓮藕水裡，還不忘在他口中塞入一疊尪仔標，以防他在陰間沒有法寶可用。

韓杰前往小歸保全公司路上，本想聯繫陳亞衣，託她提醒王書語，別忘了在他嘴裡塞些尪仔標送下陰間，沒想到王書語已經將備妥的尪仔標放入他口中，讓他到陰間即能施法招來使用。

他在趕赴與陳亞衣會合途中碰上一隊惹事混混，用了風火輪和混天綾，將剩下幾片尪仔標藏在口袋，又帶回陽世。

「底下眞有人找你麻煩？」王書語問：「是第六天魔王的舊勢力？還是你的新仇家？」

「是春花幫。」韓杰聳聳肩，伸手輕按胸肋各處，檢查斷骨癒合情形。「我都忘記是什麼時候惹上他們了。」

「是你當時下陰間救我時，惹到的那個春花幫？」王書語說：「陰間大老闆年長青的合作夥伴。」

「春花幫很大，有一堆分支、一堆小頭目。」韓杰說：「在更早之前我就和他們有些過節，我也懶得記哪次糾紛，究竟惹到哪個小頭目……」

「打就對了，對吧。」王書語哼哼笑，回房拿了浴巾讓韓杰裹身。

「如果可以用法律解決，誰喜歡打打殺殺。」韓杰倒是不急著出來，仍賴在浴缸裡，吃著一浴缸蓮藕片。

王書語知道蓮藕水能治韓杰傷勢，也不催他，回房整理上班所需資料，不時走過，和他聊些案件瑣事。「你之前說，你已經鎖定紅孩兒躲在哪兒。」

「是呀。」韓杰終於走出浴缸，裹上浴巾，走回書房窗邊，瞧瞧小文有沒有叼新籤令。

「昨天打完那場架之後，我更不知道該怎麼抓他了……」

「太子爺沒下來幫你？」王書語問。

「對呀。」韓杰攤攤手。「之前他明明說會下來親自降服紅孩兒——那東西比之前的血羅剎更厲害，甚至不輸給欲妃、悅彼那些女魔頭，除非讓我像剛續約時，能夠一口氣撒整桶尪仔標，不然我真不知怎麼打贏他。」

他揭開紗窗，伸手逗弄躲在鐵窗皇宮鳥巢裡呼呼大睡的小文。「況且那小鬼真發狂起來，可能沒有分寸——他祖孫倆窩在一個老社區裡，要是燒起大火，媽祖婆降駕都救不了所有人，這要我怎麼抓出他？」

「太子爺沒降駕，是嫌對手不夠厲害？」王書語問：「還是他覺得背後還有其他陰謀，希望你查清楚？」

「誰知道？」韓杰沒好氣說：「說不定昨晚忙著看卡通，忘記我開戰時間了。」

韓杰剛說完，小文唧唧兩聲，啄了他一口，竄出鐵窗皇宮，飛向室內巢旁的籤筒，叼出一管紙管，飛到韓杰面前，搖頭晃腦地甩動紙管，揮棒般地打韓杰臉。

「操！幹嘛？」韓杰閃避小文紙管，連忙道歉。「老大，你聽見啦？不好意思啊，不過昨晚……」

「唧！」小文將冒著煙的紙籤甩上韓杰胸口，又飛回鐵窗皇宮巢裡，扭扭身子，繼續睡。

「媽的……」韓杰低聲罵著，撿起籤管揭開，只見上頭新燙出的字跡還冒著焦煙——

之前你攻破那煉屍集團，背後主要買家似是陽世活人，速速查清楚那傢伙身分！

「什麼？」韓杰望著籤令發愣。「陽世活人……向陰間煉屍集團買魔屍？買來幹嘛？」

不久之前，他領了籤令下陰間，與城隍府聯合攻堅一處殯儀館，逮著一伙陰間煉屍集團；當時他發現火化場裡幾個嘍囉正將隻魔屍送入火化室鬼門，他打倒嘍囉、一路追上陽世，撞上同樣追查煉屍案子的陳亞衣，又用火龍焚了那魔屍體內屍魂。

當時他向汪伯師徒逼問賣屍瑣事，汪伯儘管有問必答，但碰到諸如幕後買家之類的關鍵問題，卻答得含糊。韓杰心想即便真問出個答案，一時也無法驗證真偽，便向他師徒討了地址電話後，任他們離開，暗中再派出王小明盯著汪伯，心想倘若還有幕後主使者，或許會與汪伯聯繫。

汪伯這兩日在王小明監視下，沒去葬儀社也沒去殯儀館，每天窩在家裡看電視滑手機，直到昨日凌晨，他被鬧鐘驚醒，上了個廁所，匆匆出門。

王小明不明白汪伯爲何將鬧鐘設在凌晨，也不明白他爲何臨時出門，只急急跟在後頭，一路跟入那古怪公寓。

汪伯進主臥房後，坐在床沿，從提包取出水壺揭開喝了幾口，什麼也沒做，躺下就睡。

王小明持著手機對著床上的汪伯拍攝半晌，見什麼也沒發生，便停止攝影，自顧自地玩起手機。

然後，他聞到一種熟悉的霉味、腐味，再加上火燒紙錢的氣味。是陰間的氣味。

他發現情況有些不對勁，四周環境變得異常古怪，他立時驚覺自己身處陰間，可嚇壞了——儘管他當了好幾年鬼，在小歸那保全公司任職也有一段時間，對陰間一點也不陌生，但問題是他明明在陽世跟蹤活人，抽空滑滑手機竟轉眼來到陰間。

更令他驚訝的是，躺在雙人床上的汪伯已經不見影蹤。

他奔出房，客廳也和陽世截然不同，客廳與陽台間多了面鐵柵欄，柵欄外還有隻碩大看門鬼。

看門鬼像是隨時會醒來，他只好躡手躡腳地躲進大櫃裡，向韓杰求救，直到陳亞衣也進了鬼門。

韓杰和陳亞衣、苗姑討論的結果，猜測那張床，是開啓鬼門的鎖，而鑰匙，想來是那躲在床中，被苗姑收進小紅袍口袋裡的古怪小鬼。

苗姑稱她要找時間好好審問那小鬼一番。

他在陰間無暇搜索那怪房，通知俊毅派人來蒐證，便帶著陳亞衣等返回陽世，此時收到這太子爺籤令，一時仍無頭緒，眼前唯一的目標，似乎是那在雙人床墊上消失的汪伯。

拾陸

上午十點，一處民宅。

林君育持著油壓剪，對準了一個青年胯下套著他生殖器的情趣銅環，鉗住。

「別怕、別怕，一下就過去了……」女友在旁摟著青年，淚流滿面。

「只要妳在我身邊，不管發生什麼事我都不怕。」青年也淚流滿面，和女友兩雙手，二十隻手指緊緊糾纏。

「……」林君育垮著臉，壓合油壓剪，喀嚓一聲，剪開銅環，跟著放下油壓剪，和學弟一人一把老虎鉗，鉗著銅環開口兩端，向外施力。

「啊——」青年慘嚎起來。「挾到我的皮啦！」

女友朝著林君育咆哮：「你們挾到他的皮了啦！」

「啊，抱歉……」林君育和學弟鬆開老虎鉗，抹抹汗，集中精神，重新對準銅環開口，挾上，一拉。

終於解下套在青年生殖器上的情趣銅環。

青年和女友抱頭痛哭。「沒事了！沒事了——」

學弟用老虎鉗挾起那開口銅環，隨口問：「這東西有這麼好玩？怎麼現在一天到晚跑這種案子……」

林君育默默收器具，領著學弟返回消防隊。

「對了，我昨天沒怎樣吧？」林君育坐在副駕駛座，在一次等紅燈時，突然這麼問。

「昨天？昨天怎樣？」學弟不解。

「呃……」林君育說：「我是說，昨天我有沒有說奇怪的話，或是做什麼奇怪的舉動？」

林君育說到這裡，見學弟神情困惑，便解釋：「昨天累昏頭了，想說有沒有忘了什麼……」

「對呀，這幾天太操了。」學弟哈哈一笑。「我人到現在都是昏的……啊！好像有些報告還沒做……」

「臭小子。」黑爺的聲音在林君育腦袋裡嗡嗡響起。「你懷疑我的虎毛假身辦事不力？」

「嗯？呃呃？」林君育陡然一愣，本能就要回應，但想起身旁學弟聽不到黑爺說話，便取出手機，假裝打電話。「你還在呀？」

「在呀。」黑爺沒好氣地說：「俺怕一不注意，你這混小子就變心了。」

「變心？」林君育問：「我變什麼心？」

「給那小姑娘拐走了。」黑爺說：「比起俺這大老虎，你還是比較喜歡和小姑娘出任務，對吧？」

「什麼小姑娘，啊，你說陳亞衣……」林君育無奈說：「我根本不曉得你們到底在爭什麼，我不管當誰的……都一樣，不是嗎？」

「哪裡一樣啦！」黑爺惱火。「你只能選一邊，你好好考慮清楚，最近上頭要做決定了，你最好別讓俺失望。」

「嘖……」林君育還沒答話，手機一震，他瞧了瞧，正是陳亞衣傳了訊息過來——

鎖定曹大力了，你走得開嗎？一起行動。

「學長。」學弟一面開車，一面調侃。「行情太好了吧。」

「會嗎？還好吧……」林君育呵呵笑著扯開話題。

□

一小時後，林君育來到一處百貨公司外，準備與陳亞衣會合。

當前代他值勤的，自然是黑爺那虎毛假身。

他往百貨公司大門旁梁柱走去，那兒有不少人，大都在等候朋友。他來到梁柱人群前，東張西望，取出手機，按下通話，要聯繫陳亞衣。

通訊鈴聲就在他面前不遠處響起。

他抬頭，只見陳亞衣拿著手機朝他走來，笑說：「拜託，你近視很重嗎？我一直站在你面前。」

「啊！」林君育呆了呆，只見陳亞衣裝扮和先前大相逕庭，不是一貫的鴨舌帽、T恤和牛仔褲，而是一套連身洋裝，斜揹著一只淑女包，還上了淡妝，因此一時沒認出她。「我們不是要來抓曹大力？妳穿這樣抓鬼？」

「是呀。」陳亞衣點點頭。「抓那隻色鬼。」

「曹大力在這棟百貨公司裡？」林君育抬頭，望著眼前十餘層樓高的高價百貨公司。

「沒錯。」陳亞衣點點頭，指著百貨公司對面。「我兩個助手在對面樓上盯著那傢伙。」

「兩個助手？就是妳之前說的廖大年跟馬小岳？」林君育問。

「是廖小年、馬大岳。」陳亞衣糾正：「廖小年眼睛好、馬大岳耳朵靈，他們直屬上司就是媽祖婆身邊的千里眼和順風耳兩位將軍。」

「那王大明呢？」

「是王小明。」陳亞衣說：「那位肥宅……不，靈界偵探，已經在百貨公司裡盯著曹小力了。」

「他不是叫曹大力嗎？」林君育反問。

「對喔，曹大力。」陳亞衣呵呵笑。「廖小年、馬大岳、王小明、曹大力，兩人兩鬼、兩大兩小。」

「所以我們現在……」

「現在——」陳亞衣持著手機傳訊，向守在對面大樓的廖小年和馬大岳詢問當前情況，她立時收到回訊，向林君育展示。

七樓女廁

「開始行動！」陳亞衣領著林君育步入百貨公司。

「你們怎麼查出曹大力躲在這間百貨公司？」林君育跟在陳亞衣身後，踏上手扶梯，往七樓前進。「是千里眼廖小年看到的？」

「小年眼睛沒厲害到這種地步，他需要確定位置，集中精神，老半天才能看出個大概，大岳也一樣……」陳亞衣解釋起這幾小時裡追蹤曹大力的過程。「不過這次我們有天才偵探的幫助，鎖定幾棟大樓，發現他藏在這間百貨公司。」

「靈界偵探王小明。」林君育哦了一聲。「看不出來他那麼會推理……」

「推理？」陳亞衣搖搖頭。「他不是靠推理。」

「不靠推理？那他怎麼知道……」

「他靠直覺——色鬼直覺。」陳亞衣哈哈笑說：「那位靈界偵探王小明以前也喜歡躲在女廁看女生尿尿，嚇壞不少人，後來被韓大哥揍到變乖。他聽我說那曹大力的犯案習慣，跟之前幾次犯案地點，然後開手機地圖研究曹大力活動範圍，指出不少可疑地點——應該都是大偵探以前去過或是想去的地方。」

「學校、百貨公司……」林君育望著陳亞衣手機截圖上那些圈起的地點，點頭說：「有道理，學校女廁可以看女學生、百貨公司女廁可以看櫃姊……」

「幹嘛？你也想看女學生跟櫃姊尿尿？」

「我沒說我想看。」

「你的眼神看起來就一副想看的樣子。」

「沒有……」

「好啦。」陳亞衣聳聳肩。「總之我叫廖小年來這一帶，找棟視野好的高樓，檢查這些可疑地點裡的女廁，果然發現曹大力。

「七樓到了。」林君育望著手扶梯上的七樓標示，但才剛上樓，立刻被陳亞衣拉著轉往向下的手扶梯。

「他跑到五樓了。」陳亞衣這麼說。

「啊？」林君育立時明白。「對喔，鬼會穿牆……等下他穿牆逃，我們怎麼追？」

陳亞衣拍拍腰包，說：「這次我外婆不會輕易讓他跑了。」

苗姑的聲音從腰包傳出：「這次我會宰了他。」

陳亞衣再補充：「何況這次還有王小明幫忙拖著他。」她看看手機，說：「大岳說王小明已經來到曹大力旁邊了。」

兩人來到五樓女廁外，陳亞衣揭開淑女包，取出一頂長假髮，往頭上戴，問林君育：「有沒有歪？」

「嗯……」林君育左右看看，幫她調整半晌。「很好看。」

「我是問你有沒有歪。」

「沒歪。」

「我進去了。」陳亞衣對林君育說：「如果色鬼從這裡出來，千萬別讓他溜了。」

「好。」林君育點點頭。

□

「喂喂喂！有人進來了……啊……是大嬸……」

「呿，誰要看大嬸！」

「啊，又有人進來了……」

王小明坐在女廁隔間上方，津津有味地點閱曹大力單眼相機裡一張張偷拍相片，他聽曹大力說又有人進廁所，低頭看了看，只覺得那女人不合胃口。「沒興趣。」

曹大力拿著王小明手機，又接連翻過幾張照片，只覺得王小明手機裡一張張裙底走光照有種說不出的怪異，他問：「你拍的這些太怪了吧，這是女生？」

「當然。」王小明點點頭。

「幾歲？」曹大力問。

「十五、六歲吧。」王小明回答，還報出個當紅網路美女名字。「長得跟她有九成像。」

「什麼？」曹大力有些驚訝。「我是她的死忠粉絲。」

「是喔！」王小明啊呀一聲，轉頭和曹大力握握手。「我也是。」

五分鐘前，曹大力持著單眼相機，半邊身子嵌在女廁隔間，對著如廁櫃姊拍個不停時，櫃姊雙腿下也伸出一隻胖手，持著手機啪嚓啪嚓地拍了起來。王小明探出頭，向曹大力問好。

曹大力驚慌之餘，本來想跑，但王小明大聲嚷嚷說自己沒有惡意，只是有滿滿的照片想找同好交流，曹大力這才不再逃跑。

一胖一瘦兩隻鬼，便這麼坐在女廁隔間上方，交換相機和手機。

王小明說自己在陰間有電腦，大部分的相片、影片都在電腦裡，手機裡的照片只是這兩天的收穫。曹大力看著王小明手機，橫看豎看總覺得不太對勁——這些照片分類雜亂，除了一些網路圖片，就是偷拍照，對象似乎只有兩人，一人腿長、一人腿短，屁股都小，但胯下一大包。

王小明說那是衛生棉。

曹大力說不是，他看過女生內褲包裹衛生棉的樣子，不是那種形狀。

「可是這腿怎麼看……都像是男的吧……」曹大力又翻過幾張照片，只覺得這些裙底照片裡的的雙腿雖瘦，但線條有些粗獷，且腿毛剃得十分粗糙，遍布一道道新疤。

「啊！有人來了。」王小明語氣有些心虛，指著底下新走入的那個穿著連身洋裝的長髮女孩——

陳亞衣。

「哦！我喜歡這型的女生……」曹大力推推眼鏡，從王小明手中搶回單眼相機，往陳亞衣面前落去，想替她拍張特寫照。

陳亞衣在曹大力落下前一刻，便推門轉進女廁。

「哼……」曹大力探身進廁門，舉起鏡頭。

陳亞衣則是面向廁門，彎腰掀裙，頭一低，腦袋和曹大力舉起的單眼相機融合爲一——

那單眼相機是陰間物品，穿過陳亞衣頭臉，鏡頭埋進大腦裡，畫面糊成一團。

「太近了……」曹大力後退半步、矮身蹲下，他大半身子留在門外，整張臉嵌在門上，兩隻手舉著相機斜斜從下往上，就是想替陳亞衣拍張特寫——他單眼相機裡數百張偷拍照、數十個對象，人人都有專屬特寫。

這是他的堅持。

沒有特寫的偷拍照，彷如沒有靈魂的死物，和模型店裡的短裙公仔沒有分別。

陳亞衣頭更低，垂下的長髮又擋住了鏡頭。

曹大力終於感到有些不對勁。

陳亞衣像是褪好內褲般，雙手從撩高的長裙底下繞出，右手捏著一條紅色內褲晃過鏡頭。曹大力立刻猶如盯上飛蟲的貓兒，視線本能地被那紅色內褲鎖死。以致於他沒有注意到陳亞衣慢了半拍從裙底抽出的左手上，抓著的是媽祖婆奏板。

直到陳亞衣揚手拋飛內褲，將奏板按上曹大力抬頭追視內褲的額頭上時，曹大力都不知道究竟發生了什麼事。

他只感到額頭一陣熱燙，腦袋被一股怪力緊緊箍著，動彈不得。

苗姑現身在奏板上方，用右臂挾著曹大力腦袋，左手則抓著右腕，像是摔角選手般鎖著曹大力。

「色情狂，你被捕了！」王小明落在廁間門板外，彷如刑警般快速搜著曹大力站在門板外的身子，果然從他外套口袋中搜出一堆煙霧彈、假身草人之類的道具。

「唔、唔唔……」曹大力駭然之餘，見到陳亞衣在他面前摘下假髮，朝他嘿嘿一笑，這才認出陳亞衣就是昨晚在賓館逮他的「小姐」。

他驚慌想逃，但被媽祖婆分靈牢牢挾著，又被王小明搜光道具，絲毫沒有丁點反抗能力，急得大喊：「前輩、前輩！你……你跟她們是一夥的？」

「變態！」王小明踹了曹大力屁股一腳，將搜出的道具全放入自己外套口袋裡。「誰是你前輩，我是靈界偵探王小明，受太子爺乩身命令，專程來協助媽祖婆乩身亞衣妹妹逮捕你這色鬼！我再說一次，你被捕了，你所說的話……」

「夠了夠了，別吵人了，小肥宅。」苗姑甩開紅袍，倏地將曹大力收進紅袍口袋，鑽回奏板。

陳亞衣收妥奏板，掀起長裙，坐下如廁，見王小明探頭進來，賞了他一巴掌。

「哼……」王小明自討沒趣，捧著曹大力的單眼相機靜靜檢視，聽見沖水聲，又見門板推開，陳亞衣走出，這才捧著相機上前，問：「亞衣妹妹，這相機怎麼辦？要上繳天庭嗎？」

「天庭要這髒東西幹嘛？」陳亞衣見女廁又走進人，便壓低聲音說：「照片刪掉，相機隨便你。」

「是。」王小明點點頭，見陳亞衣走出廁所，想起什麼，溜進陳亞衣剛剛走出的廁間中，撿起那紅內褲，興奮地嗅了嗅——在四位乾奶奶嚴格指導下，他早已學會觸碰陽世實物，還在小歸保全公司裡向各路老鬼學了些怪技巧。

例如將陽世物品藏進嘴裡，施法遮掩，能讓嘴中的物品暫時隱形，不讓凡人瞧見。

他將紅色內褲塞進嘴裡，喜孜孜走出女廁。

外頭，陳亞衣簡單向林君育說明逮捕曹大力的經過，兩人見王小明出來，便準備離去。

一個男客走過林君育和陳亞衣身旁，突然皺皺眉又揉揉眼睛。「什麼東西？」

王小明的道行尚不足以完全遮住口中的內褲，以致於會使得一般人隱隱看見紅色布團在空中飄。

「嗯？」林君育瞇著眼睛，也注意到王小明口中若隱若現藏了團紅色東西。

「那個喔。」陳亞衣打了個哈哈，也不理會王小明，拉著林君育往電梯方向走，一面說：「是馬大岳穿過的內褲，我藏在裙子裡，拿出來騙那色鬼，滿有效的。」

「嘔——」王小明聽陳亞衣那麼說，陡然彎腰嘔吐，將那紅內褲從口中吐出，嚇得一旁準備上廁所的男人猛地跳起，怎麼想也不明白爲何會凌空竄出條紅內褲。

王小明緊追在陳亞衣和林君育身邊，取出手機檢視，果然見到裡頭那兩組偷拍照，其中一組，都是同樣的紅內褲——

兩組偷拍照，是馬大岳和廖小年分別穿上女性內褲和短裙，互拍對方裙底的照片。

這計謀是王小明自己想出來的，他負責搭訕色鬼曹大力，自然需要點誘餌，他臨時在網路上找了些照片，卻覺得不夠逼眞；有苗姑盯著，也不方便隨意偷拍路人，只好要馬大岳和廖小年隨便弄條內褲短裙穿上互拍。

馬大岳和廖小年臭著臉拍完照，將照片傳給王小明那陰間手機，王小明自然無心檢視他倆胯下照，因此沒認出那條紅內褲，更不知道陳亞衣事後還向馬大岳討來內褲，藏在裙中設計曹大力。

「糟糕，好像沒有你上場的機會。」陳亞衣領著林君育走出百貨公司，嘻嘻笑地說：「我想想最近還有什麼案子，帶你去開開眼界……」

「不用。」黑爺突然插嘴。「俺的虎仔回報，說有案子要這小子處理，他得回消防隊啦。」

「什麼？」林君育訝異問：「又有火警？」

陳亞衣和苗姑嘎嘎抗議起來。「黑爺，你不是說你訓練了一批小老虎，幫忙操縱虎毛假身，替林君育代工嗎？怎麼現在又要他上場了。」「大老虎，我看你根本是不想讓阿育跟我們一起出任務，怕我們搶走他對不對！」

「咳咳。」黑爺清了清喉嚨，說：「俺那批虎仔有學過救火、救災、救人，偏偏沒學過剪小環環。」

「剪小環環？這是啥？」陳亞衣不解問。

「啊？」林君育倒是一聽即知，愕然問：「又有人報案情趣環卡住？」

「是啊。」黑爺說：「我就怕我那小虎仔一個不小心，剪錯東西，那可不得了……」

「什麼卡住？什麼剪錯？」

苗姑嘎呀呀還想追問，一旁陳亞衣聽到「情趣環」三個字，倒是明白那是什麼，哈哈笑地說：「我有看到新聞，最近好多人卡住。」

「到底什麼卡住？」苗姑瞪著眼睛。

林君育已經跨上摩托車，對陳亞衣搖搖手。「我先回去了。」

「加油吧……」陳亞衣對林君育挑挑眉，低聲對苗姑解釋起那情趣環是什麼東西，「卡住」又是什麼情形，苗姑聽得嘎嘎大笑，轉頭見王小明也湊在一旁聽得津津有味，便搧了他腦袋一巴掌，從小紅袍口袋掏出團青森煙團，揉揉捏捏又施了幾道法，扔給王小明。

「啊！幹嘛？」王小明接著那青森煙團，只感到煙團在胳臂彎裡膨脹起來，倏地變回曹大力。

曹大力淌了滿臉鼻涕眼淚，一把小紅傘在他頭頂上方張開，傘柄和他雙手一同被綁在背後，臉頰上還歪歪斜斜貼著張符。

苗姑對王小明說：「這臭小子交給你啦。」

「啊？交給我？」王小明訝異問：「爲什麼交給我？」

「這案子是太子爺發給韓大哥的案子，我幫他抓人，現在抓到了，本來就該交給韓大哥處置呀，我可不能代他決定……」

「妳怎麼不直接問他？」王小明問。

「他才剛回家不久。」陳亞衣苦笑。「現在應該跟書語姊在一起吧，我哪好意思一直打擾人家。」

苗姑也說：「你不是老說自己是太子爺乩身手下第一大將嗎？大將沒辦法處置一個偷拍小色鬼？」苗姑說到「偷拍小色鬼」時，還伸手在曹大力腦袋上拍了一巴掌，拍得曹大力哇哇大哭起來。

「好吧……」王小明莫可奈何，只好牽起綁著曹大力雙手的紅繩另一端，站在百貨公司外，目送陳亞衣離去。

王小明望向曹大力，見他眼神裡滿滿怨懟，嘆了口氣，說：「不好意思，你是惡鬼，我是靈界偵探，正邪本來就不兩立，我只是公事公辦。我現在打電話問韓大哥，請他來處置你，你有什麼冤屈，就自己和他說吧。」他說到這裡，將臉湊近曹大力，神祕兮兮地補充：「別怪我沒提醒你，千萬不要惹他生氣，否則，嘿嘿嘿……」

拾柒

「抓到了？很好啊。」韓杰持著手機在汪伯家中閒晃，這頭摸摸那頭看看，雙腿上風火輪緩緩旋轉著。「你把他帶回陰間，隨便找間城隍府扔著吧……」

汪伯家不小，鬧區華廈、四房兩廳兩衛外加前後陽台；室內裝潢品味不算時尚漂亮，但家具、沙發都算昂貴，酒櫃裡高價名酒也不少。

經營了二十多年葬儀社的汪伯，經濟十分寬裕，與妻子十來年前離異，兒女遠在外地，這些年來汪伯沒再娶也沒有女友，倒是三不五時尋花問柳——這些身家資料，一部分是汪伯親口說的，一部分是韓杰利用警界資源取得，再與王書語推敲出的結論。

「報告太子爺乩身，什麼也沒發現！」老獼猴抓著瓶高粱，搖搖晃晃躍到韓杰面前。「四個房間都搜遍了，什麼都沒有。」

「沒弄亂吧？」韓杰一面持著手機，一面對老獼猴說：「晚點還得請你們在這裡盯梢，別讓那傢伙發現有人進來。」

「放心，沒亂沒亂，我吩咐過他們。」老獼猴這麼說，咕嚕喝了一大口酒，對在屋中四處搜索的小山魅們嚷嚷：「千萬別弄亂家裡，拿起來瞧的東西都要歸位，一吋也不能歪，聽到沒？」

「喲！」「嘎嘎！」「好的！」七、八隻山魅紛紛應答，繼續在汪伯家裡東翻西找。

老獼猴盯著韓杰身後酒櫃，忍不住抹抹口水。

韓杰揪著老獼猴鬍子，將他視線扳離酒櫃。「你盯著人家的酒櫃幹嘛，你手上不是還有瓶高粱？」

「我……我只是瞧瞧而已吶，都是些好酒呀……」老獼猴癟著嘴，嘟囔說：「都比我這瓶便宜酒好。」

「我買酒請你，你嫌我酒爛？」韓杰揪著老獼猴鬍子搖晃他腦袋。「喝完記得把瓶子扔了，免得他回來發現。」他說到這裡，又對著電話那頭怒斥。「別一直囉唆，我這邊還在忙，那小子你負責處理！」

「那……你走之後，我打開聞聞瓶蓋行不行？」老獼猴又將腦袋硬轉向酒櫃。「只是聞聞而已……」

「可以，別讓他發現就行！」韓杰懶得再和老獼猴囉唆，繞去廚房，揭開對外窗，準備翻窗離去。

「太子爺乩身呀……」老獼猴跟進廚房，嘻皮笑臉問：「那……可不可以喝兩口……兩口就行了，不然，一口半也行……」

「我操！」韓杰一把拎起老獼猴，怒瞪他說：「只要你別嚇著他、別讓他發現我派你們監視他，你想偷喝他的酒，再拉屎裝滿瓶子，都行！懂嗎？只、要、別、讓、他、發、現！」

「啊呀！早說嘛！這樣我就懂了！」老獼猴眼睛閃閃發亮。「裝屎他一定會發現，裝尿好了，我尿顏色很深的，他一定不會發現，嘻嘻！」

「我操……」韓杰手機又響，他扔下老獮猴，接聽電話。

「大哥，我到了……」電話那端聲音聽來有些害怕。

「我現在就過去。」韓杰這麼說，收起電話，鑽身出窗，踩著風火輪在大樓壁面上直直奔下樓。

「嘻嘻。」老獮猴踮起腳，替韓杰關了窗，跑回廚房，揭開酒櫃，見小傢伙蹲在桌上歪著頭瞧他，便笑說：「幹嘛？太子爺乩身說可以喝的，嘻嘻，喝哪瓶好呢？」他逐瓶取下，揭開瓶蓋，細細聞嗅，輕嚐一口。

「哦——」他一連嚐過十數瓶酒，盯上一瓶陳年威士忌，呀哈一聲，一把抓下酒瓶，卻見到那陳年威士忌瓶後，還藏著一只小瓶酒。

那小瓶酒呈淡褐色，瓶身沒有標籤。

老獮猴一面喝陳年威士忌，伸手取下那小瓶酒，端在手上翻看，揭開瓶蓋，聞聞，露出讚歎神情。

「哇，好香吶——」老獮猴哦了一聲，舉起小瓶，嚐了一小口，然後瞪大眼睛，不敢置信。「好酒！這酒太好，怪不得藏在大瓶子後面。」

老獮猴像是喝到千年美酒般，一口接著一口。

一旁小傢伙擔心他誤事，上前搖了搖他胳臂，說：「老獮猴，你喝太多了……太子爺乩身不是說……」

「太子爺……乩身說……要我……撒泡尿！」老獼猴雙手高舉著陳年威士忌和那小瓶美酒，興奮地跳下餐桌，在客廳搖搖晃晃地跳起舞。「六月山土地神的尿，可比美酒，嘻嘻、哈哈哈！」

□

「你說他得了癌症？」韓杰在速食店外，望著眼前年輕人。

年輕人是汪伯徒弟，那日殯儀館大戰時，也被韓杰拍下身分證、要了電話住址；剛剛韓杰前往汪伯家搜查之前，撥了通電話給他，說有問題想當面問他。

他本來推託有事，韓杰說沒關係，等晚上帶著鬼去找他。

他只好乖乖赴約，韓杰問什麼，他答什麼。

韓杰要他講點汪伯的事，例如他有沒有奇特習慣，平時究竟用什麼方式和陰間盜屍集團聯繫。

他說汪伯從未在他面前和陰間買家聯絡，只有一次，酒過三巡，稱自己有獨特方式和對方聯絡。

韓杰追問什麼方式，年輕人說當時自己也很好奇、也這麼問，汪伯卻發現自己說溜了嘴，警戒起來，隨即轉移話題，稱自己得了癌症，且是末期。

「是啊。」年輕人點點頭。「是肝癌。」

「肝癌末期？」韓杰搖搖頭。「他家藏一堆酒，肝癌末期還能喝酒？」

「他說不怕。」年輕人說：「他還要我……」

「要你什麼？」

「他說等他死後，葬儀社會讓渡給我，還留給我一筆錢，條件是——」年輕人說：「要我把他的身體，用同樣的方法處理之後，送下陰間。」

「啊？」韓杰本來只當這是汪伯酒後胡言，但細問一陣，發現汪伯計畫還挺謹慎——汪伯稱自己死後，會在陰間等待，直到收到自己屍身，才告訴年輕人葬儀社讓渡書和錢藏在陽世哪兒。

「要自己的身體……」韓杰一時想不透，死後在陰間弄到自己肉身，究竟能幹啥——應該說，在陰間，有各種稀奇古怪的法術，有魂有屍，煉出個活死人，佯裝是長生不死，其實也不是難事，先前他碰過一對夫妻，將個苦命女人煉得半死不活，即是一例；但汪伯倘若眞有這本事，關在房裡自個兒慢慢煉即可，何必費大把勁，讓渡資產向徒弟買自己的屍身呢？

顯然他在陰間取得自己屍身後，還得另外找人幫忙處理。

找誰？與他合作的煉屍集團？

那煉屍集團已被俊毅城隍一網打盡，此時還在城隍府裡審訊。

太子爺籤令卻說，背後還有其他買家，且是陽世活人？

那陽世活人是誰？和汪伯關係又如何？

韓杰思索到一半，手機又響起——是小傢伙打來的。

「太子爺乩身，不好了，老獮猴喝醉了……」小傢伙害怕地說。

「喝醉，然後呢？」韓杰皺眉問。

「他作了惡夢……」小傢伙哽咽地說，「我看他難受，就偷看他惡夢。他夢裡有個戴帽子的男人，讓我們轉告你，要你耐心等他，有一天，他會比第六天魔王還要厲害，然後……」

「什麼！」韓杰駭然大驚，拋下年輕人，急急趕回汪伯家。

□

老獮猴像是做錯事的孩子般垂頭站在沙發前。

小傢伙哆嗦著瑟縮在一角。

韓杰拾起那空酒瓶，湊到臉前，盯著瓶底殘餘丁點酒液，他聞了聞瓶口，只覺得有股異香，卻不敢嚐。

「我……我……」老獮猴摘下他那嘴扮人用的大鬍子，嘟著嘴說：「我喝了兩口，覺得頭有點暈，想去沙發躺會兒，誰知道——」他說到這裡，伸手指著沙發上那抱枕。「我一靠上去，就覺得像是魂被吸走一樣，一轉眼就在夢裡了……」

「枕頭？」韓杰上前拿起抱枕，在手上拋了拋，望著老獮猴。「你夢見什麼？」

「我夢見我在一間房裡。」老獮猴說：「房裡很黑，什麼都沒有，只垂下一條繩，我一拉繩，就聽見鈴鐺聲，然後，像是播電影一樣，有個人出現在牆上。」

「是不是這個人？」韓杰取出手機，滑出一張素描圖片，遞給老獼猴看。那張素描圖片，畫的是一個頭戴漁夫帽，約莫三十歲上下的男人。男人樣貌平凡、面帶微笑，除了頭上那頂漁夫帽外，也說不上來有什麼特徵。

「呃……」老獼猴搔搔腦袋，說：「帽子是有點像，但是沒看清楚他的臉……」

「好，然後他對你說什麼？」韓杰收起手機。

「他問我是誰，怎麼會找上他。」老獼猴說：「我說我奉太子爺乩身之命，來監視一個酒鬼老頭。他聽我說完，就哈哈大笑，說『怎麼哪件事都有太子爺乩身的份』……」

韓杰冷笑一聲說：「這話我也想對他說。」

老獼猴繼續說：「然後，他說上次他沒算到太子爺事前降駕，讓你逃過一劫，他要你做好準備，他一定會再和你碰面，可能是十年後，也可能是明天。」

「隨時奉陪。」韓杰捏了捏拳頭。「然後呢？」

「然後……」老獼猴說：「小傢伙就出現了。」

「你還能跑進老獼猴夢裡？」韓杰轉頭問小傢伙。

「我……」小傢伙怯怯地說：「我本來就能偷瞧別人作夢……」

「是呀。」老獼猴幫腔說：「小傢伙能讓人作夢，也能偷看人作夢，還能進人夢裡陪人一起作夢，只是他平常都跟在我身邊，很少接觸凡人。」

「夢……」韓杰又拋拋那抱枕，突然翻到背面，拉開拉鍊，取出枕心仔細翻看，發覺枕心其中一側沒有縫線，而是用雙面膠黏合，便一把揭開，往桌上倒，倒出一堆棉花——和一只符包。

韓杰拾起符包，細細檢視，望向老獼猴。「他還說什麼？」

「他開始玩我。」

「玩你？」

「是呀。」老獼猴面露恨意，說：「他手指往左搖，房間就歪左邊，手指往右搖，房間就歪右邊，害我和小傢伙從牆角這頭滾到那頭，站都站不住，小傢伙想拉我走也拉不走。」

「然後……」小傢伙接著往下說：「他開始捏房間，房間被捏爛了，我們都被捏扁了，好痛……」

「在夢裡，也會痛？」韓杰問。

「痛呀！」老獼猴瞪大眼睛。「和真的被捏扁差不多痛，痛得我酒都醒了！」

小傢伙也抱著身體，連連點頭。「痛……真的痛……」

「最後他說，他會變得比第六天魔王還要厲害。」小傢伙和老獼猴你一句我一句說。「他還說，到那時候……就連太子爺，也得跪在他腳下，向他俯首稱臣。」

韓杰聽到這裡，抬頭望著天花板，心中猜測倘若太子爺在天上聽到這番話，會如何反應。

「然後，我們就痛醒了。」老獼猴和小傢伙同聲說。

「……」韓杰收起符包和空酒瓶，令老獼猴再嗅嗅剩餘藏酒，看有沒有其他相同的酒，又領著幾隻山魅，再次將汪伯家中翻了個遍——韓杰有預感，汪伯或許暫時不會回來這間屋子了，便將汪伯的資料傳給王劍霆，請他協助找出汪伯，且告訴他「老師」又出現了。

□

焦風吹拂過曹大力的臉，細細碎碎紙錢的灰燼沾了他滿臉，和他滿臉眼淚鼻涕糊成一片。

曹大力雙手被縛在背後，跟紙傘綁在一塊，被王小明牽下陰間，帶往城隍府。

四周遊魂像是看慣了這畫面，也不覺得奇怪。王小明嚼著零食，牽著曹大力，喃喃說：「你死得跟鬼片一樣，眞可憐，眞是冤枉……啊對了，那後來呢?那女鬼最後怎麼了?」

「我怎麼知道……我都被她害死了，我死三、四年了，還是這一年才漸漸想起以前的事……」曹大力哽咽說，他望著王小明的背影，畏畏縮縮地問：「前輩，你眞的要抓我去城隍府?」

「是啊。」王小明說：「這也是沒辦法的事，你做了不該做的事呀。」

「我……」曹大力辯解：「我不知道就連當鬼也不可以……隨便看女生，我以爲……」

「你不只是看，你是拍!」王小明轉過身，捧著曹大力那台單眼相機，說：「看的話可以，我以前也看，但你竟然拍下來，這是最大的問題!」他說到這裡，神祕兮兮地問：「你所有照片，都在這台相機裡?」

「……」曹大力支支吾吾半晌，搖搖頭。「我我……」

「我先說喔。」王小明說：「到了城隍府，牛頭馬面會請你喝姜公茶，你身上會長出一隻會說話的九官鳥，不管是生前還是死後，做過的事都會一清二楚，騙人不但沒用，而且罪加一等喔。」

「罪……罪加一等，那會怎樣？」曹大力怯怯地問。

「嗯……」王小明想了想，「拔指甲、拗斷手指、打斷肋骨、揍成豬頭呀，都是小菜中的小菜；把身體鋸成兩段再黏起來再鋸再黏，挖眼拔舌拔牙斷手斷腳什麼的，算前菜吧……」

「什麼？」曹大力駭然問：「鋸身體只是前菜？那主菜是什麼？」

「主菜當然是下十八層地獄，或是輪迴成豬狗臭蟲呀。」王小明說：「所以你到了城隍府，千萬別說謊喔，一定要老老實實，有問必答。」

「我……我……」曹大力又哽咽起來。「我爲什麼這麼可憐。」

「你偷拍呀。」王小明再次問：「所以，你到底還有沒有藏其他照片？」

「我……我也不知道那算不算藏……」曹大力說：「我被那女鬼害死之後，遊蕩兩、三年，漸漸會說話、會想事情、記憶開始恢復，我來到陰間，認識了一些朋友，我幫他們修電腦，他們罩著我不讓其他鬼欺負我……」

「正常呀。」王小明說：「孤伶伶的小野鬼，沒有勢力罩著，很容易被欺負，這裡很多小幫派都在收新人。所以你負責修電腦，還有呢？修電腦我也會，嘿嘿。」

「他們知道我大學是攝影社的，就派我上陽世拍照。」

「練習拍照幹嘛上陽世？」

「他們要我潛入大公司，拍下機密資料，他們說有銷售管道。」

「哇！」王小明瞪大眼睛。「笨蛋，千萬不行吶！妨礙人類經濟運作，這罪很重的，眞會下地獄喔！」

「我……我想也是，所以我說我需要時間練習，所以……」

「所以專拍女生內褲？」

「嗯……」曹大力點點頭。「我被你搜出來的那些道具，也是他們給我的，他們要我找機會練習，以防被抓到，他們說陽世大公司對陰間間諜多少有些防備。」

「原來你的道具是幫派給的，他們想將你訓練成商業間諜，可是……」王小明瞇起眼睛，「你大可以練習拍人像、拍動物、拍街景，幹嘛拍女生內褲、拍拉屎拉尿？」王小明又說：「你大學不是攝影社嗎？難道你從以前就在偷拍內褲了？」

「唔……」曹大力抿著嘴，似乎不願承認，卻又不敢否認，只好說：「我……我沒有女朋友……我當人交不到女朋友，做鬼也交不到……我……我從來沒有外流給別人看，我在旅館上男客人身體，只是……只是想碰一下女生，我這輩子從來沒碰過媽媽以外的女生……嗚嗚！我錯了，對不起……我不想被鋸身體、不想下地獄、不想投胎變成臭蟲，嗚哇……」

王小明望著嚎啕大哭的曹大力，不由得有些感同身受。

「交不到女朋友呀，又沒什麼……如果兩個人沒有比較好，那何必被綁著，一個人自由自在多好，哼！」王小明大力拍著曹大力肩膀。

「你怎麼也哭了？」曹大力見王小明嘴角微笑微微顫抖，眼角淚光閃閃。「你也沒有女朋友？」

「我不想交女朋友。」王小明轉過頭，望向遠方。「身爲一個靈界偵探，我不想拖累人家，或許我命犯天煞孤星。」

「你從生前就是靈界偵探？」

「不是。」

「那你生前有女朋友嗎？」

「沒有。」

「那你怎麼死的？」

「我……」王小明抹抹眼淚，搖頭。「過去那段悲傷的故事，我已經忘了，也不想再想起，你別問了。」他啊呀一聲，轉頭問曹大力：「你會修電腦？所以你電腦功力不錯？」

「還……還可以。」曹大力低下頭。「我以前在攝影社，雖然也拿相機跟大家一起拍照，但更多時間，還是幫大家修電腦。」

「我總覺得……」王小明望著曹大力。「你有潛力。」

「潛力？什麼潛力？」

「成爲靈界偵探首席助手的潛力。」

「啊？」曹大力怯怯問：「你要……收我當助手？」

「我先說，我不確定你合格，但試試看也不吃虧。」王小明牽著曹大力，轉了個方向，往市街另一端走去。「我帶你去我們公司。」

拾捌

高安不停挪移身子，變換姿勢，總覺得新搬入這偌大辦公室，空間、裝潢、窗外景觀什麼都好，就屁股下這張椅子坐起來不夠舒適，他拿起電話，想通知祕書聯繫公司總務部門，替自己量身訂做一張椅子。

他還沒按下通話鍵，電話便已響起。

是他部門裡的專屬保全單位。

「高部長。」電話那端說：「一老一少找到了，他們要登山呢。」

「登山？」高安訝然問：「你是說……到山上去郊遊、踏青的那個登山？」

「應該是。」電話那端說：「揹著大包小包，像是要去露營一樣。」

「哈哈哈哈！」高安拍桌大笑。「太好了，那老傢伙竟然不知道凡人正是他的護身符，要不是他一直躲在人多的地方，我早把他炸出來了。」

「那……原本的『誘餌計畫』，還用嗎？」電話那端問。

「用！怎麼不用！」高安說：「不弄點事情給那些傢伙忙，他們肯定來搗亂了。」

高安結束這通電話，立時又撥了通電話給春花幫竇老仙。

「竇爺，是我。」高安說：「紅孩兒找到了，我這邊準備萬全，要出發逮他了。但是，我還想請竇爺您幫個忙——能不能請您派些手下上陽世，製造點騷動，讓那幾個神明乩身別來礙事？」

「當然不能。」竇爺像是聽見笑話般大笑兩聲，說：「我借了身邊最好的打手給你，又派一隊人進你部門當保全讓你直接調度，這種事情當然要你自己處理。我如果直接派人上陽世鬧事，豈不是拿著大聲公向天上神明討打嗎？我又不是傻啦！」

「也是……」高安倒不意外竇爺這回覆，說：「好吧，那我自己再想想辦法。您放心，我一定會辦好這件事。」

高安掛上電話，立時起身，走出辦公室，下了兩樓，來到一間位在大樓靜僻處的辦公室。裡頭有幾位保全，和兩、三間獨立小房間。

這些保全都是春花幫幫眾，是竇老仙底下嘍囉，受命前來鐵兵集團應徵第二開發部保全，歸高安指揮，方便高安行事。

高安推開一間獨立房間小門，裡頭囚著一個遍體鱗傷的傢伙——老趙。

「高……部長……」老趙雙手被鐵鍊鎖在牆壁上，緩緩抬起頭，見到高安，立刻哀求。「我……我真的不知道……買家身分……我已經把知道的全告訴你了……」

「這件事晚點說。」高安堆著笑臉扶起老趙，令保全解開他手上鐐銬，攙著他來到辦公桌前，讓他坐下，還倒了杯咖啡給他。

老趙哪裡敢喝，只縮著身子，哆嗦著一動也不敢動。

「我有件事，想你替我去辦。」高安說：「辦成了，你盜賣公司資產這件事就一筆勾消，我不會向公司舉報，也不再爲難你，還賞你一筆退休金，你愛上哪兒就上哪兒。」

「呃……」老趙怯怯地問：「是什麼事？」

高安令保全將一只登山背包提來老趙面前辦公桌上，對他說：「我要你揹著這背包，上陽世散散步。」

「揹著背包……上陽世散步？」老趙還沒會意，便讓兩個保全從椅上拉起，替他揹上那大背包。

「是呀。」高安站在老趙面前替他調整背包肩帶、腰帶，一一上鎖——這大背包肩帶和腰帶經過特殊設計，有幾處鎖釦。

「你到底要我……做什麼？」老趙惴惴不安，高安此時雖然面帶微笑，但一雙眼睛流露出的神色，有種說不出的陰冷。

「我要去逮紅孩兒。」高安說：「不想被打擾，我要你替我引走那些神明乩身。放心，不會有事。事成之後，我會派人接你回來，就像剛剛說的，到時候你欠公司的、欠我的，全部一筆勾消。」

他掏出一只模樣古怪的計時器，瞧瞧腕上手錶，調整計時器時間，然後掛上老趙脖子。

「什麼……我……」老趙還有話想問，但被身旁保全往他臉上戴上一副怪異面具，那面具沒開眼洞，他什麼也看不見，且立時感到劇痛，面罩內側有東西「咬」住了他的雙唇。

幾道血自面罩下緣淌出，那東西顯然咬得十分大力，彷彿鋼釘般牢牢釘死老趙嘴巴。

「唔唔、唔唔……」老趙驚恐掙扎，被兩個保全罩上一只大麻布袋，扛出小小保全室，押往地下車庫，送上一輛保全車輛。

高安跟在後頭，沿路撥打電話，召集心腹研究員和貼身保全共十來人，一同下了車庫，分別登上八輛保全車輛，與押著老趙那輛車，分頭駛離鐵兵集團園區。

路上，一輛重型機車加速駛來，跟上高安車隊，駕車的是白扇子，後座上坐著墨筆，重型機車後頭還跟著一輛卡車，卡車車斗上載著八只碩大黑桶。

高安向騎到了廂型車旁的白扇子點點頭，瞧瞧後頭那輛卡車上的大黑桶，嘴角飄起笑，對身旁拾貳說：「本來我根本不敢用這東西，誰知道那老頭自尋死路，帶著小鬼去爬山，這下有好戲看了。」

拾貳吹著泡泡糖，聳聳肩，飛快操作著筆記型電腦，一旁還擺著他那用來操縱刑天的搖桿——八輛保全車輛，每輛除了保全和研究員外，還載有一具具刑天。

高安手機響起，電話那頭，是押解老趙的保全。「高部長，我們到了。我們送他上去，還是讓他自己上去？」

「讓他自己去，你們身分是公司保全，別和他一起上陽世。」高安這麼說。

□

「是。」

陰森森的大樓電梯門前，保全應答一聲，掛上電話，將裝著老趙的麻布袋扔入電梯，等電梯門關上，立時趕回車子，與高安會合。

老趙在袋中驚恐掙扎，好半晌才鑽出麻袋。他伸手扒臉，怎麼也摘不下那奇異面具，只覺得電梯搖搖晃晃地不停向下。

漸漸地，向下變成了向上。

叮咚一聲，電梯門開了。

老趙被面具遮著視線，不知道自己身處何方，只嗅到一股與陰間截然不同的氣息，同時感到臉上的面具像是有生命般，拖著他整張臉往前飄移——他的臉發出刺痛，只好抬步往前，循著面具飄移方向走，否則整張臉或許都要被面具扒下。

他聽見胸口發出了答答聲，想起高安替他戴上一具像是計時器般的東西，便伸手去抓。

「唔、唔唔……」他按著胸前計時器，什麼反應也沒有，答答聲持續響著，跟著，突然轉變成急促的嗶嗶聲，像是倒數計時即將結束前的警示聲。

數秒之後，急促的嗶嗶聲變成一記綿長的單音，然後停止。

計時結束。

老趙感到四周只剩下風聲，跟著，是揹在背上的登山背包裡發出的窸窣聲和呻吟喘息。

一隻手按上老趙的肩，嚇得他在原地轉起圈圈。

然後是第二隻手、第三隻手、第四隻手……

拾玖

時近午夜，王書語仍埋首書桌，研究一件訴訟案子。

韓杰捏著罐啤酒窩在客廳沙發，蹺著腿望著天花板，難得悠閒地等待王書語工作結束——他已知道汪伯背後主使者，就是先前屢次唆使凡人擄人犯案的那個「老師」。

老師擅長某種夢境法術，讓他能夠遙遠而隱密地對徒子徒孫發號施令，不留痕跡、難以追查，今天若非那老獼猴貪杯尋酒，他怎麼也想不到，汪伯原來是透過夢境和老師聯絡。

王小明受困的那間房，陰間陽世能夠直接轉換，這也與先前老師那奇術相近——那時韓杰陪同王劍霆等刑警，一同攻堅老師藏身處，他被誘入一處倉儲，瞬間墜入陰間，還被滅去法寶法力，若不是當時太子爺早已降駕在他身上，否則可是叫天不應、叫地不靈了。

「比第六天魔王更厲害……」韓杰回想那老師屢次聲稱的野心，忍不住唾罵：「我操……到底什麼樣的人，會把第六天魔王當作人生目標？」

「杰！有事情發生——」王書語的叫聲自書房傳出。

韓杰剛從椅上彈起，正要往書房奔，便見到小文叼著籤管飛到他頭上，將那只還冒著煙的籤管往他拋來。

他接下籤管，在桌上攤平，只見籤令寫著——

陽世大樓群鬼作祟，速速趕去處理！

籤令底下，附著一串地址，那是市區裡一棟商業大樓。

□

「小子，有大事要發生，快去與媽祖婆乩身會合。」黑爺的聲音自林君育腦袋裡響起。

「嗯？」林君育在分隊蹲馬桶蹲到一半，聽黑爺這麼說，嚇了一跳，低聲問：「發生什麼事？」

「在陰間的眼線報了消息上天，說有批傢伙運了好幾噸『鬼煤油』上陽世，計畫要放火燒樓。」黑爺這麼說。

「鬼煤油？」

「就是你之前和媽祖婆乩身在陰間樓中，被一群小鬼扔火，那些小鬼瓶子裡頭裝的就是鬼煤油。」黑爺說：「不過這次偷運上陽世的這批鬼煤油，威力比那些小鬼扔的厲害多了，要是燒起來，別說一棟樓，會燒光好幾條街。」

「什麼！」林君育急急忙忙穿褲、洗手，出來向學弟佯稱去買宵夜，一出分隊，立時轉進隱密巷弄，讓黑爺用虎毛變了個假身代他買宵夜和後續值勤，自己則持著手機，和陳亞衣聯絡。

「有，我也是剛剛收到順風耳將軍通知。」陳亞衣聲音也有些著急。「但是還不知道那批東西到底運去哪裡……沒有後續線索，小年跟大岳也不知道該怎麼找……我們還是先會合好了。」

□

山上夜風沁涼，銬爺帶著紅孩兒，在一處靜僻山坡邊紮了個營。

儘管帳篷搭得隨便，但銬爺和紅孩兒都非活人，帳篷也非陽世實物，隨地擺著，也不怕風吹雨淋。

紅孩兒站在山腰，望望市景、望望星空，好奇地指著樓宇燈火，「那些也是星星嗎？」

「那不是星星。」銬爺說：「那是陽世人住的房子裡的燈光。」

「燈？」紅孩兒問：「是我們家裡那些按了就會亮的燈？」

「是呀。」銬爺呵呵笑著說：「現在陽世比我們以前熱鬧多了，人多、房子多、燈也多。」

「原來燈比星星多……」紅孩兒瞪大眼睛望著星星。

「沒這回事。」銬爺搖搖頭。「還是星星多。現在有個詞，叫什麼『光害』，就是燈太多，把星星都亮沒了，我們這些天一路往深山玩，越高的山上，星星越多。」

「原來星星都藏在山上啊。」紅孩兒天真地說。

「呃……」銬爺覺得沒有必要向紅孩兒解釋高山、城市光害和可見星星多寡間的關係，便順著紅孩兒的童言童語說：「星星都藏在山上沒錯，過幾天，伸手都能撈到星星。」銬爺說到這裡，見紅孩兒瞪大眼睛驚喜望他，突然感到自己似乎牛皮吹過頭了，連忙改口。「不對，爺爺記錯了，星星撈不著，撈得著的是螢火蟲，咱們改天去撈螢火蟲。」

「火……」紅孩兒一聽到火這個字，便追問：「爲什麼叫螢火蟲？」

「因爲……」銹爺正要解釋螢火蟲是什麼東西，突然僵凝不動，轉頭望定了一個方向。

紅孩兒也緩緩轉身，一同往那兒望去。

那個方向，亮起一陣妖異紫光。

光芒搖曳著，像是火光。

在逐漸擴大的火光中，隱約可見一隊人影踏火走來，那隊人影個個穿著厚重的裝備，猶如電視上的太空人般，走在火裡，一點也不怕火燒。

銹爺警覺地拉著紅孩兒往帳篷奔，提起隨身背包揹了就跑，他一見那火就知道追兵來了。但是他跑沒兩步，便停下腳。前頭也有火光，左邊右邊、坡上坡下，都亮了起來。

「好傢伙……他們放火燒山？」銹爺愕然之餘，牽著紅孩兒往天上一竄，想飛天逃跑，但只聽見遠處一聲槍響，腰肋處立時多出個血洞，啊呀一聲，墜落下地。

顯然追兵中還帶著狙擊手。

「爺爺！」紅孩兒見銹爺受傷，又驚又怒，攙著銹爺想逃，卻見追兵已經來到面前——是以高安爲首的鐵兵集團研究員、保全和春花幫打手。

二十餘人中，除了不懼火燒的白扇子和墨筆外，其他全穿著厚重防火裝備。

在身穿防火裝備的研究員和保全身後，還跟著十來個身高超過兩公尺的巨漢。

十餘名巨漢全都沒有腦袋。

全是鐵兵集團研發出來的魔屍刑天。

有些刑天背上揹著黑色大桶，不時舉著大杓，反手從桶裡撈出深紫色的油往四周灑，紫油一碰著土地草石，立時燃燒起紫色的火。

「唔、噫噫……」紅孩兒遠遠便認出頭戴防火大罩的高安，見到這些紫火，想起過去在實驗室裡曾經受過的「處罰」，像是受驚小獸般，哆嗦地東張西望。

「別怕別怕。」銹爺喘著氣，拍著紅孩兒。「你是我打造出來最厲害的大枷鎖，這些東西，你根本不用放在眼裡，這些火根本燒不傷你，你別怕他們，用你的火，跟他們拚了……」

高安領著大隊人馬，緩緩往銹爺和紅孩兒走去。

他沒聽見銹爺說話，但也猜得著他在說什麼，嘻嘻笑地說：「銹師父，我知道你想什麼，你一定想，那紅孩兒不怕火，對吧？我當然知道——但問題是，他不怕火，你也不怕嗎？你被火燒著了，你那寶貝乾孫子會棄你不顧嗎？嘻嘻。」

他這麼說，身旁白扇子和墨筆已經加快腳步，往紅孩兒疾竄而去。

□

「什麼？妳再說一次，什麼油？」韓杰跨在機車上，仰頭望著前方不遠處那鬼氣森森的商業大樓，隱約可見樓頂異光閃爍，但王書語撥來的急電讓他不得不停下車問個仔細。

「鬼煤油！」王書語說：「我拍下來給你看。」

數秒之後，韓杰收到王書語傳來的照片，那是一張籤令，火燒字紋上隱隱飄著煙，照片裡還有小文激動張翅揮爪的殘影，顯然是張急令——

有批傢伙運了大量鬼煤油上陽世，不知想燒什麼，立刻給我把油截下！

「操，到底要我劫油還是打鬼？」韓杰愕然之餘，下車往大樓走，途中又接到陳亞衣的電話。

「韓大哥，順風耳將軍傳了急令給我，說有鬼運了好幾噸鬼煤油上陽世，要我盡快找出他們，我師弟林君育正趕過來，你那邊有沒有消息？」陳亞衣這麼問。

「我也收到了。」韓杰繞去那商業大樓側面防火牆，捏出兩張尪仔標往地上一砸，砸出一雙風火輪，踩了就往牆上跑，同時還伸手接著追在後頭的混天綾，一面踩牆飛奔，一面回應陳亞衣。「有人在大樓放出好多鬼，我恐怕走不開。」

他收起電話，令混天綾裹上雙臂，加速往上奔，一路奔上頂樓，只見滿滿全是惡鬼。

惡鬼中央，站著一個身穿爛袍的古怪傢伙，那傢伙戴著面具、揹著背包，背包裡還不停鑽出惡鬼——正是老趙。

韓杰擲出第三張尪仔標，一把抓住自尪仔標炸出的火尖槍，唰地殺入惡鬼陣裡，還朝天上撒出一把香灰，打了個符上天。

那道符在空中炸出一陣符光印記。

這對底下鬼群沒有太大影響，但遠處響起了幾聲呼嘯，那是小石虎柳丁的嘯聲——韓杰出發前，便通知老獼猴帶著山魅趕來支援，他們趕到市區，卻不知道是哪棟大樓群魔亂舞，直到見到韓杰打上天的符令，立刻全速趕來。

□

林君育喘著氣，循著消防通道一口氣連奔上數十層，推開頂樓大門，奔向佇在牆邊張望的陳亞衣等人。

他還沒開口向眾人打招呼，就聽到廖小年一聲尖叫。

陳亞衣、苗姑急急問他：「找到鬼煤油了？」

「不是！」廖小年指著鬧區一棟高樓，說：「我看見太子爺乩身！他踩著風火輪在樓頂打鬼，那棟大樓上面全是鬼——」

「他說過有人特地上來放鬼！」陳亞衣推著廖小年肩膀說：「你快找鬼煤油啦，那邊有韓大哥坐鎮，應該沒有問題。」

黑爺陡然乾吼一聲，嚇得林君育繃緊了神經，急急問：「怎麼了？」

「虎仔回報，大火燒山——」黑爺這麼催促林君育。「快找找哪座山，我那虎仔搞不清方向……」

黑爺剛說完，換陳亞衣、苗姑、廖小年、馬大岳騷動起來，奔向大樓另一側，林君育也連忙趕去。「順風耳將軍急報，說鬼煤油運上山了！」「他們用鬼煤油燒山？」

「看到了看到了！」廖小年指著遠方一座山頭大聲嚷嚷。「火，好大的火。」

然而即便不靠廖小年的千里眼，其他人也都瞧得清楚，那山頭上亮起了火光，濃煙直直衝天。

同時，好幾個方向，都有消防車聲響起。

大夥直衝下樓，氣喘吁吁地各自上車，四輛機車先後發動，趕往起火山頭。

貳拾

鎊爺從提包摸出一只小罐，捏碎，衝出一團灰煙，裹上全身，凝聚成一套防火裝——鎊爺帶著紅孩兒上山看星星，另方面也是爲了躲避追兵，自然會準備點防身傢伙。

跟著他又掏出把手槍，拍拍紅孩兒的頭。「別怕，這些火根本燒不傷你，你的火，比他們厲害多了……」

「我的火，比他們厲害……」紅孩兒喘了幾口氣，像是相信鎊爺的話，他微微彎伏身子，雙手閃閃發亮，一雙眼睛也火紅發亮，牢牢盯著前方漸漸燒來的紫火。

墨筆、白扇子自紫火中竄出，一左一右衝向紅孩兒。

呼——紅孩兒鼓嘴朝著竄來兩人吹出一團大火。

墨筆和白扇子左右閃開，竄到紅孩兒身側，墨筆長刀一轉，刀刃變軟，捲上紅孩兒右臂；白扇子搧出冰風，凍住紅孩兒左臂，一左一右地壓制住紅孩兒。

鎊爺舉槍對準墨筆太陽穴，還沒來得及扣扳機，被墨筆一腳踹中腰肋中槍處，吃痛低嚎，一槍打偏。他挪移槍口，急著想開第二槍，又被白扇子呼來的冰風凍住雙手，食指連同扳機一同被冰塊裹住，動彈不得，胸口又挨墨筆一腳，彈飛老遠。

「爺爺——」紅孩兒額頭青筋畢露，眼耳口鼻都冒出火來，雙臂、胸腹也熊熊起火。

墨筆和白扇子也鼓足全力施法，墨筆扭轉刀柄，令黑墨一層層附上紅孩兒體膚，滅他的火；白扇子全力搧風，吹出龍捲冰暴，襲捲紅孩兒全身。

「高部長，下次叫他們慢點，別那麼急……」拾貳領著一隊研究員們來到距離紅孩兒數十公尺處，掏出一只銀色搖桿，其餘研究員也紛紛就定位，都掏出相同搖桿操作起來。

「他們沒那麼聽話。」高安聳聳肩，也向研究員討了支搖桿研究起來。「怎麼用？喔，我想起來了！」

十餘隻刑天在研究員們操縱下，個個挺起巨大捕獸鉗，往紅孩兒衝去。

「哇，別撞我。」「等等，我是哪隻？」「你的鉗子插到我了。」研究員們有的不時低頭看搖桿按鍵，有的東張西望在高大刑天隊中尋找自己控制的那一隻，霎時亂成一團。

「喂！喂喂喂——背上揹鬼煤油的刑天，先把鬼煤油放下呀，會爆炸的！」拾貳大聲吆喝，催促著身邊研究員。「你們到底在幹嘛？快把手機裝上搖桿，跟刑天連線啊，每隻刑天身上都有掛攝影機！」拾貳吆喝怒斥——他搖桿上有特殊支架，橫架著手機，像是在玩第一人稱遊戲般，操縱那隻刑天。

但這隊研究員顯然不是人人都像拾貳一樣擅長電玩遊戲，光是控制刑天解開揹在背上的大黑桶就搞得手忙腳亂。

整隊刑天稀稀落落地往紅孩兒奔去，動作歪斜滑稽，手上長鉗你卡著我我卡著你，甚至被絆倒在地，唯獨拾貳操縱的那隻刑天動作俐落，挺起長鉗喀嚓一挾，牢牢挾住紅孩兒頸子。

呼——紅孩兒立時吹了這刑天滿身紅火。

這隊刑天身體經過特殊符法藥水泡煉，能耐火燒，是高安為了逮紅孩兒，特化改造的一支刑天隊伍。

「後面快跟上啊！」拾貳見鉗著紅孩兒頸子的捕獸鉗前端漸漸變紅，逐漸耐不住紅孩兒妖火高溫，連忙催促大喊：「我已經標記好目標了，不會用搖桿操縱的人通通選『Auto』，快快快！」

「『Auto』？『Auto』是哪個鍵？」研究員們交頭接耳，紛紛找著手機螢幕上的控制介面，從手動控制切換成自動控制——這操縱介面也是拾貳寫的，他將刑天攻擊目標標記在紅孩兒身上，裝設在刑天身上大枷鎖便會代為指揮刑天攻擊紅孩兒。

後頭刑天一隻隻切換成自動模式，動作立時俐落起來，紛紛衝向紅孩兒，掄拳打他頭臉，或是上前幫忙抓著他胳臂。

「噫、噫噫——」紅孩兒被團團包圍，狂毆亂打，害怕得哭了起來，急急叫嚷：「爺爺，你在哪裡？」

「孩子，別害怕，你的火更厲害……」銬爺衝到火邊，將凍結的雙手讓鬼煤油的紫火燒烤化冰，聽見紅孩兒喊他，突然想起自己曾經交代過紅孩兒不能隨意發脾氣、不能隨便打人，此時便說：「打死他們，他們是壞人，把他們通通打死、燒死，別怕他們——」

「噫、唔……」紅孩兒雙臂受制墨筆和白扇子的異術，又被粗壯刑天們圍著亂打，想要還手，卻無手可用，遠遠見到高安也拋下了搖桿捧著一本厚書走來，他驚恐地又顫抖起來。

「高老師、高老師要來了，爺爺，高老師要來處罰我了！」

「孩子，你以前被高安欺負，是因爲他們把你關在實驗室，你的力量被壓著。這裡不是實驗室，這裡是陽世，有高山、有星星、有大樹。」鎊爺烤融了冰，舉槍亂打刑天，子彈打完，便掏出小刀，繞了個大圈往高安衝去。「看，這傢伙一點都不厲害，爺爺打他給你看！」

「嗯？」高安見鎊爺挺著小刀，大吼大叫地朝他衝來，隨手從厚書上撕下一頁，往鎊爺扔去。

書頁符籙在空中化成一隻鬼，一拳將鎊爺摺倒在地。

但那書頁鬼，隨即被鎊爺用小刀割下腦袋。

「混蛋，好歹我也是百年老鬼，眞當我沒半點道行？」鎊爺用手肘頂開那鬼，朝著高安擲出小刀。

小刀在空中也化成一隻大鬼，張開雙爪要拍高安腦袋。

高安早捏著第二頁書頁符，貼上大鬼額頭。

大鬼立刻燒化成一團飛灰。

飛灰後頭，是撲來的鎊爺，鎊爺將高安撲倒在地，一拳拳毆打他那防火面罩。

「看到沒有！」鎊爺的拳頭當然打不破高安那高級防火頭罩，但他仍一面揮拳，一面興奮對紅孩兒叫喊：「這傢伙一點也不厲害，你不用怕他，你是我造出的最厲害的大枷鎖，你叫紅孩兒——」

「混蛋！」高安扭身推開鎊爺，反過來將鎊爺壓倒在地，對著他掄拳狂毆，還從地上撿拾散落書頁貼在鎊爺防火裝、頭罩上，豎指施法，一道道奇異咒術在鎊爺那身廉價防火裝備上燃燒熔蝕起來。

「爺爺——」紅孩兒剛剛見高安被鎊爺撲倒痛毆，本來對高安的恐懼一下子消散許多，又見鎊爺反過來被高安壓著施法修理，怒火更升高到了極點。

幾支鉗著他腰腹胳臂的捕獸鉗紛紛變亮發紅，他身上透出的大火，漸漸覆蓋過墨筆和白扇子的墨術和冰風。

「嘖嘖！」拾貳操縱著一隻刑天繞去紅孩兒背後，用雙臂牢牢絞住紅孩兒頸子，跟著像是格鬥電玩施放絕招般，飛快按出一連串指令。

那刑天身軀陡然發白，胸腹大嘴咧得老開，炸出一團團雪霧，替紅孩兒急速降溫。

拾貳對著手機螢幕點點按按，將搖桿控制權限切換到另一隻刑天身上，操縱那刑天轉到紅孩兒面前，張開粗壯雙臂，牢牢摟抱住紅孩兒，腹部大嘴同樣炸出雪爆。

紅孩兒身上燃起的火轉眼被撲小了，但他腦袋晃動，雙頰浮現兩張小臉，小臉慢慢轉大，突出臉頰，同時，他雙肩、脅下紛紛隆出小手。

一隻小手陡然竄長，手掌一張，燒出炙烈妖火，然後握緊，捏出一柄火紅短槍，往面前摟著他的刑天斷頸一插。

那刑天鬆開了手，搖搖晃晃地後退。

和韓杰在賣場大戰刑天時不同，紅孩兒妖火不像神明法寶只傷鬼物，能夠直接燒灼陽世實物，儘管這刑天體膚經過特製，極耐高溫，但被小火槍穿入斷頸、直插體內，屍魂直接遇著妖火，自然擋不住這極熱高溫了。

「我比你們厲害，我不怕你們……」紅孩兒身前身後攔著十數具刑天，瞧不著銬爺此時情況，急得叫嚷起來。「爺爺、爺爺！」

「快快快快快！」拾貳連續切換控制權限，令更多刑天撲上紅孩兒，然後放出雪爆，轉眼將紅孩兒堆得像是雪屋一般。

但那「雪屋」只堆成不到數秒，一柄柄小短槍自成堆刑天後背穿出。

刑天皮肉堅韌，但腹部大嘴張開之後，口腔裡頭卻沒那樣堅韌。紅孩兒雙臂上下竄出四條長臂，都能平空生火召槍，握出一把把小短槍就往刑天嘴巴插。

「唔！」墨筆身子一震，向後躍開，望著自己崩裂雙手和破碎刀柄——他那把墨黑大太刀讓紅孩兒妖火硬生生燒成灰燼。

另一邊，白扇子的扇子也燃燒起火，令白扇子不得不棄了扇子，鼓嘴吹風。

四周鬼煤油的大火已經吞沒了一切，紅孩兒、墨筆、白扇子、刑天，以及後頭高安、銬爺，和拾貳等研究員，全都陷入火中。

一桶桶裝著鬼煤油的大黑桶，全像是火山爆發般噴出烈火。

墨筆和白扇子和刑天們不怕火燒，研究員們穿著高級防火裝，穿著廉價防火裝的銬爺或許是當下所有人中最不耐燒的——然而這麼一來，反而讓銬爺鬆了口氣，大火雖然燒得他難受，卻也將高安給他貼的那一身書頁符咒全燒沒了，高安沒符可用，只能掄拳打他，比起那本奇異符頁書，高安的拳頭輕得多了。

「混蛋，你們看戲，還不來幫忙？」高安對研究員和保全們發出怒吼。

幾個保全急急趕來幫忙，架起銹爺，取出電擊棒要電他，電了半晌發現無效，這才發現電擊棒早讓鬼煤油的紫火燒壞了。

「高部長，實在太熱了，能不能退遠點？」研究員們騷動起來。

「沒用的傢伙，這樣就受不了？」高安罵歸罵，也覺得這紫火威力比想像中更爲旺盛，防火裝或許撐不住了，他一想至此，見銹爺面罩底下那張臉悽慘之至，大概已承受不住烈火燒烤，便對保全下令。「把他面罩摘下來。」

「是。」兩個保全開始動手拆卸銹爺防火面罩。

一個保全手才剛搭上銹爺那防火面罩，身子陡然一震，像是觸電一般，軟倒下地——他那厚重防火頭盔上，插著一柄火紅短槍。

短槍化爲大火，轉眼將那保全吞沒——紅孩兒妖火在旺盛紫火中，依舊艷紅醒目。

另一個保全也被火紅短槍射倒在地。

研究員驚駭後退，只見紅孩兒拖著幾隻刑天，在火海中一步步往前推進逼來。

「高部長……」拾貳奔到高安身旁，扔下那搖桿，說：「紅孩兒道行比我們預期中高太多……刑天全用上了，還是壓制不住他……」

「三頭、六臂……」高安愕然望著紅孩兒，只見此時紅孩兒雙頰兩側，各生出半邊小頭，有六隻手，持著六柄短槍，眼耳口鼻都冒著大火。他忍不住讚歎。「這還算是大枷鎖嗎？這已經是魔王啦……」

紅孩兒循著高安聲音，擲來一柄短槍，射倒高安身前一名保全，嚇得高安下令撤退。

一個保全揪著銹爺要走，唰地胸口也中一槍，登時燒起大火。

高安見紅孩兒那小火槍又快又準，只怕下一槍就要射中自己，也不敢強搶銹爺了，連滾帶爬地帶著研究員逃跑。

「嘎——」紅孩兒一聲咆哮，竄到銹爺身旁，一槍捅倒另個保全，搶回銹爺。「爺爺！」

前方，墨筆和白扇子掩護高安逃跑，紅孩兒也無心追殺他們，而是先吐幾口妖火吹退四周紫火，然後小心翼翼地捧起銹爺，壓抑著不讓自己的妖火燒暈了懷中銹爺。

鄰近鬼煤油一桶桶逐漸受不了火海高溫，一個接一個炸開，融合成一團巨大的艷紫火團，直衝天際。

□

大半邊山燒成了一片火海。

十餘輛消防車已在山腳下集結，待命的消防人員望著山頭，全看傻了眼——大夥兒接到報案出動時，不過十來分鐘前的事，才這麼點時間，整座山像是發爐般燃燒起來。「怎麼回事？有人蓄意縱火？」「山上有化學工廠？」「怎麼會燒這麼快？」

大夥兒等待上頭下令，經驗老到的消防隊員紛紛推論只有山中藏有非法工廠，堆積著大量易燃物或是化學藥劑，才會在短時間內燒成這副火海景象。

林君育那虎毛假身混在後續趕到的消防車上，和學弟一齊下車，有模有樣地拉水線，待命攻山打火。

在山的另一邊，一處無路山坡。

陳亞衣和林君育本人，已經悄悄地踏火入山。

廖小年和馬大岳雙眼閃閃發亮，口中獠牙生出——這火燒得太大，千里眼和順風耳緊急受命降駕，協助救火。

陳亞衣全身白光閃耀，踏出一圈圈雪白光圈，在火場中踩出一條無火小徑，林君育左手提著白色大水槍、右手托著白色電風扇，跟在陳亞衣身後，不時轉身，對著兩側大火射水吹風。

水槍射出瑩白水花、電風扇吹出冰凍雪風，兩者滅火能耐似乎不相上下。

「別管眞火，先澆熄鬼煤油——」苗姑這麼叫嚷，高高飛竄上天，四顧張望。

鬼煤油的火是紫火，凡人瞧不見，只有陳亞衣、林君育等看得見。

但苗姑東張西望一陣，只見四周都有眞火紫火混燒一團，究竟何處是鬼煤油源頭，一時也難以分辨。

一記古怪爆炸遠遠炸開，然後是第二聲、第三聲爆炸。

巨大的紫色火團，直直衝上天。

苗姑愕然在空中指著爆炸方向大喊：「鬼煤油炸了？」

那團妖異紫火轉眼化爲眞火，底下待命集結的消防員全嚇呆了，直嚷著山上果然藏著非法化學工廠。

山腰上，陳亞衣和林君育鎖定了目標，加快腳步往爆炸方向衝去。

越是逼近爆炸點，四周紫火愈漸旺盛，陳亞衣和林君育不得不停下腳步，撲滅這些鬼煤油的火——鬼煤油的鬼火會持續化出真火，倘若不撲滅鬼煤油的火，底下消防員攻山打火時，會遭遇不斷復燃的眞火，極度危險。

「小子，俺主公說這把水槍可以調整威力。」黑爺叮嚀林君育。「在緊急時刻，能調來神水救火。」

「調神水？怎麼調？」林君育問。

「等申請核准……」黑爺語氣有些遲疑。

「申請核准？什麼意思？」林君育急問。

一旁降駕在馬大岳身上的順風耳搶著回答：「神明乩身能夠動用的神力有限，在緊急時刻，上天會特別通融，放寬神力使用權限，但需要經過審核。媽祖婆已經到南天門了，她要親自監督那些文官審這急件，一通過，你的風扇能直接滅了整座山的火。」他說到這裡頓了頓，望著林君育手上水槍，說：「水槍先收起來，免得等等借來雪山風，你一隻手抓不穩。」

「俺主公的水槍，能滅兩座山的火。」黑爺不服氣地反駁：「還是收了風扇吧。」黑爺這麼說，同時甩動尾巴，捲上林君育捧著風扇的手，想要逼他收起風扇。

苗姑怪叫一聲，落在林君育背後，揪著他的手，嚷嚷說：「風扇不能收，媽祖婆要借你神風救火吶！」

「等等、等等！」林君育見前頭陳亞衣奔遠，自己卻逐漸落後，急急喊著：「現在不是爭這個的時候吧！趕快先撲滅鬼煤油呀！」

「是是是……」順風耳、黑爺、苗姑像是同時收到長官斥責，不敢再爭論，反過頭催促林君育加快腳步，跟上陳亞衣。

貳壹

「別跑！你這傢伙……」

韓杰咆哮怒罵，挺著火尖槍刺穿一隻攔路惡鬼，踩著風火輪斜斜奔過幾顆巨大排風球，避開底下一團惡鬼撲抱，追擊老趙。

老趙戴著面具、揹著背包，動作極快，又飛又竄，像隻靈敏蟑螂，屢次閃過韓杰突擊——事實上他被面具遮眼，看不見四周，手腳動作都不出於他的本意，而是被他臉上面具控制著行動。

那張面具本來素白一片，此時卻彎著兩道瞇瞇長眼，咧著竊笑嘴角，像隻又奸又壞的頑劣調皮鬼，控制老趙跑得遠了，還故意停下腳步，轉身拍手挑釁，要韓杰追快點。

老趙背包後仍不時有惡鬼鑽出，一落地就加入圍攻韓杰的行動，光是樓頂，便聚著數十隻惡鬼，一部分甚至已經跑下樓嚇人了。

「我操！」韓杰見老趙極其靈敏，惱火壓低身子，兩腳輪流磨蹭地面，彷如野牛衝刺前用足磨地般，將風火輪催得嗡嗡作響、金火亂射，將擠來糾纏的惡鬼全嚇退老遠。

韓杰盯準了老趙位置，喝地全力朝他衝去。

「呀——」面具鬼沒料到韓杰那風火輪磨地加速之後，竟能衝那麼快，連忙控制著老趙繞到大樓水塔後側，穿牆遁入水塔中。原以爲韓杰找不到他，不料老趙後頸一疼，似乎被一口利牙咬住，連同面具鬼一齊又被拉出水塔。

原來韓杰雙腳磨地催火時，見老趙附近有座水塔，猜他會往水塔藏，便暗中摸出豹皮囊尪仔標，衝刺同時召出小豹，令小豹分頭追捕老趙。

面具鬼躲入水塔，韓杰不能穿牆，但小豹能，一口就將老趙咬了出來。

「我操，你再跑啊！」韓杰揪著老趙頭髮，氣呼呼地握著火尖槍柄敲他面具，聽那面具和面具底下竟同時哀號呻吟，覺得奇怪，便將火尖槍往地上一插，捏了把香灰往那素白面具上抹去，畫了道咒，一把摘下老趙臉上面具。

這鬼面具內側還咬著老趙雙唇，被韓杰大力一扯，竟將老趙雙唇扯爛。

「哇——」老趙哀號慘叫，身後背包又有惡鬼試圖往外鑽，被韓杰甩來混天綾，將他連同背包緊緊綑成一個大粽子。

韓杰令小豹驅逐身邊群鬼，提著老趙，逼問他：「你這傢伙，戴著鬼面具上陽世放鬼到底想幹嘛？」

「不是我、不是我，我是被逼的！」老趙被混天綾紅火燒得慘叫起來。「是高安！是高安逼我的！」

「高安？」韓杰哦了一聲，抽離混天綾，正要問話，見他背上那大背包又有鬼要鑽出，便吹了聲口哨，召來小豹托在手上，施咒往背包一按。

小豹化爲一只碩大皮袋子，將整個背包咕嚕吞下束緊，袋口還不停往老趙頸子蠕動推進，像是想將老趙也吃了。

「你說是高安派你上陽世放鬼？」韓杰問。

「他不是派我，是威逼我……」老趙哭嚎求饒。「他打我好幾天，硬把那背包綁我身上，還將鬼面具戴在我臉上，不讓我說話……」

韓杰正要追問，只見豹皮囊激烈掙動幾下，跟著鼓脹起來，袋口噴煙燃火，煙是紫煙、火是紫火。

「鬼煤油？」韓杰陡然會意，那背包裡不但藏著群鬼，還有會自燃的鬼煤油，他連忙取過火尖槍割斷背包肩帶，將背包往空中高高一拋，再擲出火尖槍穿透背包，炸出漫天紫火。

「混蛋傢伙……」韓杰提著老趙，躲避落下的鬼煤油餘燼，踢飛一隻隻攔路惡鬼，喝問老趙：「他派你引我過來，想連我一起炸死？」

「我不知道、我不知道呀！」老趙哭嚎說：「啊，我想起來，他要搶紅孩兒！所以要我上來放鬼，爲的是引開神明乩身，免得、免得……」

「免得我像上次一樣找他麻煩，是吧？」韓杰恨恨地說，陡然見到遠方山頭亮起耀眼紫光。

一團紫色火球直衝天際，再鋪蓋下山。

「那傢伙瘋了不成？」韓杰看傻了眼，提著老趙、挺著火尖槍，又踢倒幾隻攔路惡鬼，一時竟有些無措——

那炸出駭人紫火的山頭，顯然就是高安此時追捕紅孩兒那座山，大量鬼煤油又燒又炸、流洩下山，可不得了。

但這棟大樓還有百來隻暴動惡鬼，他留在這兒，群鬼還忙著抓他，要是他走了，這些失控惡鬼可不知道要幹出什麼事了。

「師父——」熟悉的吆喝自身後響起。

韓杰回頭，果然是許保強來了。

許保強氣喘吁吁地掄拳踢腿，擊倒幾隻惡鬼，還抽出他那「鬼王刀」四面亂打，他那鬼王桃木刀先前曾斷成兩截，被他用直角鐵片和螺絲釘接合修復，此時整根纏滿符布，打在鬼身上會炸出點點火星。

「我大便大到一半，鬼王要我趕來幫忙！」許保強邊打邊吼。「是不是出大事啦？」

「是……」韓杰挺槍接連刺倒惡鬼，遙望紫火山頭，只見整片山頭都燒起紫火，紫火化出的眞火燒出濃密黑煙，將整片天空映得發亮。他急急對許保強說：「看到那座山沒有，我應該趕去幫忙，但是你一個人……」

「師父，你快去吧。」許保強說：「這邊交給我就行了。」

「交給我才對。」鬼王鍾馗的說話聲沙啞地自許保強胸膛發出，許保強身後飄起黑風，凝聚成若隱若現的寬大道袍，袖口一搧，本來圍上的群鬼紛紛嚇得撲遠。

「鬼王老大降駕啦？」韓杰有些驚喜，連忙說：「那我就放心過去了。」他這麼說，轉身奔到頂樓牆邊，躍上牆沿，想了想，掏出手機，正要打給老獼猴，卻聽見一聲輕咳。

「電話收好，我已經差人知會土地神了，他正趕來支援。」太子爺的聲音自他胸中響起。

「老闆，你終於有空降駕啦……」

「少囉唆，給我用最快的速度趕去那座山！」太子爺惱火說：「我想瞧瞧到底是誰膽敢將鬼煤油當蚵仔煎醬灑整座山，看我怎麼宰那傢伙。」

「你吃過蚵仔煎？」韓杰掏出兩枚風火輪尪仔標，揉爛往天上一拋，又召出兩對風火輪，想同時動用三對風火輪，將速度催至極限。

他朝著閃現在空中的法寶躍去，豈料雙腳還沒觸著，幾只風火輪便在空中化成飛灰，就連他雙腿上那雙風火輪也跟著碎裂崩散。

「哇！怎麼回事？」韓杰直直墜樓，愕然大驚，急甩混天綾想當作緩衝，卻見混天綾如同煙雲般被風吹散。

「沒事，只是我不想用這破東西，想用我自己的。」太子爺這麼說。「我也沒吃過蚵仔煎。」

太子爺剛說完，韓杰雙腳下陡然旋出兩枚閃亮耀眼的黃金火輪，同時右掌也竄出一柄金亮大槍。

是正版風火輪和火尖槍。

「喝！」韓杰感到正版火尖槍像是蓄了股力要往前衝，連忙握緊槍柄，下一刻，整個人化作脫弦箭，被斜斜往上射出的火尖槍拉上半空，往前飛越數百公尺，躍過好幾棟樓，呈拋物線往前下方墜去，底下是一排低矮公寓。

「看準點呀，別踩空了。」太子爺這麼叮嚀。

韓杰可是第一次親身操縱正版風火輪，興奮之餘，也有些慌張，瞪大了眼睛盯著底下矮樓，抓準時機踩上矮樓頂圍牆沿，只覺得像是踩在雲上一般。

他往前飛奔，一眨眼又奔過好幾棟樓，他感到眼睛視線、反應和雙腿都逐漸跟不上正版風火輪速度，正猶豫該不該開口請求太子爺幫忙，突然感到手中火尖槍一溜，知道又要飛射，連忙握緊。

但這次正版火尖槍射速更快，他剛被拉上半空便握不住槍，但他的身子並未緩下，而是隨著火尖槍一同往前飛射——

有道火紅長綾綁著他腰、纏著他胳臂，另一端直直掠入他眼前，顯然是綁在火尖槍柄上，讓火尖槍將他拉上天。

這次他被拉得更高，幾乎和前方紫火山頭一樣高了。

□

紫火山上，陳亞衣和林君育衝到半山腰，只見遍地都積了厚厚的鬼煤油，這頭撲滅了火，另一頭又復燃，然後又燒出眞火。

陳亞衣借得的白面神力能夠滅火，卻難以清除積在草石上、滲進土壤裡的鬼煤油。

「小子，底下虎仔回報，消防車集結得差不多了，長官們正在評估用什麼方法滅火。」黑爺這麼對林君育說。

「媽祖婆、媽祖婆……」順風耳附在馬大岳身上，急急望天呢喃：「這兒情況緊急，天庭會議審得如何？是、是是是……」順風耳像是收到回應般點起頭來。

千里眼則附著廖小年，將腦袋貼在馬大岳耳朵上，一同傾聽天音，然後轉述：「媽祖婆說審理文官們都同意情況緊急，全蓋章了，現在正點派差役去庫房找大扇子和布袋，讓媽祖婆隨從拿去雪山搧風。」

「什麼？大扇子、布袋、雪山、庫房？」林君育一時無法消化這麼多不明白的詞彙。

「小子。」黑爺插話解釋。「上天借你的神力，除了來自神明本身力量之外，有時也來自天庭法寶或是武器；例如你這把水槍裡的水，是俺主公房前池塘裡的水，主公派了專屬童子替你盛水，你才有水可用。小水槍讓你滅火夠用了，但要澆滅紫火、洗淨鬼煤油，需要更厲害的水——在南天門上萬千朵雲裡，藏著一座雪山，主公已經發了急令，派出童子們去庫房翻找鍋爐和盆子，到雪山上融冰盛水借你救火。」

「什麼？融冰盛水！」林君育愕然問：「那……大概要融多久？」

「嗯……十幾分鐘吧。」黑爺這麼說。

「那還好。」林君育鬆了口氣。「如果山上沒人，長官或許不會急著派人上山……」

黑爺立時轉述山下最新消息：「各位，不太妙呀，我聽虎仔回報，有幾位民代到了現場，要現場消防長官立刻派消防員搜山，說山上有座小廟，可能有鄉親聚集……」

「現在可是半夜。」陳亞衣等全困惑地交頭接耳。「誰會半夜去山上小廟？」「什麼廟那麼古怪？」

「問清了。」附在廖小年身上的千里眼說：「附近土地神回報，山上是有幾座廟，全是無神駐守的空廟，其中有間廟有地下室，被人改建成賭場，藏著不少賭金。」

順風耳隨即補充：「怪就怪在這裡……山中小廟地下賭場藏著賭金，這又干民代什麼事了？難道還有其他重大陰謀？」

「報告將軍！」馬大岳突然舉手開口，主動反駁身中的順風耳。「我猜是那些民代有出資，或是插乾股。」

「什麼？你調查過？」順風耳訝異追問。

「沒有，我猜的。」馬大岳答。

「猜歸猜，但是大概八九不離十啦！」苗姑這麼嚷嚷，陳亞衣和林君育也相視一眼，都不反對馬大岳的猜測。

陳亞衣說：「如果真是這樣，也不太意外嘛。」

林君育倒是有些著急。「黑爺，我們長官答應了嗎？」

「好像是答應了。」黑爺這麼回答。

「所以消防隊要上山了？」「有沒有辦法讓他們晚點上山？」陳亞衣和苗姑問。

「有。」黑爺對林君育說：「俺可以對虎仔下令，讓你的假身把現場長官揍一頓，或是搶台消防車亂撞，這樣應該可以拖上半小時——不過你應該不樂意假身這樣做，是吧？」

「當……當然不行！」林君育愕然大叫。

「大老虎！」苗姑大叫。「你這招豈不是要害阿育離職啦？」

「何止離職，還要坐牢吧！」陳亞衣也說：「坐牢了怎麼當乩身？」

「俺說說而已，瞧你們嚇的，別怕別怕……」黑爺嘿嘿笑地說：「俺主公派出的小童，已經帶著鍋爐上雪山燒柴接水了。」

在黑爺得意笑聲中，馬大岳和廖小年耳朵貼著耳朵，像是聽著賽馬廣播般露出緊張神情，不時互望。廖小年哎呀一聲，露出懊惱神情，埋怨地瞪著林君育，身中千里眼說：「本來媽祖婆派出的差役已經找著扇子，帶上雪山，找著個不錯的位置接風，但是、但是……」

「但是怎樣？」苗姑急問。

馬大岳身中順風耳接著說：「但是大道公差役偏偏搶在順風處生火，讓媽祖婆差役搧得的都是熱風，媽祖婆只好臨時讓差役找新位置。」

「不好意思吶。」黑爺嘿嘿笑地說：「俺主公救人心切，一心融冰借水給林君育滅火，那神雲上的雪水足夠把這山火滅七八遍啦，媽祖婆其實不用煩心操勞，可以回宮休息，交給咱們收尾吧。」

「臭老虎！」苗姑氣得揪著林君育衣領大罵。「得了便宜還賣乖！」

「老太婆，妳膽敢無禮！」黑爺低吼一聲說：「俺乃保生大帝大道公帳前黑虎將軍！」

「那又怎樣！」苗姑回嘴罵：「老太婆我也是天上聖母媽祖婆分靈吶。」

「好，那我們算平手。」黑爺得意說。「不過俺主公雪水快盛滿了，媽祖婆那頭好像才剛開始裝風，嘿嘿。」

「哇你個……」苗姑咬牙切齒，突然感到一股窮凶戾氣自遠逼近，嚇得連忙轉身。

那戾氣悍得不下魔王，陳亞衣、千里眼、順風耳和黑爺霎時都不敢再分心，全擺開了架勢，轉向面對戾氣衝來方向。

那是一團赤紅火焰，像是火箭般飛竄而來。

沿途草木土石被那紅火衝過，全炸上了天。

那團紅火來勢太快，陳亞衣等只隱約看見紅火之中，有個三頭六臂的孩子，手上還挾著一個老頭。

是紅孩兒。

紅孩兒一點也不將陳亞衣等放在眼裡，流星般竄躍過他們頭頂，掀起的漫天斷木土石伴著鬼煤油紫火，轟隆隆地往眾人頭頂墜落。

幾隻雪白巨手在眾人腦袋上方亮起。

林君育雙眼金光綻放，周身彩雲旋繞，微笑說：「大老虎，謝謝你的好意啦。」

「啊！」陳亞衣、苗姑、千里眼和順風耳驚訝大叫。「媽祖婆，您降駕啦！」

燃著紫火、紅火的斷木土石，火流星般轟隆砸下，在林君育、陳亞衣附近炸出一團團凶猛惡火，唯獨往他們頭上落來的火木大石，全被那些瑩亮光手接著或是撥開。

「上頭有令，我將出借給林君育的雪山神風力量強大，只有非常時期才能動用，且我得先叮嚀教誨。」媽祖婆這麼說：「大老虎，我那風還得過幾分鐘才裝飽，先下來和這孩子講講話，你不介意吧？」

「媽祖婆，俺在大道公帳下只管伏魔咬鬼，不大讀書，說話可能不太禮貌，您別見怪。」

黑爺恭恭敬敬地說。

「啊呀！」苗姑瞪大眼睛，嚷嚷叫著說：「大老虎，媽祖婆降駕在阿育身上，怎你還賴在裡頭不走，你……」

「阿苗，沒關係。」媽祖婆笑著說：「偶爾摸摸貓兒，也挺好玩。」

媽祖婆這麼說時，還操使林君育的手，摸了摸他腦袋。

林君育腦袋上若隱若現出一顆大黑虎頭，黑爺搖頭晃腦，發出咕嚕嚕的聲音，十分享受媽祖婆的撫摸。

但下一刻，黑爺瞪大眼睛，驚慌說：「主公，現在媽祖婆正降駕在這小子身上呢，那水是不是該緩點……」

黑爺還沒說完，林君育突然感到手上水槍震動起來，槍身增加一處又一處古怪結構，槍管變長、口徑變大，儼然是一挺砲。

「小子，快將槍舉高！」黑爺嚷嚷大叫：「媽祖婆，不好意思，雪山大水要來啦——」

「什麼？」林君育還沒來得及反應，只見自己左手胳臂下現出一隻巨大黑虎掌，托著他的胳臂斜斜舉起，像是坦克調整射擊方向般，將他手上那支「大水砲」斜舉至某個方向，對準更上方那紫火最旺盛之處。

林君育手掌白光閃耀，再次將槍口轉向，幾乎呈九十度直指頭頂上方。

「小黑，你傻啦？」一個蒼老而陌生的男人說話聲，在上空響起。「費大半天勁融下的神水斜著打，豈不浪費，直直朝天上打，才能瞬間滅了整座山的火呀。」

「主公，您也來啦？可是……」黑爺愕然說：「媽祖婆她老人家還沒退駕呢……」

「那只能說，不好意思啦，人命關天。」蒼老聲音這麼說。

林君育左手巨大水槍劇烈震動，轟隆一聲，朝著頭頂高空投射出一枚巨大水球，水球在高空炸開，然後落下。

「哇！」「怎麼這樣！」廖小年、馬大岳急急奔到林君育身旁，張手往林君育頭頂遮。苗姑甚至飛竄到林君育頭頂上方，抖開紅袍，在林君育腦袋上張開一只小斗篷。

接下來，是十秒暴雨。

這陣暴雨彷彿不受陽世實物影響，穿枝透葉，淋過馬廖二人雙手，甚至連苗姑那小紅袍都遮不住。

唯獨林君育全身濕透。

「哇！」陳亞衣等人只覺得那神水晶瑩剔透，像是珠玉寶石般閃閃發亮，打在身上沁涼舒適。

只有林君育打了個大噴嚏，全身結霜，一張金光耀眼的臉凍出片片冰霜，旋繞周身的彩雲全凍成雪雕般，原本的五顏六色只剩下了白色。

「呃……好冷！這就是雪山神水？」林君育哆嗦起來，只覺得全身要凍僵了，左顧右盼，見到四周紫火真火全滅了，不禁興奮大叫：「真的有用！」

眾人同時聽見，就連山下也傳來隱隱約約的驚呼聲。

畢竟漫山大火轉眼覆滅，當然是一件驚奇至極的事情。

跟著，山頭另一側響起一串尖銳怒罵，似乎是在抗議這突如其來的暴雨，卻聽不清說了些什麼。

「媽……媽祖婆，您還在嗎？」苗姑等圍在林君育身旁，怯怯地問。

「沒事。」媽祖婆的聲音和藹透出，操使林君育的手抹抹臉，抹去冰霜。

黑爺也張開虎爪，撥撫著林君育一頭凍髮，突然意識到這也同時在撥媽祖婆的頭，連忙住手，戰戰兢兢地說：「嘎……媽祖婆，您別見怪，俺主公……也是急著救人。」

「是呀。」林君育胸膛頭臉金光閃耀更盛，剛剛那蒼老聲音，從他身中發出。「我是救人，默娘妳不會生氣吧？」

「哇！」本來圍在林君育身旁撥拍他身上冰霜的苗姑等人一聽這聲音，立時退開一圈，驚訝說：「大道公也降駕啦。」

「什麼？」林君育也大感詫異，只覺得此時全身暖呼呼的，一點都不冷。

「是呀，人命關天，我怎麼會計較這種小事。」媽祖婆仍和藹地說。

「既然火已經滅了，妳那雪山風也沒用了，要不先留著下次用？」大道公笑呵呵地說。「現在讓我先和這孩子講點話，告訴他剛剛那神水竅門法訣和一些注意事項。」

「無妨。」媽祖婆呵呵一笑，退了駕。

媽祖婆一退駕，林君育身旁那圈被凍成雪雕的彩雲立時崩毀消散。

取而代之的，是林君育身上張開一襲半透明金袍，頭頂也飄揚起一頂雪白紗帽，紗帽上兩片帽耳微微飄動，閃現出點點金光。

「孩子，你知道我是誰嗎？」大道公令林君育右手一鬆，扔下媽祖婆電風扇，再輕輕捏捏林君育的臉。

「你……你是保生大帝大道公……」林君育這麼回答。

「沒錯，眞聰明。」大道公哈哈一笑，說：「你現在知道。我借你這神槍、神水的厲害了吧？」

「嗯，知道了……」

「這麼大的火，轉眼就滅了，眞的厲害對吧？」

「是……」

「不過我得先提醒你，這神力不是你想就能用，這次上頭輕易准許，是因爲這火是來自陰間鬼煤油，下次陽世大火，你未必借得到這水。」大道公這麼說的同時，還本能地用林君育右手撫撫下巴下方——卻撫了個空，低頭瞧瞧，這才想起林君育沒蓄鬍子。他搖搖腦袋，令林君育下巴生出一叢金光長鬍，這才笑呵呵地撫了撫鬍子，繼續說：「至於你，小黑……」

「是！主公您儘管吩咐！」黑爺威風凜凜地應答。

「你……」大道公說到這裡，突然又聽見山響起一陣咆哮和狂亂打鬥聲。

那廝殺聲自遠而近，窮凶惡極。

下一刻，劇烈的火光熊熊炸起，左撲右竄，所經之處，又燒出一陣陣眞火。

「怎麼回事？」「火沒有滅？」眾人愕然張望。

林君育腳下那電風扇嗡嗡轉動起來，越旋越快，且飄浮上空快速變形，轉眼成了座巨大工業風扇，吹出一股股巨大龍捲。

那龍捲風金光閃閃，吹過眾人身子，不僅沒有風壓，且有種柔和的沁涼感——只有林君育不這麼想，他身陷在龍捲風暴正中央，被吹得眼歪嘴斜，手上大水槍給吹落，身上大袍如同風箏般張開，頭頂那雪白紗帽風車似地轉動，兩邊帽耳都給吹飛，下巴那叢金光大鬍子更是被吹得張牙舞爪。

雪山神風穿山透石，四面亂掃，轉眼將幾處紅火吹滅。

「又是什麼東西呀——」尖銳的咆哮聲再次從遠處響起：「到底是誰在搗亂！」

媽祖婆重新降了駕，笑咪咪地說：「不好意思吶悟眞，我在天上看見火又燒了起來，就下令放風，吹著你了，你別生氣，畢竟……」

「誰說我生氣啦……」大道公搖搖腦袋，扶正紗帽、撫平鬍子。「人命關天嘛……」

陳亞衣和苗姑等呆立在旁，瞪大眼睛望著林君育，都不敢作聲——此時林君育身上，同時降駕著媽祖婆、大道公，和大道公手下愛將黑虎將軍。

「千里眼、順風耳。」媽祖婆下令。「瞧瞧那紅火又是怎麼回事。」

「是！」

馬大岳和廖小年立時爬上樹，身中千里眼、順風耳探頭探腦，朝底下回報：「啊呀！是那三頭六臂紅孩兒，是他在放火燒山——啊呀不對！他不是在燒山，他是在、在、在……」

「在和太子爺大戰吶——」

貳貳

距離漫山紫火熄滅數分鐘前。

紅孩兒抱著重傷鎊爺悲憤哭嚎，卯足了勁飛竄狂奔，想要逃出這座山。

但他不太認得路，也不懂飛——不論是高安還是鎊爺，都沒教過他飛，因爲他是大枷鎖，功能是控制一隻剽悍魔屍或是山魅、惡鬼，不需要自個兒飛天遁地。

他一陣東竄西跑，很快便迷了路，四周都是紫火，他只能憑著感覺亂跑。

「爺爺、爺爺，我找不到路……」他撲上一棵尚未被紫火吞噬的大樹，搖晃著懷中鎊爺。

鎊爺睜開眼睛，虛弱地問：「高安……呢？」

「不知道……」紅孩兒抹抹眼淚，眼淚也燃著火。「他們打你，我抓回你，想帶你回家，可是我找不到路下山，帳篷都燒壞了，糖果也……」

「傻孩子，這時候還想糖果。」鎊爺哭笑不得，咳了咳，說：「你有這腳力，還怕迷路？你直走就對了……」

「直走？」紅孩兒當然明白「直走」這兩個字的意思，但又有些困惑鎊爺所謂的「直走」，究竟是怎麼個直走法。

「是呀，這山不大……」鎊爺說：「你不用管路，只要一直往前，不管前頭是山坡、大樹還是溪水，你見有東西擋著，就跳過去，總會下山呀。」

「我知道了。」紅孩兒見下方紫火燒上樹，立時抱著銬爺往前飛躍，照著銬爺指示，只往前奔。他奔出一陣，突然這麼問：「爺爺，為什麼你不會被我的火燙著？」

「呵呵……傻孩子，很燙吶，怎麼不燙，燙死我了……只是我現在穿著防火服，再加上……」銬爺笑著答：「我當初煉你，或許藏著私心，在你的魂裡，也摻了點我的魂兒……」

「摻你的魂，為什麼？」

「因為我見你不怕火……」銬爺說：「我就想將你煉成最厲害的火妖，像是有部神魔小說裡那個威風角色。我猜我煉出了全陰間最厲害的火，我將那火種在你身上，讓你也能吐火……我種得很成功，你吐出的火厲害極了，但這麼一來，反而讓我碰到個頭疼問題……」

「什麼問題？」

「那件事說來好笑。」銬爺邊咳邊說：「你不怕火，但我怕呀……你初學會吐火時不懂控制，有時說話都會冒出火來，沾著我工作室桌椅工具，燒得亂七八糟，你那火凶得嚇人，沾上一點都能讓我魂飛魄散，我要滅火可麻煩了，所以……我想出了個方法，在你的魂裡摻點我的魂，這樣一來，你的火沾在我身上，威力低些，我穿著防火服，可以硬撐著不至於被燒壞……」

「原來是這樣。」紅孩兒瞪大眼睛。「那我就算抱著你，也能全力放火了！」

「全力的話，我可能就撐不住了呀，不過……」銬爺有些驚奇。「你現在……還沒用全力呀？」

「是呀。」紅孩兒點點頭。「爺爺，我就照你的話，一直往前走，帶你下山去。」

他這麼說的同時，正從一處小坡高高躍下，往下直衝，他隱約感到前方有群異樣氣息，和高安他們不同，但一樣不容小覷。

他謹記著鎊爺的吩咐，不避不繞不躲，只直直往前。他越奔越快，後背拖著赤紅大火，胳臂和胸腹等會觸著鎊爺的部分火勢則小許多。他所經之處，踏著的土和草全燃燒起火，他的腳步越跨越大，每一步都能竄出老遠，最後他全力一躍，儼然變成一枚火焰流星，倏地往前飛竄，斜斜飛衝下山。

他快要學會怎麼飛了。

他轉眼就躍過剛剛那股異樣氣息位置，還揙了點赤火去燒砸他們，免得他們擋路礙事。

「爺爺，你剛剛說，想將我煉成神魔小說那個威風角色。」紅孩兒越跑越得意。「是哪個威風角色吶？」

「就叫紅孩兒。」鎊爺瞇著眼睛，邊咳邊笑，也有些得意。「你和他一樣厲害。」

「嘻嘻，那我要比他更厲害……」紅孩兒嘿嘿一笑，踩上一枚大石，又往前高高躍起，眼前就是山下市鎮，但突然感到一股強悍神力斜斜竄來，他急急轉頭一看，竟是先前在賣場與他大戰的男人——

韓杰。

韓杰手握火尖槍，腳踩風火輪，兩隻眼睛閃閃發光，像是一枚攔截飛彈的飛彈，朝紅孩兒飛射而來。

「哇！」紅孩兒還不懂如何在空中變向，只能眼睜睜看韓杰飛梭朝他竄來。他摟著銬爺以外的四隻手托起四團火，朝韓杰唰唰砸去。

韓杰抖開混天綾，擋下四團火，身子飛掠過紅孩兒頭頂。

紅孩兒以爲躲開了韓杰，卻覺得腰際一緊，低頭只見腰腹上纏著一圈燃火紅綾，是韓杰那混天綾。

韓杰俯衝落地，連帶將紅孩兒和銬爺也拉回山上，轟隆一同著地。

「啊！這是什麼？」紅孩兒使勁拉扯纏著他腰際的混天綾，卻覺得這混天綾時鬆時韌，鬆的時候如同流雲，扯開瞬間便又聚合，韌的時候即便他使盡全力，也只能拉開寸許。

他抱在懷中的銬爺也被混天綾一塊纏著，更被混天綾那紅火燒得哇哇大叫。

「爺爺！」紅孩兒驚恐想救銬爺，卻扯不開混天綾，只好轉頭朝著韓杰怒吼：「你想做什麼？」

「我想跟你打一架。」韓杰雙眼金光閃耀，這話是太子爺說的。「好像很好玩。」

「放開我爺爺、放開我爺爺——」紅孩兒急得亂蹦亂跳、齜牙咧嘴大吼大叫。

他每一叫、每一跳，身上都會炸出火。

「哼哼。」太子爺瞥了一眼銬爺。「陰間大枷鎖師，違法亂紀，憑什麼要我放他？」

「噫呀——」紅孩兒那三頭六眼怒目燃火，獠牙竄長，四隻新生長手托起紅火，捏成短槍，朝著韓杰飛擲射去。

太子爺嘿嘿兩聲，操使著韓杰身子挺起火尖槍，或撥或撩，擊碎一支支射來的短火槍。

斷槍殘火落在地上，立時燒出大火。

太子爺抖著火尖槍往前逼近，紅孩兒半步也不退，一枚枚短槍越擲越快，被擊裂的殘火在四周燒成了一片火海。

太子爺操使著韓杰踏進火海，嘿嘿笑著問：「這火比起欲妃的地獄火如何？」

「嗯。」韓杰回想先前賣場一戰和紅孩兒交手情形。「我只跟這小鬼打過一次，還是欲妃的火凶點，不過那時這小鬼還沒用全力。」

「我是說現在。」

「老大，現在我有你神力護體，欲妃加上這小鬼都不夠看吶！」

「你什麼時候這麼會說話了。」

太子爺倏地竄到紅孩兒面前，用韓杰腦袋撞紅孩兒腦袋，賞了他一記頭錘，卻疼得韓杰連連抗議。「喝！你是打他還是打我？我說錯話了嗎？」

「我不記得賜你這副蓮藕身是這麼孱弱呀。」太子爺附著韓杰，近距離閃避紅孩兒短槍連刺，飛快揚甩左手，噹噹噹地格開紅孩兒四手短槍連襲——他左腕上套著乾坤圈，和紅孩兒短槍相撞，炸出一波波金光赤火。

「臭小子。」太子爺只用左手迎戰紅孩兒，右手舉著火尖槍，不時敲敲紅孩兒腦袋，對他說：「放下這老頭，用六隻手，不然我打不過癮。」

「太、太子爺……」銹爺被混天綾紅火燒得淒慘難受，又被太子爺神力震懾得頭昏眼花，想要求饒，卻無法清楚說出半句話。

「沒聽見我說話嗎？」韓杰雙眼金光炸射，手中火尖槍一轉，飛出四條火龍，捲上紅孩兒四手。

紅孩兒四隻手分別被火尖槍上四條火龍咬著，動彈不得，正要開口，臉上挨了韓杰一記左拳——太子爺此時將左手腕上那乾坤圈抓在掌上，握著打人，跟戴了指虎一樣。

紅孩兒右臉上那張小臉挨了這拳，鼻子都歪了。

「叫你放下這老頭你聽不懂？」太子爺將火尖槍豎在地上，騰出雙手，抖了抖混天綾，從紅孩兒手中搶下銹爺，得意洋洋說：「陰間重犯被我逮捕了。嘿！中壇元帥又立大功了。」

「呀！」紅孩兒四手受制，被太子爺搶了銹爺，暴怒大吼，雙手掐住韓杰頸子，朝他吐出一片赤紅大火。

「好呀，早想跟你拚拚火——」太子爺狂笑一聲，韓杰全身炸出金光，火尖槍柄餘下五條火龍倏地竄出，口吐三昧真火和紅孩兒對燒。

紅孩兒三張臉六隻眼睛艷紅如火，左右兩張小嘴巴鼓嘴，中間嘴巴狂吐大火。

「蠢蛋，你爺爺不怕你的火，可是怕我的火，你傻啦？」

紅孩兒吐火吐到一半，聽太子爺那麼說，陡然一驚，停下動作，呆呆望著爺爺。

此時的銹爺被混天綾纏成像是粽子般密不透風，一動也不動。

「爺爺、爺爺——」紅孩兒鬆開韓杰頸子，想搶回銹爺，卻見銹爺被太子爺揚手拋上半空，又被一頭金色大豹叼下。

大豹叼著銹爺，優雅走到距離韓杰數公尺處，將銹爺放在腳邊，靜靜守著。

「你是誰？爲什麼抓我爺爺？」紅孩兒暴怒搥打韓杰頭臉。

太子爺不避不閃，笑呵呵地任紅孩兒搥打。

「喂、喂喂！」韓杰卻忍不住抗議。「雖然我有你神力護體，可是這樣打還是會痛……」

「你痛你的，關我什麼事？」太子爺笑著說，舉起韓杰雙手，卻不是攔架紅孩兒揮來的拳頭，而是捏著紅孩兒左右兩張小臉。「眞可愛吶，這樣好了——」

紅孩兒本來被四條火龍咬著四手、架在空中，但聽太子爺笑了兩聲，眼前火龍轉眼不見影蹤，同時豎在地上的火尖槍、韓杰腳下風火輪、一旁待命的金色大豹都不見了。

連被混天綾纏成大繭般的銬爺也消失無蹤。

「爺爺、爺爺呢？」紅孩兒駭然大驚，想要逃跑，卻被太子爺一把揪著頭髮。

「別說我靠法寶欺負你，讓我看看你的火到底有多厲害。」太子爺這麼說的時候，還不時捏紅孩兒臉頰和鼻子。

「吼——」紅孩兒被激怒到了極點，對著韓杰迎面吹出巨大火團。

「喝——」太子爺也操使著韓杰張口一呼，呼出正宗三昧眞火。

兩股火凶猛對衝，向外擴散好大一圈。

鬼煤油的紫火、紅孩兒的紅火、金亮刺眼的三昧眞火，以及鄰近草木土石受熱燃起的眞火，混合成奇異詭怪的熊熊火海。

「好傢伙。」太子爺忍不住稱讚起眼前這紅孩兒。「你的火挺不錯，不過還是我這三昧眞……嗯？」

太子爺沒說完，察覺到什麼地陡然抬頭。

瑩白暴雨轟隆落下。

瞬間澆熄紫火、紅火、金火和真火。

「啊？」太子爺揪著紅孩兒頭髮，東張西望。「怎麼回事？這什麼水？」他扯著喉嚨朝天空怒斥：「我在伏魔，是誰搗亂？」

紅孩兒飛蹬一腳，踢在韓杰下巴上，掙脫下地，拔腿逃出一段距離，想起銹爺，又回頭撲向韓杰，揪他頭髮、打他的臉，又哭又叫地質問：「你把我爺爺藏到哪裡去了？快把爺爺還給我——」

「老大……他在揍你！」韓杰一連挨了好幾拳，見太子爺沒有反應。「你不還手？」

「第二回合，換你上啦。」太子爺懶洋洋地說：「我膩了，不好玩，真打他，上頭有人要笑我下來欺負孩子了。」

「什麼！」韓杰感到太子爺將身體還給了自己，連忙舉手格擋紅孩兒狂擊——此時太子爺雖不再控制他身體行動，但仍降駕在他身上，紅孩兒這輪瘋狂暴擊當真像孩子耍賴，僅讓他微微發疼。

但下一刻，太子爺便故意撤去護體神力，讓韓杰肚子挨了一記猛擊，痛得彎腰乾嘔。

「哎喲，很痛耶。」太子爺責罵起韓杰：「我還在你身上，你讓他打你，就是讓他打我，知不知道？」

「我……」韓杰沒時間再辯解，摸出一把香灰，往紅孩兒臉上撒去，趁機滾開，掏出小疊尪仔標，也來不及細看，隨手亂擲。

幾片尪仔標在空中化成飛灰。

「喝？」韓杰愣然，忍不住罵：「你不讓我用法寶？」

「偶爾用用好東西，不好嗎？」太子爺這麼說。韓杰頓時感到有股緩和力量自後頸旋上雙臂，是正版混天綾。

他立時舉臂甩綾，打散紅孩兒擲來的兩團紅火。

下一刻，乾坤圈在他左手現形，火尖槍豎立在他右手前，風火輪也在他腿側旋起。

原來太子爺又借他正版貨了。

「別玩上癮，不還我就好。」

「我哪敢。」韓杰見紅孩兒挺著六支短槍朝他撲來，立時挺起火尖槍迎戰。

紅孩兒跑得快，六柄短槍能刺能砸也能擲射，韓杰光是格擋便耗盡心神，找不著時機還擊，只能踩著風火輪飛奔躲避紅孩兒突擊。

「哎喲，爛東西用太久，好東西拿在手上都不會用了，火尖槍上的火龍都不耐煩了。」太子爺這麼提醒韓杰。

韓杰這才想起，手上這柄正版火尖槍，槍身上盤踞著九條火龍，此時火龍微微張爪揚鬚，像是在等待出戰旨令。但太子爺沒教他怎麼指揮正版火龍，他便用過去操使尪仔標火龍的方式，抖抖火尖槍，試著將龍甩出——

正版火龍的指揮方式倒和尪仔標版本一模一樣，九條火龍爭相竄出，與紅孩兒噴火對峙。有了九條火龍助陣，戰情轉眼逆轉，韓杰挺槍追擊，反過頭追得紅孩兒又哭又叫、滿山飛奔，所經之處，又燒出一片眞火。

韓杰全力追擊紅孩兒，只覺得腳下這正版風火輪越踩越是合腳，漸漸得心應手，忍不住問太子爺：「對了，你借我這些正版貨……是無償？還是有價？」

「當然有價呀。」太子爺答：「買份蚵仔煎讓我嚐嚐好了。」

「啊？蚵仔煎？」韓杰不敢置信。「就這樣？」

「廢話！」太子爺喝斥：「我出借法寶，讓你伏魔來著，有價是我隨口說笑，你眞當我流氓成天四處勒索保護費吶？」

「喔，你還會說笑……」韓杰乾笑兩聲，逮著了空檔，挺槍朝與火龍纏鬥的紅孩兒刺去，將紅孩兒逼得躍上半空，然後朝他擲出乾坤圈。

紅孩兒雖然一雙腿跑得飛快，但沒學會飛，躍上空中無法變向，被乾坤圈擲中肚子，跌落在地。

幾條火龍立時纏捲住他身子，對著他頭臉大噴三昧眞火。

「呀——」紅孩兒動彈不得，也狂吐妖火還擊，四周轉眼又燒成一片火海。

韓杰挺槍朝著紅孩兒刺去，卻避開他腦袋，只刺在他其中一條胳臂上，威嚇說：「小鬼，給我乖點……」

「嗯？又是什麼東西？」太子爺又叫一聲，只見四周陡然颳起莫名冰風，四周霎時瑩白閃耀，火海轉眼又滅了。

火龍沒了三昧眞火加持，力量弱化不少，紅孩兒從地上蹦起，甩開幾條火龍，撲上韓杰，六手扣著他雙臂，一口咬住韓杰頸子。

喀嚓咬碎韓杰咽喉。

「混蛋！到底是誰在跟我搗蛋？」太子爺惱火一拳將紅孩兒打上半空，挺起火尖槍往天上一擲，一槍穿透紅孩兒咽喉，九條火龍倏地衝上追咬，將紅孩兒纏成一團大龍球。

「唔……」韓杰嚥了兩口口水，感到碎裂喉頭飛快癒合，連忙說：「你要殺他？」

「怎麼了？」太子爺說：「我跟你一樣，都是領命辦事，上頭要我處理從陰間外流的大枷鎖，這些東西在陰間也是違禁品，這東西不銷毀，又不能送回陰間，難道你要我當他爺爺？買糖給他吃？」太子爺說到這裡，頓了頓，問：「還是你想當他爺爺？」

「不……」韓杰搖搖頭，望著天上那枚緩緩轉動的龍球，露在龍身球體外幾隻細細小小的胳臂沒力地垂下，一動也不動了。

「韓大哥——」

陳亞衣的喊聲遠遠傳來，韓杰回頭，陳亞衣正帶著大票人朝他奔來。

他又回頭，只見天上的龍球、火尖槍、紅孩兒都消失不見了。

他身中的太子爺，也悄悄退了駕。

貳參

深夜，鐵拳館裡頗熱鬧，幾張小桌擺滿滷味、鹽酥雞和零食，角落空啤酒罐堆成一座小山——小傢伙在眾人身邊穿梭，不時搖搖桌上鋁罐，主動替大夥兒收去空罐，洗淨，帶到角落，和幾隻小山魅玩起堆疊金字塔的遊戲。

林君育沒能湊這熱鬧，大火滅去之後，集結的消防隊兵分多路上山，他悄悄撤去了虎毛假身，混入隊中，神不知鬼不覺地繼續值勤。

至於許保強，他有鬼王鍾馗降駕相助，又有老獼猴帶著山魅幫忙，將整棟大樓的惡鬼打死咬死一半，剩下一半驅回陰間，押著老趙趕來鐵拳館與大夥兒會合。

許保強聲稱自己這戰算是立下大功，且不久之前已過了十八歲生日，大戰之後可以放假一晚，陪大夥兒不醉不歸，剛剛揭開啤酒，還沒喝上半口，就被鬼王押回家中繼續念書，留下老趙讓韓杰等審問。

老趙被韓杰、苗姑、陳亞衣圍著問話，嗚咽地述說自己曾是鐵兵集團第二開發部研發組長，研究多時的魔屍失控，遭到貶職，卻在河堤撿著了喜樂下半身——

韓杰聽到這裡，眼睛閃閃發亮——原來是太子爺在天上聽著魔王喜樂竟留了截下半身，還給撿去軍火集團煉兵器，急得二度降駕，想親口問個明白。

老趙可沒想到中壇元帥太子爺竟降駕親自問話，被太子爺一雙金光眼睛瞪得齒顫膽裂，半點都不敢隱瞞，將自己扛著喜樂下半身回到鐵兵集團想將功折罪，卻讓高安搶走功勞，自己一氣之下盜走魔足轉賣，又被高安逮個正著，逼他上陽世放鬼拖延韓杰這整段過程供得清清楚楚，半點都不敢隱瞞。

「等等，所以喜樂的下半身……」韓杰聽得目瞪口呆，忍不住插嘴整理：「一部分被煉成新的大枷鎖，準備用來控制一隻非常厲害的魔屍；還有一部分，被你賣給──一個叫『老師』的傢伙？」

韓杰說到「老師」時，刻意加重語氣。

陳亞衣聽過「老師」這名號，本有話想問，但想到太子爺曾和那位「老師」交過手，此時還沒退駕，便不敢多嘴，讓太子爺親口審問。

「那你得替我把那位老師找出來啦。」太子爺冷冷望著老趙。

「中……中壇元帥大人呀……」老趙哭著講了幾種自己被高安囚禁那兩日裡受的酷刑，涕淚縱橫地說：「我在底下，已經把我知道的全告訴高安了……」

老趙和老師唯一的聯絡管道，就是陰間一個以煉屍爲主題的網路論壇，是老師主動傳訊和他攀談，在此之前，老趙壓根不知道陽世有這號人物。

據老趙說，那老師開出了豐厚條件，還派了一位車手潛入鐵兵集團接應他，那車手神出鬼沒，就連老趙也不知道對方如何潛入鐵兵集團。

他在車手協助下從高安辦公室盜出魔足，卻在準備離開時觸動警鈴，引來大批保全圍捕。

車手起初帶著老趙逃，沿途不停助他躲入隱密空間，直到老趙被保全從一處倉儲揪出，揭開他那始終提在手上的大公事包，才發現裝在裡頭的魔足竟已無端消失——

公事包是車手提供的。

車手也消失無蹤。

老趙被保全押著找遍了鐵兵集團園區，也找不著車手和魔足。

「那老師鬼門技術是挺玄妙的。」太子爺冷冷望著老趙。「但我不信能玄妙到這種地步。」

老趙聽太子爺這麼說，嚇得魂都要飛了，哀哭磕頭，指天發誓，稱自己若有半句不實，甘願下十八層地獄永世不得超生。

韓杰爲了求證，將自己那支經過改造、能直通陰間網路和電信系統的手機，讓老趙操作，登入那煉屍論壇，檢查老趙與老師的一切訊息——

「怎……怎麼會這樣？」老趙點開與老師的訊息記錄，駭然大驚，支支吾吾說不出話。

韓杰搶回手機，只見兩方訊息已經遭到竄改，關鍵字全被調換成笑臉符號。

「太、太子爺……我沒騙您……」老趙嚷嚷哭叫。「我不知道他是怎麼改了我的訊息……」

「哦。」太子爺哼了哼，說：「你的意思，是那個傢伙又會煉屍、又會開鬼門、又會夢術，還是個厲害的駭客，連陰間網路論壇的訊息都能竄改……」

「我……我我我……」老趙哆嗦著不知所措。

「你別抖了，就當你說的是眞的好了。」太子爺這麼說：「老師的事，先擱著——你剛剛說，用魔王喜樂一部分身體造出的大枷鎖，已經能夠控制那具窮凶極惡的百煉魔屍了。」

「是是是……」老趙點頭如搗蒜。「高安向我炫耀，說他那新造成的大枷鎖，說不定比魔屍本身還厲害了……兩者相加，是凶上加凶……他說他研發出這東西，再加上紅孩兒，這兩件大功足夠讓他當上總部長了……說假以時日，整個陰間會因爲他而地動山搖。」

「地動山搖呀，呵呵。」太子爺冷笑兩聲，說：「他其中一件大功，剛剛被我一槍刺沒了，另一件功勞嘛……」

太子爺說到這裡，用韓杰的手捏捏韓杰耳朵，說：「你找天下去，把那百煉魔屍連同魔王喜樂身子煉出的大枷鎖給我燒了。」

「鐵兵集團接了不少地府案子。」韓杰這麼說：「如果陰差出來攔我呢？」

「怎麼，你怕陰差？」

「我不怕陰差，我是怕不能還手。」

「不用怕，這可是和魔王喜樂有關的大案子呀，我降駕在你身上，捏著你耳朵親口交代你做的事情，誰敢攔你吶？」太子爺呵呵笑說：「對了，剛剛你答應我的酬勞呢？」

「酬勞？」

「蚵仔煎吶！不是說我那些法寶有價了嗎？連同以後借你的份，只算你一盤蚵仔煎，多划算吶。」

「以後？你以後也會借我正版法寶用？」

「我就是專程來和你講這件事。」太子爺清了清喉嚨。「不過你先付款——蚵仔煎吶。」

韓杰一時聽不出來太子爺是不是又在說笑，但仍掏了張鈔票，請馬大岳和廖小年想辦法生一份蚵仔煎出來——半夜三更，鄰近夜市都熄燈了，但二十四小時大賣場裡或許能買著蚵仔和蝦仁。

「小年，你沒喝酒，你載大岳去超市。」陳亞衣這麼吩咐：「我上網查查醬料需要哪些材料，查到了傳給你。」

老龜公也說：「等等買菜回來，廚房借你們用，哈哈，太子爺哪吒大駕光臨，來，敬你一杯——」他說到這裡，捏著啤酒就要向太子爺敬酒，被苗姑現出凶相嚇得醒了酒，不敢再胡言亂語。

「你還記得底下有種特別的遮天技術嗎？」太子爺又回頭提正事。「有次在那道場斬了閻王手……」

「我記得。」韓杰接話。「不只那次的遮天布，還有什麼遮天雲、遮天泥、遮天地磚之類的鬼東西。」

「是呀。」太子爺說：「這些遮天道具能讓天上看不見陽世陰間動靜，現在還有種最新技術，能夠阻斷天上和陽世、陰間一切聯繫，你們乩身進入那遮天範圍裡，神仙不能借法，也不能降駕。」太子爺說到這裡，望向陳亞衣和林君育。「例如你們兩個，一旦踩入最新的遮天術裡，就算對著奏板，也借不到法；至於韓杰你情況好點，你那些尪仔標本身就是法寶、藏有神力，在遮天範圍裡還是能夠使用，但我一樣無法降駕。」

陳亞衣蹙眉抿嘴，開始想像被惡鬼包圍時，卻沒有神力可用，該是怎樣的情境。

「上天的應對之策，是一項『重武器計畫』。」太子爺繼續說：「這個計畫是發配一些讓你們在緊急時刻，能夠不聯繫神仙就能動用的重武器——但是爭議之處，是這些重武器究竟該重到什麼程度，要是地底魔王收買了乩身，奪走重武器，又如何是好。」

太子爺說到這裡，見陳亞衣等神情凝重，嘿嘿一笑，說：「你們倒是不用太過擔心，不管是最新遮天術，還是新計畫，都有我這乩身擋在你們前面，身先士卒，嘻嘻，畢竟他這蓮藕身，我可不是白給他，他得負責挨打。」

韓杰聽太子爺這麼說，只是挑挑眉，倒也沒特別反對。「難怪你讓我用你法寶，原來有這計畫……」

他話沒說完，手自己抬了起來，握了握拳，又張開，掌心上多了枚黃金尪仔標，這枚黃金尪仔標除了邊緣浮凸外，兩面都沒有圖案，乍看之下，像是未完成品。

「喔？」韓杰望著這尪仔標。「這裡頭藏著重武器？是你那些正版法寶？」

「看情況。」太子爺說：「這尪仔標連著我家院子裡一只黃金盤子，我在盤子裡放什麼，你砸出來就是什麼。當然，在那遮天術範圍裡，金尪仔標就和金盤子斷了線，我沒辦法改動，但你還是可以用已經裝在尪仔標裡的傢伙。」

太子爺邊說，邊操使韓杰雙手將這片黃金尪仔標放入韓杰慣用的菸盒中，再將菸盒收回韓杰口袋。「你下去之後，誰敢攔你，全給我宰了。」

「眞是迫不及待……」韓杰吁了口氣，回想起高安那副討厭嘴臉，幻想著過兩天自己殺進鐵兵集團找他麻煩時，他會露出什麼表情。

韓杰手機響起，正是高安打來的。

「喂。」韓杰接聽。「你怎麼會有我電話？」

「太子爺乩身呀，您在地府好多單位都留了聯絡方式，我們公司和地府有密切合作，透過關係問問您電話，不算太難。」

「你先派個老傢伙上來放鬼。」韓杰說：「現在又打電話來挑釁？」

「不不不！」高安驚慌說：「不是這樣，我是想向您求饒。」

「求饒？」

「是呀……」高安說：「我剛升上分部長，又想著總部長的位置，被沖昏了頭，做事不擇手段……我想抓那紅孩兒，怕您……來湊一腳，這才派老趙放鬼，想讓您有點事做，嘿嘿……結果沒逮著紅孩兒，老趙、老趙現在，是不是被您逮著了？」

「是呀。」

「所以……」高安怯怯地問：「您一定也問出那百煉魔屍和魔王喜樂半截身子的事了？」

「是呀。」

「都是我不好，我貪功勞，自己搞得一鼻子灰，還把陽世也弄得亂糟糟的……」

「是呀。」

「您……」高安語氣誠摯。「可以給我一個將功折罪的機會嗎？」

「你說。」

「我將那百煉魔屍和用魔王喜樂身子煉出的大枷鎖交給您處置。」高安說：「您將老趙交給我。」

「幹嘛？」韓杰冷笑。「你怕我押著他向地府作證，把你供出來？還是怕我踩著風火輪打進你們公司，鬧個天翻地覆？」

「兩個我都怕啊……」高安苦笑。「我想低調處理好這件事情，要是鬧大了，我那些競爭對手肯定要抓這把柄狠狠整我了……您也想順順利利收回那魔屍和用喜樂殘身造出的大枷鎖對吧，畢竟咱們公司接了好多地府案子，您眞打進來，打壞了產線、拖延了裝備研發進度，陰差沒傢伙用，整個陰間都要大亂啦，您可更忙了，是吧？」

「是啊。」韓杰笑著說：「不過我不介意陰間亂不亂，現在已經夠亂了，那些牛頭馬面沒裝備用，我只會幸災樂禍。」

「我……」高安連忙說：「我還有一份特別禮物！我知道您也在找那位買家，我有他獨門消息，您將老趙給我，我就提供您情報。」

「你是說……」韓杰緩緩問：「那位『老師』？」

「對對對。」高安說：「這傢伙確實不得了！他在我們公司裡安排了內應，剛剛我才逮著那內應，現在扣著他，他有管道和老師聯繫，他親眼見過老師。」

「……」韓杰沉默數秒，回答：「我答應你，不過我還有案子要忙，過幾天下去找你，你想約在哪？」

高安說了個地址，那地方的陽世對應處是一棟大樓。

「好，我這兩天忙完了，會再聯絡你。」韓杰點點頭，結束通話。他突然問：「爲什麼不現在下去，還要等幾天？」

原來剛剛韓杰沉默，是因爲太子爺低聲吩咐他別急著下去，要他等候幾日。

「因爲你那張黃金尪仔標還沒完全完工。」太子爺回答道：「得花點時間測試，不然你下去了，沒傢伙可用——魔王喜樂殘身造出的大枷鎖穿在魔屍身上，不是你那些法寶應付得來的。」

「所以你肯定那傢伙沒打算乖乖交出魔屍跟大枷鎖，而是想用那魔屍來收拾我？」韓杰問：「而且確定他在約定的地方，安排了最先進的遮天術？」

「對。」太子爺這麼說：「那傢伙的聲音，就是說謊的聲音；就算他說的是眞的，我也當他是假的。」

「我還有個更快的方法。」韓杰說：「現在我們就下去，直接打爛大枷鎖不就好了。」

「不要。」太子爺說：「百煉魔屍和喜樂殘身造出的大枷鎖，由你處理，我沒興趣。」

「呃……」韓杰無奈地說：「魔王喜樂造出的大枷鎖，再加上百煉魔屍，我以爲你會有興趣……」

「沒興趣。」太子爺說：「喜樂就算無端變出個雙胞胎，兩個一起上都打不贏我，要我專程下陰間和用他髒屁股造出的大枷鎖打架？未免太污辱我了，我可是堂堂……」

太子爺說到這裡，鐵拳館鐵門推開，馬大岳和廖小年帶著大包小包回來了，嚷著向老龜公借廚房。

「我知道你是堂堂中壇元帥。」韓杰這麼說：「這件事就交給我吧，你老人家開開心心吃份蚵仔煎再回去，等我好消息吧。」

「這還差不多。」太子爺說完，不再理會老趙，大剌剌操縱著韓杰身子，挑了一張小凳坐下，還令幾隻山魅上來替他捶背捏腿開啤酒。

陳亞衣拿著手機，指揮馬大岳和廖小年備料做蚵仔煎，苗姑也湊進廚房插嘴幫忙。

老趙直挺挺站著，低頭面向韓杰，大氣也不敢吭一聲，好半晌，才擠出一句。「中……中壇元帥……您……真的要將我交給高安？」

韓杰端著啤酒望著他，說：「太子爺要吃蚵仔煎了，你先別煩他老人家。」

「是、是……」老趙低下頭，不知所措。

廖小年恭恭敬敬地端著大盤子走出廚房，端上韓杰面前那張清空了還鋪著桌巾的小桌上，再謹慎擺上刀叉。

陳亞衣拿了條白巾繫上韓杰胸前；老龜公則倒了杯珍藏威士忌奉上。

「嘖……」韓杰望著眼前那堆著滿滿蚵仔和蝦仁的豐盛蚵仔煎，無奈說：「我這輩子第一次這樣吃蚵仔煎……」

「是我吃，不是你吃。」太子爺這麼說，瞬間奪去韓杰手腳口舌的控制權，捏著刀叉往盤中叉去。

貳肆

過去陰間建築多半與陽世對應，像是鏡面上下顛倒。

陽世拆除舊樓、開挖地基，陰間原址還維持著舊樓樣貌；陽世新大樓落成數年，陰間原址的舊樓可能才剛開始破敗拆毀，變化時間不一，有些快、有些慢。

但這幾年不同了，陰間發展出獨特的建築技術，也修改了法規，能夠拆除原本和陽世對應的建物，甚至興建嶄新的建物，且在打造特殊地基之後，不再受陽世原址變遷影響。

韓杰望著聳立在眼前那處工地上的陰森大樓，像是施工到一半，大樓外空地還有數處外露地基，幾十輛模樣古怪的挖土機、灌漿設備都還擺放在工地中。

這正是陰間一處不與陽世建築對應的「新建案」，在陽世同位置上，是老舊公寓街區。

這幾年，陰間的都更進度，甚至超前了陽世。

一陣風吹來，將韓杰身上那大風衣吹得展開，韓杰拉拉風衣、整整領子，向跟在身後的老趙呶呶下巴，示意他跟上。

老趙雙手被一條煙霧繩子綁著，那煙霧繩子連著韓杰手腕，是韓杰用香灰捏出來的。

他倆一前一後走入遼闊工地，走進那棟陰森漆黑的大樓裡。

大樓電梯尚未完工，樓層內也未隔間，堆著一箱箱建材。

韓杰循著逃生梯，一連走上數樓，取出手機撥了高安電話，不耐地問：「我操，你到底在哪一層？」

「太子爺乩身，您來啦。」高安恭恭敬敬地回應。「我在十樓等您呢……」

「十樓？」韓杰哼哼說：「這大樓有二十樓，你在十樓等我，幹嘛？想讓我到了十樓，上不去也下不來？」

「大人怎麼這麼說吶……」高安急急說：「你不是想知道那老師的事嗎？這幾天我準備了他好多資料等你吶……」

「好多資料？你跟他很熟？」韓杰一步步上樓，老趙低著頭，畏畏縮縮跟在韓杰背後。

高安笑著答：「我們公司好歹也是陰間數一數二的大公司，那麼大一個情報部門可不是白拿公司薪水，區區一個陽世活人的身家資料，當然查得出來……」

「很好。」韓杰點點頭，走上十樓，通往十一樓的通道被成堆建材雜物擋著，樓層中則微微亮著光。

韓杰帶著老趙進入十樓，見高安站在十樓中央位置，身後只跟著當時賣場的墨筆和白扇子，並無其他隨扈保鑣，倒是有些驚訝。

高安身前有張長桌，桌上擺著油燈、茶水、糕點，一些文件、筆記型電腦和公事包；身後橫擺著一具三公尺長的巨大木棺，木棺外鎖著重重鎖鍊、貼滿符籙。

躺在棺裡的，想來是那百煉魔屍。

「我以為你準備了十幾隊保全，跟一堆收了錢的陰差等我上門。」韓杰冷笑說，牽著老趙往高安走去。

「乩身大人吶。」高安堆著笑臉搓著手說：「我是來和您賠罪的，帶保全幹嘛？」

「是嗎？」韓杰笑著，來到長桌前，望向長桌另一側的高安。「老師的資料在哪？」

「全都在這兒啊。」高安將筆記型電腦螢幕轉至韓杰那側，向韓杰介紹起那位老師。

筆電螢幕上，有幾張老師的照片——

三十出頭，樣貌平凡無奇，沒有丁點能夠讓人印象深刻的特徵。

「他爸爸媽媽都是老師，都得癌症去世了。」高安說：「而且，都輪迴轉世了，他在世上再無其他親人。」

「你連他父母都調查過？」韓杰瞧了高安一眼。

「何止父母，祖宗八代都查過了。他是獨子，且沒有任何親人，甚至連工作都沒有，應該也沒什麼朋友跟愛人……」高安說：「簡直沒有半點能夠……嘿嘿，讓人威脅他的地方。」

「幹嘛？你想威脅他？」韓杰問。

「起初當然想！他收買我公司員工，竊盜公司資產吶……」高安望向韓杰身後老趙，冷笑說：「研發不行、叛變也不行，上陽世跑跑腿都會失風被逮……」

「跑跑腿？」韓杰哼了哼：「你派他上陽世放鬼，還在他背包裡裝了會爆炸的東西，想滅口，順便炸死我。」

「是是是……」高安向韓杰鞠了個躬。「是我不好，我鬼迷心竅，太子爺乩身哪有那麼容易被炸死……」

「老師所有資料都在電腦裡？這電腦也是給我的？」韓杰歪著頭看電腦和桌上文件。「沒裝炸彈吧？」

「文件是印出來給你的，和電腦裡的資料一樣，電腦你要帶走也行……」高安說：「就只是普通的電腦，怎麼會炸呢？」

「謝了，我會慢慢研究。老師現在躲在陽世哪裡？」韓杰拿起文件翻看，牽著老趙繞過長桌，走向高安身後那座厚重巨棺。

他繞去巨棺時，刻意讓老趙走在外側，讓自己擋在老趙和墨筆、白扇子之間，他仍對高安保持警戒。

「這我倒是還沒查出來……」高安搓著手，跟著韓杰來到巨棺旁，喊了喊墨筆和白扇子。「來來來，黑的幫忙開棺讓太子爺乩身驗驗屍，白的倒杯茶給乩身大人喝。」

「不用茶了。」韓杰搖搖頭，揭開一罐可樂喝了起來。

「呃？」高安愣了愣，想不到韓杰竟還隨身帶著可樂。「那……要不要吃點糕點？是特地為您準備的……」

「不用。」韓杰將文件跟可樂都遞給老趙，要他拿著，跟著掀開風衣一角，從風衣裡摸出一袋雞排。「零食我也有帶。」

「太子爺乩身大人吶。」高安皺眉笑問：「您該不會覺得我會在茶水糕點裡下毒這麼齷齪吧？」

「沒錯，我是眞怕。」韓杰指著高安大笑，嚼了口雞排，瞧了瞧手中雞排一眼——濕淋淋的像是從水裡撈出一般。

「嗯……咦？」高安此時站在韓杰身旁，察覺到韓杰與他想像中有些不同，詫異地問：「您……您不是肉身下來？您現在是魂身？」

「是呀。」韓杰點點頭。「我肉身在泡澡呢，用魂走路輕飄飄的，跑快點還能飛上天，比肉身還方便點。」

「可是……」高安抓抓頭，有些困惑。「陽世肉身在陰間銅皮鐵骨，您的仇家不少，您不怕……」

「怕什麼？」韓杰吃了幾口濡濕雞排，從口袋摸出張尪仔標，捏在手上，在幾根手指間晃來彈去，隨意把玩。「有人找我麻煩，就陪他玩玩囉。」

「是是是。」高安笑著說：「太子爺那七樣法寶天下無敵，有仇家找麻煩也不怕。」

墨筆和白扇子花了幾分鐘，將巨棺上的鎖鍊一一解開，一左一右托著棺蓋，緩緩推開。

一股窮凶極惡的氣息，自棺中溢出。

本來垂著頭的老趙，立刻回憶起當時魔屍失控的凶殘情景，哆嗦地後退兩步。

超過兩公尺高的巨大魔屍，穿著一襲鮮紅色奇異長袍，靜靜躺在棺木裡。

韓杰湊近去看，只見那魔屍肩上竟倚著顆乾枯腦袋，有兩截深紅色的乾枯胳臂環抱著魔屍頸子，另外還有雙深紅色枯腿，自魔屍背後伸出，彎挾著魔屍腰際。

「這乾屍就是大枷鎖？」韓杰將吃到一半的雞排隨手扔了，伸手進巨棺，像是想摸摸那乾屍，但手指仍在距離乾屍腦袋數公分處停下，然後緩緩收回。

「是。」高安說：「您放心，這東西被我封印著，不會醒來，看是您要帶上陽世，還是直接讓我當著您的面，將魔屍和大枷鎖銷毀都行。」他說到這裡，伸手朝後方一指——在一處梁柱旁，堆著幾桶黑桶。

「那就是鬼煤油？」韓杰問。

「是。」高安摸摸鼻子。

「去陽世放火剩下來的？」韓杰冷笑問。

「這倒不是……」高安說：「是春花幫的竇老仙提供給我的，他老人家幫我不少忙。」

「你挺誠實的，有問必答。」韓杰笑著問：「不怕又被我逮到把柄，連竇老仙一起抄了？還是……你覺得我走不出這裡了？」

「……」高安嘴唇動了動，像是想講些什麼，但是欲言又止。

「幹嘛？」韓杰笑了笑，轉身向老趙討回可樂喝了幾口，將老趙牽遠些，回頭望著高安說：「你發現自己其實不需要講那麼多廢話對吧？」

高安靜默幾秒，點點頭，笑了。「說真的，我還真沒料到你只用魂身下來。」

「覺得準備過頭了？」韓杰指指天花板。「把十一樓弄得像是作戰指揮部一樣，有十隻刑天？還有那堆打手，就是那春花幫竇老仙提供給你的人馬對吧？」

高安眼睛微微睜大，困惑韓杰爲何知道他的部署。

他向白扇子和墨筆使了個眼色。

白扇子和墨筆站在距離韓杰數公尺遠的兩側，白扇子手按兩柄白扇，墨筆那支大大太刀在圍捕紅孩兒時毀了，此時腰際懸著一柄日式打刀，同樣墨黑一片。

高安緩緩後退，墨筆和白扇子則緩緩逼近韓杰。

「老傢伙你不要啦？」韓杰嘿嘿一笑，拎著香灰繩子舉向高安。「還是，你想把他和我一起處理掉？」

「心裡有答案的問題，就別問了……」高安彈了記手指。

四周響起一陣唰啦啦聲響，十樓四面整排尚未裝設窗戶的窗孔落下一面面大簾，大簾上燃著紫火，向內探出半截鬼身；一隻隻半身鬼有數隻手，舉著刀斧或是狼牙棒，惡狠狠地守住窗孔。

答答答和轟隆隆的步伐聲上下傳來，湧入十樓，一個個抄著刀械的春花幫眾奔過高安，團團圍向韓杰。

春花幫眾之中，也摻雜幾隻超過兩公尺高的巨大刑天。

「早點攤牌，就不用廢話一堆了。」韓杰揚揚眉，捏出四片尪仔標往地板一擲，擲出一陣光，他踩進光陣，再走出，胳臂纏上了混天綾、雙腳附上了風火輪、左手抓著乾坤圈，右手握著火尖槍，環看四周春花幫眾說：「我奉中壇元帥命令下陰間銷毀百煉魔屍，就算是閻王都無權攔我，你們當中有陰差的，現在滾還來得及——太子爺吩咐我，碰到攔路的，見一個宰一個。」

韓杰這麼說完，春花幫眾裡當真有兩、三個傢伙互看一眼，後退兩步，像是怕了。

「拾貳。」高安冷笑兩聲。「放水。」

韓杰聽見頭頂上方傳出一陣古怪聲響，還沒抬頭，四周陡然灑下水霧，竟是這毛胚樓房中的消防灑水系統啓動了。

水霧褐黑腥臭刺鼻。

韓杰被臭水淋了一身，混天綾化了、乾坤圈散了、風火輪和火尖槍上的火紛紛熄了，且隨即破碎爛成了泥，隨著臭水流洩一地。

「原來如此……」韓杰望著遠處高安，冷冷說：「老師的資料不是你查出來的，是他自己給你的，你們搭上線，而且合作了。」

「眞聰明。」高安笑著說：「不過還是那傢伙更聰明絕頂，我眞遺憾沒有早點認識他。」

這是韓杰第二次被這怪水淋了一身濕臭，還被淋壞了法寶。

前一次，他透過投影和老師面對面交談，被同樣的怪水淋滅法寶，且受困陰間一處倉儲裡，所幸當時太子爺早附在他身上，直接現身破了鬼門，將他帶回陽世。

「宰了他。」高安嘿嘿一笑，轉身走出十樓，轉上十一樓。

本來擋在十一樓樓梯中的雜物，已被剛剛下樓的刑天搬開，高安進入十一樓。

十一樓中央，擺著幾張長桌，桌上有幾部電腦，圍著一票研究員，後頭還有七、八隻刑天待命。拾貳㕚著手站在研究員身後，瞪著螢幕合不攏嘴，一見高安走來，立時朝他大喊：「高部長！你快來看，老趙他……」

「啊？」高安加快腳步，走向幾張長桌，來到拾貳身旁，望著監視器中的韓杰。「老趙怎麼了？」

監視器中，韓杰便孤身一人，並無老趙身影。

「怎麼回事？」高安愣然，又瞧瞧其他幾個監視畫面，仍無老趙身影，他連忙按下一具通話裝置，對著十樓韓杰問話。「老趙上哪去了？」

「我把他送回媽祖婆乩身身邊了。」韓杰抖抖手上那條漸漸化散的香灰繩子。「你自己不要的。」

「什麼！」高安駭然大驚。身旁拾貳急急操作電腦，讓監視畫面倒轉，回到數十秒前，只見螢幕上的韓杰朝老趙喊了一聲，老趙立即鬆了口氣般，快步湊近韓杰。

然後韓杰揭開風衣，揪著老趙後頸往風衣內側一塞，接著拉實風衣將老趙一裹，像是變魔術般，將老趙變不見了。

「他……他做了什麼？」高安錯愕不解。

另一處即時監視畫面上，韓杰東張西望，發現監視器位置，對著鏡頭笑說：「你慢慢猜吧，總之你今天如果運氣好沒被我宰掉，就乖乖等著被地府通緝吧。」

「你……」高安惱火透過聽話裝置大吼：「還愣什麼，通通給我上啊——」

監視螢幕上，圍著韓杰的春花幫眾一擁而上。

墨筆一馬當先，拔出打刀衝向韓杰。

噹——韓杰舉起金光閃閃的鋁棒格開墨筆斬來的黑刀，且飛快補上一棒，打在墨筆胸口，將他打飛老遠，跟著轉身去戰身後的白扇子。

「喝？」高安瞪大眼睛，見韓杰舉著兩柄閃耀金光的鋁棒打退白扇子，愕然大驚。「他哪來的球棒？」

十樓臭水持續灑落，韓杰一雙鋁棒上的金光很快熄了。

白扇子掀起一柱冰風，將韓杰雙腳凍在地板上動彈不得，幾個春花幫眾持刀衝上前要斬韓杰。

一陣霹靂啪啦的光爆在韓杰身前炸開，春花幫眾摀著臉退開一大圈。

「又怎麼了？」高安錯愕，透過監視畫面見到韓杰身前飛繞著一群紙鳥，那些紙鳥身上寫著符籙，撞著春花幫眾就炸。「到底哪來的怪東西？」

「你猜啊。」韓杰嘿嘿一笑，朝著湧上的春花幫眾扔出一枚東西，轟地炸開，將幾個春花幫眾炸飛老遠，躺倒一地痙攣顫抖。

「我操，小歸！你這電擊彈威力這麼大？不會也是違禁品吧？」韓杰自己也讓電擊彈的威力嚇著，伸手在風衣裡又摸出兩枚電擊彈，緊握著保險栓直直高舉，與身邊春花幫眾對峙。

□

陰森大樓街道上，停著一輛大型貨櫃車。

「是不是違禁品你就別管了啦……」小歸窩在貨櫃角落一處螢幕牆前，透過對講機和韓杰對話。「有什麼用什麼，痛快大幹一場吧！」

這貨櫃角落布置得像是電影裡情報單位偵搜車輛一般，裝著滿牆螢幕、電腦操作面板。

小歸身前負責盯著電腦的，是王小明和幾名小歸保全員工。

貨櫃另一端，是陳亞衣、林君育、馬大岳、廖小年、老獼猴及十餘隻山魅。眾人圍著一只木製澡盆，澡盆裡盛著蓮藕水、躺著韓杰；韓杰肉身衣著和大樓裡的魂身一模一樣，也穿著一件大風衣。

澡盆周圍堆放著幾只大箱，裝著各式道具武器，幾隻山魅守著，聽老獼猴號令挑揀適合武器，遞給林君育和老獼猴，他倆接過道具武器，便小心翼翼放入澡盆。

這次魂身迎戰——是韓杰考慮了兩日之後做出的決定。

關鍵之處，就是先前與老師對談那次經驗，那時倘若不是太子爺降駕多時，長駐他身中待命，他受困陰間，又被澆滅了法寶，可是叫天天不應叫地地不靈了。

此次倘若和老師無關，韓杰或許懶得深思戰術，大膽正面迎戰。

但扯上老師，就得謹慎些了。

他假設高安約戰那地點，確實布置了頂級遮天術，讓太子爺無法降駕，那麼肉身出戰一大優勢就沒了；加上肉身在陰間雖如銅皮鐵骨，但這次主要對手想來是刑天和百煉魔屍，肉身在陰間的對鬼優勢大為削弱。

而陳亞衣卻能將媽祖婆神力，透過他的肉身加持上他魂身，優勢此消彼長，便是韓杰最終決定用魂身迎戰高安的關鍵。

但遮天術不僅能遮著天，也能遮斷陰間與陽世一切聯繫，因此陳亞衣無法在陽世傳法，而需要將韓杰肉身一齊帶下陰間待命。

韓杰聯絡上小歸，想向他借輛廂型車，讓陳亞衣等躲在車內安全施法。

小歸問明了情況，說廂型車哪裡夠用，要專程調一輛貨櫃車借他，還告訴他，自己旗下研發工廠最近研發出了個好東西——

就是此時韓杰身上那風衣套組。

說是「套組」，是因為那風衣一套兩件，外觀款式相同，但一陰一陽，兩件風衣的口袋和內襯互通，儼然是活動鬼門，能夠讓身著兩件風衣的人和鬼在陰陽兩地互相傳遞物品。

這風衣也非完全由小歸旗下工廠研發，而是花了筆錢，向其他廠商購得核心技術，再進一步改良而成。嚴格來說，這東西並不符合陰間法規，卻也沒被列入違禁品清單上——在陰間，這類遊走法律邊緣的道具或武器多不勝數。

韓杰那鋁棒、可樂、電擊手榴彈和濕淋淋的雞排，都是老獼猴塞進風衣，讓韓杰取用。

自然，在大樓裡消失的老趙和那份老師的資料文件，也是通過韓杰身上那件陰間風衣，來到貨櫃車裡。

此時老趙捧著老師資料文件，安安分分地坐在角落凳子上，一動也不敢動。

韓杰對老趙說，他受高安逼迫上來放鬼，其實罪在高安，只要老趙乖乖配合行動，當個污點證人，就能將功折罪，不僅保證老趙往後不受高安迫害，也能補發給他一張輪迴證。

老趙雖然懼怕高安和鐵兵集團勢力，但與韓杰合作，讓神明使者當自己的靠山，又換得一張新輪迴證，自然好過在陰間一窮二白，甚至要被高安滅口的處境了。

「這金粉寫上的符咒會被大樓裡那水澆滅呀！」苗姑托著支鋁棒，捏著毛筆，腳邊還擱著一罐金磚粉，見大螢幕上，剛送給韓杰的金粉鋁棒立刻又被臭水淋去驅魔符籙，便不落筆，嚷嚷說：「那臭水專破神賜法力，太子爺金磚粉沒用吶！」

小歸走來，從道具箱子裡取出一只小瓶，遞給苗姑。「試試用這個寫符，說不定有用。」

「這啥？」

「這是畫陰符用的凶雞血。」

「連這玩意兒你也有？」苗姑接過那小瓶，揭開瓶蓋，果然聞到一股血腥味，立時換了支筆，沾著凶雞血，在鋁棒上寫起符來。

「外婆！」陳亞衣回頭對苗姑說：「用凶雞血寫驅魔符，就不會讓那臭水破法了嗎？」

「不知道。」苗姑邊寫邊回答：「不過我寫的不是驅魔符，我寫的是陰符，讓韓杰試看看以邪治邪。」

「什麼？」陳亞衣愕然，她知道苗姑生前擔任媽祖婆乩身時，曾經鬼迷心竅，幹了些錯事，甚至修習了些旁門左道，但此時苗姑身爲媽祖婆分靈，再寫凶毒陰符似乎有些不妥，連忙出聲提醒：「外婆，妳現在是媽祖婆分靈呀……」

「對啊。」苗姑朝著寫上雞血陰符的鋁棒吹了幾口氣，遞給老獼猴。「試看看，不靈我再寫別的符。」

「不是靈不靈的問題……」陳亞衣嘖嘖搖頭，突然感到澡盆微微一震，忙轉頭看螢幕，只見幾個畫面都是韓杰讓白扇子架著，被墨筆持著打刀捅入腹部——拍攝這些畫面的鏡頭，自然也是小歸提供的微型針孔鏡頭，裝設在陳亞衣那紙蟲身上，在韓杰尚未踏入大樓之前，便已經事先潛入大樓偵察，再將大樓內的部署告知韓杰。

「韓大哥，媽祖婆借力加持你啦——」陳亞衣一手按著澡盆邊緣，一手舉起奏板抵額祝禱，紅光自她額頭耀起，循著她胳臂一路亮至按著澡盆的手掌。

整盆蓮藕水都耀起了紅光。

老獼猴將寫著雞血陰符的鋁棒放入蓮藕水中、伸入韓杰風衣內側。

貳伍

韓杰抛出兩枚電擊手榴彈，炸退白扇子和一票春花幫眾，伸手在風衣內襯摸出一支金粉鋁棒，打飛兩個春花幫眾，見墨筆挺刀竄來，便揮棒相迎，但他鋁棒上的金符轉眼又被臭水淋壞。墨筆只用胳臂便擋下了這棒，同時挺刀刺入韓杰腹部，將他一刀串離地板，連刀帶人舉著朝一柱大梁飛奔撞去，想將韓杰釘在梁柱上。

韓杰全身陡然亮起刺眼紅光，墨筆伸手遮光、奔勢緩下，韓杰身子下沉，雙腳著地，左手緊握打刀刀刃，反過頭推著墨筆後退。

墨筆感到韓杰力氣增加數倍，忙右手撐刀、左手飛舞畫咒，咒還沒畫完，便見到韓杰從風衣內側又抽出一支鋁棒。

磅——韓杰一棒砸在墨筆臉上。

墨筆被韓杰這棒打得鬆手撲倒在地，臉上挨棒處溢出古怪青煙，跟著青煙變成綠火，在他臉上四面延燒。

韓杰腹部還插著墨黑打刀，掄著鋁棒將好幾個春花幫眾打得滿身綠火、哀號亂竄。

韓杰拔出插在腹部的打刀扔到地上，一棒砸成兩段，舉著鋁棒和後續圍上來的春花幫眾對峙，望著鋁棒上那雞血陰符縈繞著綠火，忍不住讚歎說：「這傢伙好用，多送幾把過來！」

「他的球棒到底從哪變出來的？」高安的聲音自擴音器響起：「難道從陽世傳下來……不可能呀！賓爺說這棟大樓連同整片工地地基都灌了遮天泥……拾貳、拾貳！快打電話問問賓爺，這工地是不是偷工減料？」

韓杰本想回嘴幾句嘲諷，拾貳的應答聲隨即響起：「高部長，他那些東西應該不是從陽世傳下來，而是從陰間送過來的——他身上那件風衣，我猜是類似隨身鬼門之類的道具，聽說第三、第四開發部也開始研發類似的東西……」

「什麼？」高安的吼聲在十樓擴音器炸開。「快把他那件風衣給我撕了——」

「喔！」韓杰本來有些驚訝拾貳這麼快就發現他身上機密，但聽他說到鐵兵集團不只一個部門也在研發類似道具，隨即明白，自己的對手可是陰間最大軍火集團裡的研發部門，小歸那小工廠的實驗產品，瞬間被看穿奧祕也不稀奇。

三隻刑天往韓杰衝去，韓杰抖了抖風衣，抖出一票紙蟲紙鳥亂飛亂炸、分散刑天注意，他揮著陰符鋁棒滿場飛奔——他用魂身下來陰間無數次，比許多鬼還懂得當鬼，不但能在地板上跑，還能跑上梁柱、在天花板頭下腳上倒著跑，刑天雖然壯碩無匹，但和沒有肉身的魂魄相比，靈活性便差上一截，掄著大拳頭追著韓杰打，卻一拳也打不著。

但白扇子和墨筆動作比那些喊打喊殺的春花幫眾和幾隻粗壯刑天靈活得多，他們緊追著韓杰，墨筆倒持撿回來的斷刀在自己掌心割出黑血，用那黑血畫咒施術，灑出一片黑蟲追咬韓杰。

一群紙鳥飛天攔截黑蟲，白扇子又搧出冰風凍落紙鳥。

韓杰被大批黑蟲追著跑，黑蟲爬上他風衣，轉眼像是復燃的炭般，在他風衣上燒開一個個火洞。

「喝！」韓杰沒料到墨筆放出的黑蟲竟會起火，伸手在風衣上亂拍，還伸進風衣內側想討些手榴彈，可撈抓半晌，什麼也沒撈著。他試探地將鋁棒伸回風衣裡，也送不回貨櫃車，才明白小歸這開發中的風衣好用是好用，但不耐用，被墨筆黑蟲攀上，沒幾秒便給燒壞了。

風衣壞了，韓杰少了紙鳥支援，也沒有手榴彈可用，被春花幫眾一陣窮追爛打，狼狽退到兩大桶鬼煤油旁，用那雞血陰符鋁棒上的綠火引燃鬼煤油，還踢倒大桶，讓鬼煤油傾瀉一地，燒出熊熊烈火。

他全身白光閃耀，遁入火裡。

媽祖婆那白面神力能夠直接透過韓杰肉身加持魂體，庇護著韓杰不受紫火燒灼。

春花幫眾被擋在火外，拿韓杰沒輒，只能看不怕火的墨筆和白扇子衝入火中與韓杰纏鬥；韓杰有媽祖婆紅白神力加持，雖然手邊僅有一支陰符鋁棒，但一時也不落下風。

「你說他那風衣是移動鬼門？所以老趙被他按進鬼門，送到其他地方去了？」高安在十一樓觀戰，焦急地連連抓頭。「有沒有辦法找出位置？」

「應該可以。」拾貳向高安解釋：「這移動鬼門的技術，不論是陽世送陰間、還是陰間送陰間，距離都有限制，替他送球棒手榴彈的夥伴肯定就在附近。」

「附近？」高安轉頭張望四周窗孔。「這周圍都是工地，就只有這棟樓新蓋起來，如果在附近……」

幾個研究員立刻分頭去各個窗口往外瞧，很快有了發現。「部長！街上有輛寶來屋物流貨櫃車！」

「寶來屋！」高安連忙趕去喊話研究員那兒，往他指的方向看去，果然見到街道上停了輛巨大貨櫃車。「眞是寶來屋的物流車！寶來屋老闆就是太子爺乩身的長期合作夥伴……啊！」他想到了什麼，急急說：「他們如果從那車裡送球棒過來，那剛剛老趙應該被送回車上去了？」

「很有可能。」拾貳點點頭，揚了揚那只銀色遊戲搖桿。「我控制刑天，去把人搶回來？」

高安沒有回答拾貳，而是盯著十樓韓杰躲在火裡和墨筆、白扇子纏鬥，惱火地說：「別和他耗了，喚醒魔屍，讓魔屍吞了他！」

「是。」拾貳取出一只巴掌大小的控制器，掀開保險蓋板，扣下開關，那控制器幾枚燈飾激烈閃爍，同時響起刺耳的警示音。

一面監視螢幕上，顯示著巨棺內拍攝視角，巨棺裡的魔屍眼睛隨著那控制器的閃爍警示音陡然睜得又圓又大；魔屍頭旁一雙枯紅細手也動了，緩緩撫摸魔屍雙頰，倚在魔屍肩頭那顆乾枯赤紅腦袋仰起頭來，在魔屍耳邊呢喃耳語。

「在實驗室裡沒時間進行太多測試……這次第一次實戰，可別搞砸啦……」高安有些緊張，接過拾貳遞來的控制器，按下通話開關，對魔屍身上的大枷鎖下令：「血孩兒，我是高老師，妳今天的功課是——給我宰了太子爺乩身，就是那個拿球棒躲在火裡的傢伙。」

「噫——」

十樓，伏在魔屍肩上那乾枯赤紅腦袋——血孩兒，收到了高安命令，咧嘴笑開，兩隻眼睛紅光閃耀。

魔屍雙眼也耀起紫光，轟隆一聲從巨棺中坐起。

血孩兒攀在魔屍背上，四顧張望一番，伸手一指，魔屍緩緩轉頭，朝著血孩兒所指方向望去，牢牢盯住了韓杰。

十一樓，高安對血孩兒交代完「功課」，立時扔了對講機，吆喝幾聲：「所有人跟我下樓，包圍那輛車，無論如何也要逮回老趙。」

「是。」大夥兒聽高安這麼命令，立時拿著自己負責的刑天搖桿，指揮刑天往窗邊聚集，和刑天一同躍窗、落地。

拾貳領著研究員和刑天，浩浩蕩蕩往街上那輛大貨櫃車趕去；高安提著公事包在後頭壓陣，不時盯著手機螢幕上十樓戰情，見墨筆和白扇子還在紫火裡和韓杰纏鬥，立時對著手機吆喝：「墨筆、白扇子，別跟他糾纏，退遠點，小心被血孩兒和魔屍當成獵物！」

□

「老闆、老闆！」王小明怪叫起來，指著貨櫃車螢幕牆上幾處監視螢幕，螢幕上高安走近窗向下張望——

陳亞衣的紙蟲上載著小歸提供的微型監視器，他們一直盯著那陰森大樓十一樓裡的動態，就像高安在十一樓盯著十樓的韓杰一樣。

「他發現我們了！」小歸啊呀一聲，急急透過通話裝置向貨櫃車駕駛下令。「快開車！」

「老闆，開去哪邊？」駕駛問。

「別開太快，沿著工地繞圈子。」小歸這麼說：「要是離太遠，東西會傳不過去……」

他還沒說完，只聽澡盆那端老獮猴叫了起來。

「怪了，手榴彈怎麼送不過去？」老獮猴捧著滿手電擊手榴彈往澡盆裡塞，卻發現掛在韓杰風衣內側的手榴彈都還在，大堆紙蟲紙鳥堆在韓杰身上送不過去。

「糟糕……」小歸仔細瞧了瞧十樓戰情螢幕，見韓杰身上風衣燃著火點、破破爛爛，皺眉說：「風衣被打壞了？」

「亞衣——」韓杰的聲音自他肉身傳出。「妳借我的紅面神力還有效，能不能再借我點白面神力？我想到了個辦法。」

韓杰剛說完，大夥兒便見到螢幕裡，韓杰踹倒兩桶鬼煤油，用那燃著綠火的陰符鋁棒點燃流瀉一地的鬼煤油，紫火轉眼熊熊燒開。

陳亞衣雙手按著木澡盆，全身閃耀起白光，整個澡盆裡的蓮藕水都瑩白一片。

□

「他躲進火裡？」「爲什麼他不怕鬼煤油？」

春花幫眾見韓杰點燃了鬼煤油，卻躲在熊熊烈火裡不出來，一時拿他沒輒，只能眼睜睜地看著韓杰和墨筆、白扇子纏鬥。

春花幫眾中有兩、三個拿著搖桿控制刑天，但他們沒有得到高安應允，見火勢旺盛，也不知該不該將刑天送入火中，只能靜靜觀戰。

韓杰全身亮著白光，舉著鋁棒和墨筆、白扇子大戰，聽見高安喝令墨筆和白扇子退開，心中一驚，回頭見到百煉魔屍從巨棺中坐起身，直勾勾地盯著他。

攀在魔屍後背上那血色乾屍，乾癟赤紅的枯身像是充氣娃娃般快速膨脹成了一副嬌嫩女體，禿枯的腦袋洩下及腰油亮長髮。

她的長髮和身軀、五官，全都艷紅一片——大枷鎖血孩兒。

韓杰儘管身陷鬼煤油火海裡，仍然被那血孩兒的眼神刺得倒抽了口冷氣。

高安的聲音又傳了出來。「十樓所有人聽好，守著門，別讓他跑出十樓，只要那臭水繼續灑，他就沒辦法用法寶！」

一票春花幫眾和幾隻刑天、墨筆和白扇子，在高安號令下，全退到樓梯口，結成陣式，防止韓杰逃離十樓。

韓杰站在紫火裡，抬頭瞧著天花板，灑水系統依舊灑著怪臭水霧，似乎沒有減少的跡象。

他回頭望向樓梯方向，除了春花幫眾外，還守著墨筆和白扇子，幾隻刑天擋在最前頭，拿著搖桿操縱刑天的春花幫眾則躲在刑天背後。

魔屍邁開大步，朝韓杰走去。

韓杰舉著鋁棒，連連後退，思索究竟前頭魔屍難纏，還是樓梯處的守兵頑強，他很快做出決定，朝著魔屍擲出鋁棒，轉身往樓梯奔。

「哇！他想將魔屍引過來？」春花幫眾見韓杰直直衝來，魔屍緊追在後，凶氣駭人，哪裡還理會高安命令，立時一哄而散。

墨筆和白扇子倒是擺定了架勢準備攔截韓杰。

但他們尚未等到韓杰竄來，韓杰就被加速往前一竄的魔屍掐著後頸，提了回去。

「唔！」韓杰被魔屍提到面前，與魔屍和血孩兒六目相望，突然感到頸子猛地束緊，是魔屍施力掐他——倘若此時他是肉身，即便身處陰間，被同樣是陽世屍身煉成的魔屍這樣掐擊，頸骨應當已經碎了。

但他此時是魂，且有媽祖婆神力加持，即便頸子被掐成肉身不可能達到的粗細程度，卻也還死撐著一口氣。

他舉起手，抹抹嘴巴，再按上魔屍左眼。

魔屍左眼炸出紅火，被一條火龍捲著了腦袋，搖搖晃晃往後退開，鬆手放開韓杰。

韓杰落地，托著自己歪斜腦袋翻身滾遠——他像往常一樣，出戰時在嘴裡藏一片尪仔標，通常是九龍神火罩，以備不時之需，即便這次魂身上陣，也不改習慣，在被魔屍掐著頸子時，嚼碎尪仔標，吐了條火龍在魔屍臉上，掙脫下地之後，立時將鼓脹嘴巴裡剩餘八條火龍嚥回肚子裡——藏在肚子裡的火龍不受臭水霧影響，盤在魔屍腦袋上那火龍，倒是很快讓臭水霧淋散了。

「嘻嘻、嘻嘻——」血孩兒似乎被魔屍的窘態逗笑了。她張嘴伸舌，在魔屍臉上舔舐，一雙赤紅雙手在魔屍胸膛撫摸，像是在安慰魔屍。

下一刻，她那一頭赤紅長髮鑽進了魔屍皮肉，在魔屍血管裡竄爬伸長，令魔屍那紫青色屍身爬出一條條血紅色筋脈。

血紅筋脈從魔屍胳臂爬到雙掌、爬上十指、滲上十枚尖銳利甲，凝聚在利甲尖端，甚至滲出血，滴落下地。

滋、滋滋——

滴在地上的紅血，轉眼像是熔岩般亮起火光、冒出焦煙，彷如極爲炙熱。

魔屍的雙眼由紫轉紅，嘴巴微微張開，表情和腦袋旁那血孩兒漸漸同化，咧開笑臉、淌下紅舌、微微彎腰張揚開巨臂，猶如一頭貪婪的野獸要狩獵小鹿般逼近韓杰。

韓杰摀著脖子左右看，打定了主意往一扇窗衝去，想借口中八條火龍的力量破窗逃出。

但和剛剛一樣，他尚未衝近窗，就讓魔屍揪著胳臂拉回——魔屍體型超過兩公尺，但速度快得超乎想像，而韓杰卻沒有風火輪。

水霧依舊噴灑，韓杰被魔屍揪著雙臂高高舉起，連口袋裡的菸盒都摸不著。

魔屍十指掐入他雙臂肉中，他的胳臂霎時焦黑一片，燒起火來。

血孩兒舉起一手，輕摸韓杰的臉，不時用食指那尖銳指甲在韓杰臉上、肩頸上輕刺，像是蜂螫般將她那如同熔岩的血，注入韓杰頭臉皮肉裡。

「咕哇——」韓杰挨過各式各樣的火，包括欲妃的地獄火和紅孩兒的妖火，但被這血孩兒將熔岩血注入皮肉裡燒，倒是一次嶄新體驗。

他疼痛欲暈、生不如死，只能仗著媽祖婆紅白神力和肚子裡八條火龍，咬牙死撐。

血孩兒伸出血手，掐住韓杰臉頰，那赤紅拇指、食指和中指扎穿他臉頰，扎進他嘴裡。

韓杰奮力將肚子裡的火龍催回口腔，咬住血孩兒插進他口中的炙熱血指，吐出三昧眞火，力抗血孩兒的熔岩血。

「韓大哥，撐下去——」陳亞衣的喊叫隱約浮現韓杰耳邊。

血孩兒的熔岩血循著魔屍十指大量注入韓杰胳臂，將韓杰雙臂燒得焦黑起火，忽而又瑩亮發光，是陳亞衣傳來白面神力，持續替韓杰降溫滅火。

「唔……」韓杰用牙咬著血孩兒插在他口中的手指，心想媽祖婆白面神力倘若能夠澆熄血孩兒那熔岩血，自己或許有機會用火龍反敗爲勝。

但他這念頭轉眼消逝，他明顯感到血孩兒的熔岩血威力超過了陳亞衣送來的白面神力的修補速度——這大枷鎖血孩兒得到了魔王喜樂殘身道行，點點滴滴的熔岩血已經燒壞了他身中兩條火龍，第三條火龍也漸漸支撐不住。

他感到自己的魂魄正漸漸渙散。

「哥哥——」一聲怪異的稚嫩呼喊摻雜在陳亞衣打氣聲中，響過韓杰腦袋。「你在玩火？」

「啊？」韓杰愣了愣，但他無暇理會這呼喊，他全身已經起火，燒成了一團大火球。此時的他，一來有腹中火龍強行抵抗血孩兒的熔岩血，同時媽祖婆的紅白神力護著他的魂，讓他得以這麼死撐，若沒有這兩股力加持，他幾秒內就魂飛魄散了。

「我可以出來陪你玩嗎？」那奇異聲音再次在韓杰耳邊響起。「我也想玩火……」

「你……」韓杰喉嚨被燒得稀爛，用自己也聽不清楚的聲音問。「你到底是誰啊？」

「我……」那聲音尚未應話，韓杰身上陡然爆出一陣陣金光。

混天綾、火尖槍、風火輪、乾坤圈從他身上胡亂炸出，又一一消散。

那是他口袋金屬菸盒裡的尪仔標，在大火燒灼下發動，又被臭水霧淋化消散。

血孩兒被這陣法寶亂竄嚇得呆愣兩秒，回過神來，伸出另隻血手，蓋上韓杰雙眼、扣著他太陽穴，施力掐擊，像是已經玩膩眼前這玩具，要全力誅殺他了。

血孩兒掐著韓杰兩隻赤紅血手亮起光芒，不斷催升熔岩血的溫度。

韓杰身上燒起一陣更大、更爲艷紅的火。

但不知怎地，韓杰卻不覺得炙熱燙人，反而溫和舒服，他沐浴在艷紅大火中的魂身，重新亮起白光——媽祖婆白面神力正快速修復他被熔岩血燙出的傷。

「嘎？」血孩兒本來輕佻從容的神情，漸漸轉爲驚訝，似乎在韓杰身上燒出的艷紅大火中看見了什麼東西。她鬆開掐著韓杰太陽穴那手，伸入韓杰頭頂紅火裡，想抓著她見到的那個東西。

她眞抓到了。

她抓出一隻手。

一隻幼童的手，在火中與她對握。

「哥哥，我出來玩火囉——」稚嫩聲音這麼說。

「你……你……怎麼會？」韓杰喉嚨讓血孩兒那熔岩血燒得發不出聲，但他似乎認出這聲音和這紅火。

血孩兒右手和紅火小手互握，又鬆開掐著韓杰臉頰的左手，也探進火裡，從火裡抓出另一隻小手。

血孩兒拉著火中那雙小手往外拖，拖出一個身影——紅孩兒。

貳陸

「老闆，車後面有怪東西！」貨櫃車正副駕駛急急通報。

小歸立時令手下將一個螢幕畫面切換至車尾監視器，七、八隻無頭巨漢正急急狂奔追車。側面工地中，還有批身穿鐵兵集團制服的研究員，持著古怪搖桿，追在後頭。

「那就是魔屍？」小歸當然知道陰間買陽世屍體修煉魔屍這檔子事，他對這新興生意其實也有些興趣，但他很清楚自己倘若也跟著攪和，不但要跟俊毅翻臉，更可能會被韓杰用混天綾綁起來燒，因此僅是偶爾想想而已。

七隻刑天在小歸貨櫃車後方奔追，貨櫃車起初加速，隨即又減緩，停下。

因爲貨櫃車前方也出現兩隻攔路刑天——刑天是陽世屍身煉成，在陰間擁有極強力量，這貨櫃車噸位也十分驚人，硬撞未必吃虧，但考慮到貨櫃內藏著韓杰肉身，小歸不願硬拚，令駕駛停車。

貨櫃頂部一處小蓋啪地揭開，站出一個人——

林君育。

陳亞衣必須在貨櫃裡持續加持韓杰肉身，林君育臨危受命，出來抵擋這批刑天。

林君育站在貨櫃頂部，雙臂閃耀白光，附有兩具機械臂，機械臂前端造型不同，左手是油壓剪，右手是施工鑽地用的破壞鎚。

林君育面無表情，從貨櫃頂部走上車頭，躍下，朝著前方擋路刑天大步走去。

操控這兩隻攔路刑天的研究員，躲在刑天身後十來公尺的工地圍籬旁探頭探腦，一會兒望貨櫃車、一會兒盯著搖桿上的手機螢幕，不太習慣螢幕上那第一人稱視角的控制方式——畢竟並非人人都是電玩好手，即便是電玩好手，也未必專精格鬥，即便是格鬥電玩好手，也未必像拾貳那樣擅於用第一人稱視角控制刑天。

刑天揚臂握拳，一拳打在林君育胸膛上，將林君育打飛數公尺，撞上貨櫃車頭。

研究員遠遠瞧著林君育被刑天打飛，撞上車頭，飄然落地，起身拍拍身子，沒事般又走向刑天，不由得有些困惑，呢喃說：「那傢伙是什麼東西？他不是陽世活人？怎麼身體輕飄飄的？」

另個研究員跑出圍籬，伸長了脖子探看，想瞧清楚車尾那頭情況，只見車尾幾隻刑天繞來跑去，像是玩鬼抓人般追打一些傢伙——那些傢伙雙臂上都架著機械臂。

模樣和林君育一模一樣。

有好幾個林君育。

是黑爺那虎毛假身。

「哇！」那研究員愕然大叫：「這小子不只一個！每個都長一模一樣。寶來屋在造這種複製機械兵？」

林君育走回刑天面前，被刑天揪著腦袋，一把捏碎。

兩個研究員還沒來得及歡呼，便見到車頭又站出兩個林君育，先後跳下，張開雙手機械臂，走向刑天。

「車裡到底藏了多少這玩意?」

研究員操作刑天毆打兩個林君育，卻聽到拾貳吆喝聲從搖桿上的手機響起，「不要管他們，這都是假人!是幻術!用刑天把車給拆了，把老趙揪出來!」

「假人?」兩個研究員相視一眼，又撥弄搖桿一陣，將兩個「假林君育」撕成碎片，不再理會後續跳下的林君育，專心操縱著兩隻刑天走向貨櫃。貨櫃兩邊側面此時都有刑天大力搥擊貨櫃廂體，左側貨櫃上被擊出一個坑洞，那刑天雙手抓著小坑邊緣猛力拉扯，想將那貨櫃硬生生撕開破口。

「你走左邊、我走右邊。」兩個研究員這麼計畫，然後他們雙肩，同時被輕輕一拍。

兩個研究員回頭，只見苗姑飄在他們身後，驚覺不妙，想要反抗，卻已經來不及。

苗姑甩紅袍罩上一個研究員腦袋，又揪著另個研究員，在他臉上貼了滿臉黃符。

兩個研究員哀號倒地，他們太專注在控制刑天，沒注意苗姑悄悄出車，繞過工地圍籬，從他們後頭伏擊。

啪啦一聲裂響，貨櫃車廂體當眞被一個刑天撕開一個大洞。

洞裡也擋著幾個林君育的虎毛假身。

刑天將擋著裂口的林君育假身一一揪出，捏碎、撕爛、打扁或是塞入腹部嘴巴咀嚼吞食，自然，這些假身吞進肚子裡也不會有飽足感。

貨櫃頂上，仍不停一個又一個的林君育鑽出上掀蓋，跳下貨櫃，圍攻幾個刑天。儘管拾貳聲聲號令，要研究員別理會「林君育們」的糾纏，因爲他們發現這些假身除了外觀逼眞、會跑會跳之外，幾乎沒有什麼攻擊力。

但是假身們很快改變戰術，他們抱著刑天不放，或是蹦蹦跳跳、伸手遮擋刑天掛在胸上的微型攝影機——

攝影機一旦被遮，或者遭到破壞，躲在遠處的研究員無法透過搖桿上的手機螢幕監視刑天眼前事物，直接肉眼遠觀，又難以辨識亂軍中自己究竟控制哪一具刑天。

除了控制刑天破壞貨櫃的拾貳之外，其他幾具刑天行動開始紊亂。

「一群笨蛋！不會玩就切到自動控制，我不是說了嗎？」拾貳大罵。

研究員紛紛交出刑天控制權，開啓自動控制。

刑天動作恢復俐落，但這麼一來，卻又被四處亂竄的林君育假身吸引，追打假身。

拾貳一時莫可奈何，只好專注操縱自己那刑天，進一步將貨櫃裂口撕扯更開。

一個林君育從貨櫃頂躍下，撲在那刑天身上要扯他胸前攝影機，被拾貳利落地操作刑天揪下撕了；又一個林君育從旁撲來，目標仍是這刑天胸上攝影機，被刑天一拳敲爛身子；第三個林君育自後抱上刑天後背，雙手往前亂撈，還沒撈著攝影機，又被這刑天反手揪起，扯裂兩半。

「媽的……」拾貳惱火地操縱那刑天轉身，想先消滅一批礙事假身。

林君育對著轉身刑天，突出一拳，右手機械臂上那破壞鎚啪嚓打入刑天胸膛右眼。

這個林君育是眞的。

「喝？」拾貳遠遠操縱刑天，又挨兩拳，這才發現，這批看起來一模一樣的傢伙之中，有一個是眞的。

林君育痛擊那刑天兩三拳，立時退開，混入後頭幾個虎毛假身裡。

拾貳惱火操縱刑天追擊，另一個刑天卻突然衝來攔腰抱倒他控制的刑天，壓在地上痛擊好幾拳。他愕然回頭瞪視研究員手下們。

研究員們你看看我、我看看你，他們早將控制權切換成自動控制。

拾貳雙手十指和兩枚細長怪指飛快旋按，令自己那具刑天使出一串猛烈攻擊，將壓著他的刑天逼退，跟著蹦彈起身。

貨櫃頂上，又站出一個人影，背後風衣迎風展開，是王小明。

王小明手上也有支搖桿——那是苗姑解決了車頭那端兩個研究員後，順手撿回的搖桿，王小明在車內摸索一番，立時便會用了。

「你是最厲害的一個對吧？」王小明遠遠對著拾貳叫陣：「讓我來會會你。」王小明喊完，立時操縱刑天掄拳毆擊拾貳那具刑天。

「……」拾貳也馬上操縱刑天還擊，十二支手指飛梭點按，令刑天打出一串凶猛攻擊，還使出一記腕部十字固定，把王小明那刑天左臂給折斷了。

碰——

一隻大腳踏碎了拾貳刑天胸膛上那攝影機。

第三隻刑天加入戰局。

王小明身後又站出一人，也拿著搖桿——曹大力。

「隊長，我來幫你。」曹大力推推眼鏡，嘴角微微笑，快速操作搖桿，對著拾貳那刑天一陣亂毆。

「好，我們聯手——」王小明大喝一聲，操縱刑天起身，和曹大力那刑天一左一右夾攻拾貳。

那天王小明沒有將曹大力帶去城隍府，而是帶回小歸公司，遊說小歸，吸納曹大力，編入專門支援韓杰的部門中。

曹大力本便熟稔電腦、電玩，拿到搖桿操作一番，快速上手。

拾貳那刑天被踏壞了攝影機，又被王曹聯手一陣亂打，氣得扔下搖桿，從其他研究員手中搶下一具搖桿，切回手動控制，卻發現搖桿上畫面一片漆黑，抬頭朝貨櫃車望去，只見好幾隻刑天都癱倒在地。

一群林君育中，有個林君育正一腳踩在一隻刑天背上，高舉機械臂，機械臂前端若隱若現一隻巨大虎掌。

和先前虎掌有些不同。

現在的虎掌，還伸出幾枚狀如彎月的銳爪。

林君育一爪劈下，將刑天後背劈開幾道巨大裂口。

「看清楚啦，小子，俺現在彈出爪子來啦——」黑爺沙啞低吼聲自林君育胸中發出。

林君育那機械臂和虎爪本該作爲陽世救災之用，用來對付這刑天，反而比先前韓杰那火尖槍等無法破壞陽世實物的尪仔標法寶，好用百倍以上。

本來黑爺指揮林君育出戰，可瞧這戰局瞧到爪子癢了，乾脆直接接管林君育肉身，一條大尾巴呼來掃去，不知不覺將刑天全拍倒在地——這些刑天的屍魂藏在堅韌胸中，被黑爺動用虎爪扒裂胸膛，裡頭的屍魂不堪一擊，一拍即碎。

「哇！刑天怎麼全倒了？」高安原本托著那厚重符書悠哉等待刑天拆車，專注盯著手機螢幕上大樓戰情，替百煉魔屍和血孩兒吆喝助陣，豈料一回神，貨櫃車這頭戰情逆轉，不但被敵人搶去了兩具刑天，且剩餘刑天大都被黑爺扒爛，一時傻眼。

「高部長，要不我們先撤退？」拾貳好不容易找出一具還沒被黑爺盯上的刑天，和林君育對峙。

「我們刑天就只那些？」高安著急問：「不是出動了三車？」

「三批刑天，我用不同名義向公司申請調動……」拾貳說：「另外兩車正在路上，就要到了。」

「好、好……」高安喘著氣，舉著手機說：「退回遮天樓，讓血孩兒和魔屍收拾他們。」

貨櫃車中，傳出陳亞衣的尖叫。「韓大哥，撐下去——」

「哼哼！」高安吆喝一聲，領著研究員們轉身往大樓撤退，還朝著貨櫃車大聲嚷嚷：「你們那位韓大哥撐不下去啦，要被我的血孩兒燒得魂飛魄散啦——」

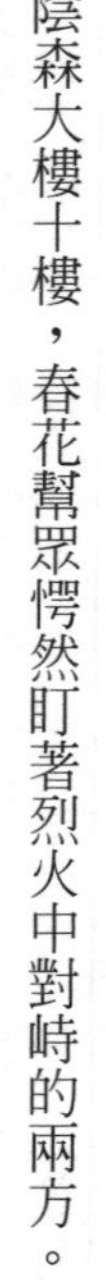

貳柒

陰森大樓十樓，春花幫眾愕然盯著烈火中對峙的兩方。

情勢變化超出了他們原本的想像——本來掐著韓杰腦袋的血孩兒，並未成功殺散韓杰魂魄，反倒與個不知從哪兒冒出來的孩子手抓著手對峙著。

「噫——」血孩兒朝著韓杰和紅孩兒齜牙咧嘴，全身紅風旋繞，那紅風比火還燙。

「妳的火呢？」紅孩兒像是孩子騎著爸爸肩膀般騎在韓杰肩上，探著身子與血孩兒雙手互抓，歪著頭問：「妳不放火，我們怎麼玩火？」

「噫！」血孩兒將雙臂溫度催至極高，兩隻手從赤紅變成亮紅，再漸轉亮白。

「燙……」紅孩兒被血孩兒一雙熔岩手燙得疼了，也瞪大眼睛，全力釋放自己的凶猛妖火和血孩兒鬥火。

「爲什麼你……」韓杰雖仍被魔屍抓著雙臂，但他重傷魂身逐漸被陳亞衣持續傳來的白面神力修復，他仰頭瞧著肩上紅孩兒。「太子爺沒銷毀你？」

「太子爺要我以後常常陪你玩火，當你的重武器。」紅孩兒這麼說。「你的火龍呢？快拿出來……」

「我操，原來他說的重武器是你啊！」韓杰瞪大眼睛，瞧瞧天花板持續灑下的水霧，陸然明白為何紅孩兒並未同其他尪仔標寶物般被臭水淋毀——因為紅孩兒不是天賜法寶，是陰間工匠打造的大枷鎖。

「嘎——」血孩兒吐痰般地吐了口熔岩在韓杰臉上，燒得韓杰頭臉起火，啊啊大叫。

紅孩兒抖抖肩，生出第三隻手，將韓杰臉上熔岩抓起把玩。「這是火？怎麼黏黏軟軟的？」他又低下頭，問韓杰：「火龍呢？」

「想看火龍是吧……」韓杰強忍臉上劇烈灼痛，鼓了鼓嘴，深吸口氣，朝血孩兒張開嘴巴，噴出三昧真火——

火龍躲在他嘴巴裡吐火，不致於被臭水淋著。

「哇——」血孩兒正和紅孩兒對掌僵持，被韓杰吐出三昧真火燒臉，無處躲避，只能連吐熔岩還擊，但吐出的熔岩全被紅孩兒的第三手接著，還反過來扔向悄悄逼近、試圖襲擊的墨筆和白扇子。

「喂！小鬼，幫忙一起燒她啊！」韓杰嚷嚷，繼續張口讓火龍吐火。

「好。」紅孩兒也鼓起嘴巴，朝著血孩兒腦袋大吐妖火。

「哇——」血孩兒腦袋被一金一紅兩股烈火燒得瑩瑩發亮，逐漸支撐不住，趕緊令百煉魔屍鬆手放開韓杰，自己也甩開紅孩兒的手，駕著魔屍退開老遠，伸手抹臉，替自己降溫。

「操……原來妳也怕燙啊……」韓杰冷笑，轉身指著窗戶，對紅孩兒說：「窗戶上的大鬼很凶，不過一定難不倒你。燒了他，我們出去。」

「你不陪他們玩了？」紅孩兒伸手指著血孩兒、魔屍和看傻了眼的春花幫眾們。

「這裡又臭又擠，我們去外面，再陪他們好好玩。」

「好。」

韓杰拔腿朝窗戶衝，整排擋著窗孔的大簾上的鬼臉見韓杰衝來，紛紛舉起手上武器直指韓杰，卻被紅孩兒扔來一支支赤火短槍扎中。

「太子爺說，我的槍也是火尖槍。」紅孩兒三手抓著三柄短槍，有些得意。「你的槍呢？還有龍呢？」

「火龍——」韓杰一面衝，伸手摸摸嘴巴，將腹中剩餘火龍全吐上右臂，纏在拳上，急急躍起，朝著被短槍釘住胳臂的大簾鬼臉揮出一拳。

被濺著臭水的幾條火龍雖化散到一半，仍在鬼臉上炸開一陣金火；鬼臉被炸得搖頭晃腦，還沒回神，又被紅孩兒砸來的更大團妖火轟得稀爛。

韓杰衝過碎簾，飛躍出窗，他在空中瞥見小歸那大貨櫃車正撞開一堆圍籬，轟隆隆衝進工地，便使勁往前飛奔，斜斜往貨櫃車奔墜，不偏不倚摔在貨櫃頂端，翻了個滾，落進頂部掀蓋裡。

大貨櫃車緊急煞車，貨櫃還打了個橫，嘎吱吱地撞上一處建材，這才停下，再無動靜。

「怎麼回事？」高安、拾貳等一票研究員本來驚愕奔回大樓，聽見後頭一陣巨響，回頭見到原來是大貨櫃車衝撞追來，又見韓杰全身燃火，墜進車裡，不禁看傻了眼。

「那傢伙逃出十樓了？」高安和研究員們見那貨櫃車沒有動靜，一時也不敢出去。

又一聲剽悍吼聲，百煉魔屍轟然落地，彎弓著身子雙手觸地，像隻極惡凶獸施展撲擊前的準備動作。

「魔屍下來了！」研究員們有些振奮，跟著見到墨筆和白扇子也從天墜落，等待高安指示。「有魔屍和血孩兒，就不用怕他們了！」

「部長！另外兩車刑天來了——」一個研究員興奮嚷嚷，大夥兒見到兩輛貨櫃車緩緩停在工地外大街。

貨櫃車上印著大大的鐵兵集團標誌。

兩座巨大貨櫃側面揭開，裡頭是一具具刑天，貨櫃廂體上甚至還有巨大斧頭、砍刀等刑天專用武裝。

「沒事了、沒事了……」高安見援軍抵達，猶如吃下定心丸，領著研究員往外走了幾步，站在大樓一樓大廳處。「整片工地都灌滿了遮天泥，神明看不見也下不來，就算你那些法寶厲害，但我這些刑天可都是人屍煉成……」他說到這裡，掩不住激動興奮。「老子最近走了什麼運吶，先撿了魔王喜樂下半身，又有神明乩身上門當材料，嘻嘻、嘿嘿嘿……」

天上一陣嗡嗡聲響起，兩架直升機逼近，一個臉色褐黃的老頭探頭出來，舉著手機向高安點頭示意。

「竇爺，您也來了。」高安接聽手機，向天上直升機裡的竇老仙問好。

「我來湊湊熱鬧。」竇老仙說：「這太子爺乩身在陰間可值錢啦，你千萬別獨吞吶。」

「不會不會。」高安堆著笑臉說：「這樣好了，要是逮到太子爺乩身，就交給竇爺您處置——我先指揮作戰啦，晚點等戰情抵定，再等您下來聊……」他收起手機，暗罵兩句，要拾貳下令出動刑天。

「所有刑天切換成自動模式。」拾貳用手機對兩輛貨櫃車內研究員下令。「將工地中那台寶來屋物流車裡所有人都逮下。」

「是。」貨櫃車研究員快速操作車內儀表板。

一具具刑天睜開胸上大眼，咧嘴低吼，取下武器，下車走入工地，往小歸貨櫃車走去。

墨筆、白扇子落在魔屍身後，其餘春花幫眾本來還在十樓往下觀望，十分懼怕紅孩兒，但收到竇老仙指示，只能不情不願地一個個躍下樓幫忙。

小歸貨櫃車駕駛開門下車，急急忙忙繞去貨櫃車尾，揭開貨櫃尾端門板，躲上貨櫃。

貨櫃裡東倒西歪，幾箱武器散落一地，韓杰濕淋淋地蹲在翻倒的澡盆旁，找著他那疊事先交給陳亞衣保管的備用尪仔標，拿在手上拋了拋，看了站在大樓大廳中的高安一眼，摸摸鼻子，走下車——

此時的他，已不再是魂身，他回到肉身裡了。

小歸指揮著幾個員工分發防身武器給老獮猴等山魅，陳亞衣高舉奏板，神情狐疑，在這遮天泥工地內，她無法接收到媽祖婆神力。

「上上上，一起去逮那乩身——咦？」高安向墨筆等招手下令，突然發現韓杰肩上騎著個眼熟孩子，怪叫起來：「怎麼回事？那是什麼？是……是他！為什麼？」

「那是……」拾貳等研究員也發現韓杰肩上的大枷鎖紅孩兒。「紅孩兒？」

「風火輪、混天綾、九龍神火罩……」韓杰翻看手中那疊尪仔標，像是卡牌玩家挑選牌組般，挑著喜歡的就往地上砸，腳踏風火輪、臂繞混天綾、腰纏火龍。看看步步近逼的刑天大隊和猙獰的百煉魔屍，瞧瞧手上那枚火尖槍尪仔標，他砸出一柄火尖槍抓在手上，抬頭對紅孩兒說：「我用火尖槍換你的小槍，要不要？」

「小槍？」紅孩兒呆了呆，搖手晃出火，凝聚成赤火短槍，說：「我這個也是火尖槍，不是小槍。」

「好，我用我的火尖槍，換你的火尖槍，我們交換玩。」

「好。」

韓杰將火尖槍遞給紅孩兒，接過兩柄赤火短槍，只覺得這一公尺長的小短槍，握在手上暖呼呼的，一點也不燙手。「小鬼，要上啦——」

「喔。」紅孩兒搖頭晃腦，雙手高舉韓杰火尖槍，又晃出其餘四隻胳臂、托起一團團火，化爲四柄短槍。「我有兩種火尖槍。」

血孩兒探頭咆哮，百煉魔屍步伐加快，一雙粗重拳頭滴答著熔岩血。

韓杰也加快腳步，火龍順著胳臂繞上兩柄赤火短槍。

魔屍走到韓杰面前，舉拳就往韓杰腦袋上砸。

韓杰蹬蹬風火輪，避過魔屍拳砸，繞到魔屍身側，挺著短槍往魔屍腰際捅去，赤火短槍僅插入魔屍腰際寸許，卻令魔屍腰際破口燒出一小團紅火。

「嘎！」魔屍身上那血孩兒則讓紅孩兒六隻手舞著一長四短五支槍，逼得只能遮架格擋，騰不出空攻擊韓杰。

墨筆和白扇子領著春花幫眾逼近韓杰，被韓杰扔出火龍一陣追咬，退開老遠。

「那紅孩兒怎麼會和太子爺聯手？」高安等一票研究員見紅孩兒騎在韓杰肩上，和韓杰一同殺進殺出，全傻了眼。

韓杰踩著風火輪四處飛竄，一槍槍往魔屍和刑天身上捅——紅孩兒小短槍能傷陽世實物，在魔屍和刑天身上捅出一團團紅火；韓杰抖抖手，令混天綾和幾條火龍繞緊他雙臂，捲上小火槍，加成他臂力，猛力往魔屍後腰一捅，這次不只捅入寸許，而是捅進半截槍身。

韓杰也不拔那短槍了，而是踩著風火輪退遠，向紅孩兒討新槍，順便瞧瞧貨櫃車——有幾隻刑天試圖攻車，卻被守在車尾的林君育打退，林君育此時雖沒了機械臂，但一雙大虎爪子仍然虎虎生風——因爲黑爺可不是從天上借力給林君育，而是一直附在他身上。

「你一直亂跑，我怎麼打？」紅孩兒這麼抗議，卻仍將手中短槍交給韓杰，自己另外變出把新的，唰唰往四周刑天擲射。

「我火尖槍都借你玩了，別吵。」韓杰這麼說。

「你的火尖槍打不痛他們，爛。」紅孩兒揮舞韓杰火尖槍，只覺得這火尖槍雖然漂亮，但是打在刑天身上不痛不癢，不夠過癮。但他靈機一動，往火尖槍頭吐了團火，用手捏捏揉揉，捏出個一公尺長的大槍刃，遠遠看去，像是在槍頭上接了支火焰大劍。

韓杰踩著風火輪繞去兩隻刑天背後，挺小短槍正要刺他們後背，上方紅孩兒舉著火尖槍一槍劈下，像是劈柴般將一隻刑天身子硬生生劈開一大半。

「哇！」韓杰見裝了新槍頭的火尖槍這麼厲害，不禁咋舌。「拿來我用。」

「爲什麼！」紅孩兒氣惱大罵，卻乖乖將火尖槍交還給韓杰。

「喲，這麼乖？」韓杰本來只是隨口說說，沒想到紅孩兒當眞還他火尖槍，本想稱讚兩句，但感到背後凶風逼來，知道血孩兒驅趕魔屍來追他，立時催風火輪竄遠，再轉了個彎迎向衝來的百煉魔屍。

「你拿走我火尖槍！」紅孩兒氣惱地托起六團大火，變化成短槍，四處亂扔。

「小鬼別吵！」韓杰挺著火尖槍，召回四周火龍，將風火輪催到極限，指揮著火龍衝向百煉魔屍。

「嘎——」血孩兒張揚血爪，揮手扒擋一隻隻迎面竄來的火龍，接連擋下三隻，卻擋不住第四隻，被火龍纏上對著腦袋吐火。

她正要伸手抓下臉上火龍，手上挨著紅孩兒一記飛擲短槍，臉上也中了一槍。

韓杰踩著風火輪竄到魔屍面前，一槍插進魔屍心窩，見魔屍不後退，立時轉動火尖槍，放出三昧眞火，同時令火龍噴火，將魔屍燒成一團火球。

他聽紅孩兒不停哭鬧，氣得大罵：「哭什麼，快放火燒……」他沒罵完，卻見紅孩兒舉著短槍，胡亂敲砸那血孩兒，還不停往血孩兒身上捅，像是在出氣。

血孩兒不一會兒便癱在魔屍肩上，一動也不動了。

「這……這……」高安遠遠觀戰，覺得自己彷如身處夢境，且是場惡夢，他茫然拿起手機，撥給在天上觀戰的竇老仙。「竇……竇爺，情況不大對呀……」

遠處響起一陣怪叫，是工地外兩台貨櫃被陳亞衣、王小明和曹大力操縱的兩具刑天攻陷——陳亞衣在工地裡無法借得神力，出了工地，重新又借得了黑面神力，佔了兩輛車。

圍攻貨櫃車的幾具刑天，則全讓黑爺附著林君育打倒。

身後研究員哇哇大叫，高安回頭，見苗姑抖著紅袍，立時揭開懷中厚重大符書，摸出一張符就往苗姑臉上貼。

苗姑揚手搶下那張符，拿在手上瞧瞧，一把撕碎。

「妳……妳又是什麼東西，不怕我的符？」高安駭然問。

「你當老太婆孤魂野鬼？我是媽祖婆分靈！」苗姑一腳踢在高安肚子上，將他踢倒在地。

高安正想逃跑，卻被竄來的韓杰一腳踩住胸口。

高安捏著手機，全身顫抖，對著電話那端求救。「竇爺……竇爺您在嗎？救我……」

「……」電話那端靜悄悄的，過了幾秒才響起說話聲。「不好意思，你是哪位？我不認識你，你打錯電話了。」

「什麼？」高安駭然大驚，仰著身子只見到天上兩架直升機掉了頭，飛遠了。而那批春花幫眾、墨筆和白扇子，也在戰情生變之後收到竇老仙命令，悄悄撤離了。

「太太太……太子爺乩身……」高安操著哭腔堆起笑臉，對韓杰說：「這一切……其實只是個誤會……」

「誤會是吧。」韓杰冷笑兩聲，緩緩抬起本來踩在高安胸口上的風火輪，然後重重踏在他臉上。

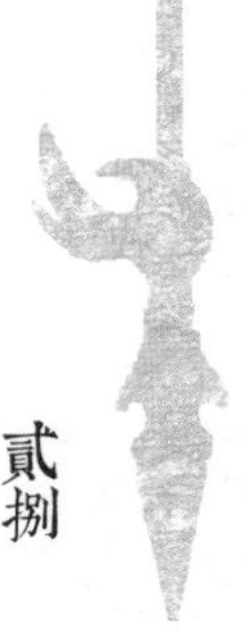

貳捌

兩週之後。

韓杰站在老公寓一間套房裡，看著手機螢幕上一張張凶案現場照片，比對房中每個角落。

此時整間套房已被清空，還經過重新粉刷，一張張照片裡卻是遍地鮮血、怵目驚心，還有張被染成鮮紅色的雙人床。

照片是王劍霆給他的，凶案案發時間約莫是十天前。

房中血跡屬於兩個人，但屍體只有一具。

韓杰走進廁所，浴缸是過時的磚砌浴缸，尚未換新，磁磚縫隙還殘餘著血跡。

照片裡，同樣的浴缸是一片深紅，盛著約莫三分之一的鮮血。

一個年輕人趴伏在浴缸邊緣，體膚蒼白發青，雙手浸在血裡。

王劍霆說，警方接獲網路報案，攻堅進入這套房時，年輕人的身體甚至還有餘溫，浴缸裡的血幾乎全部來自年輕人那副蒼白身體，只有少部分屬於另一人——那「另一人」同樣流失了大部分鮮血，幾乎集中在套房那張雙人床、棉被和地板上——一個正常成年人，流失了這樣大量的鮮血，幾乎不可能存活，但那人確然不在房內。

而房中再無第三人的指紋和任何蛛絲馬跡。

由於雙人床和浴缸兩處鮮血幾乎同樣新鮮，警方很難相信是年輕人殺人之後，費勁運走屍體，再回廁所放血自殺。

警方只能研判，凶手在這間房中一共殺死兩人，運走了其中一人，留下另一人。

可房門不但反鎖，且只能從內部上鎖的門栓也是拴上的，唯一一扇窗，窗外不但裝設著鐵窗，且玻璃窗也反鎖著。

年輕人是一間葬儀社員工。

另一人是葬儀社老闆。

韓杰站在廁所，回想著他與汪伯徒弟見面時，那徒弟說過的話——

「他說等他死後，葬儀社會讓渡給我，還留給我一筆錢，條件是要我把他的身體，用同樣的方法處理之後，送下陰間。」

「所以……這表示那傢伙計畫成功了？」韓杰望著手機上一池浴缸鮮血，見到視訊要求，立時接聽。

馬面顏芯愛，此時就站在韓杰腳下對應的陰間公寓套房廁所裡，幾乎和韓杰站在一模一樣的位置上，與他視訊。

「你說的沒錯，這裡留著鬼門痕跡。」馬面顏芯愛這麼說：「但是只有痕跡，其他什麼都沒有。」

「好吧。」韓杰無奈問：「之前抓到的那批煉屍集團成員，有查出什麼嗎？」

「有。」顏芯愛故作神祕地說：「這幾天我抽絲剝繭，查過一大串轉手買家，最後你猜眞正的買家是誰？」

「是陽世活人。」韓杰這麼說。

「啊！」顏芯愛愕然：「你怎麼知道？」

「我半個月前就收到老闆籤令，說買家是陽世活人，要我查清楚。」

「什麼！」顏芯愛惱火說：「喂！韓杰！你太不夠意思了吧，你早有消息，爲什麼不跟我說，你知道我查得多辛苦嗎？」

「抱歉。」韓杰聳聳肩。「我沒跟妳說，是因爲有時我老闆給下來的消息不見得一定準，如果先說了，要是有錯，反而誤導你們辦案……總之辛苦啦，改天我燒點紙錢下去給妳。」

「哼，燒多一點喔！聽說你拳館生意越來越好，要開分館了……」顏芯愛不悅說：「那你有查出那個人的身分了嗎？」

「就是上次那個老師，前兩週我又被他擺了一道。」韓杰簡單將兩週前大戰高安時，被淋了老半天臭水，無法用法寶這件事簡單敘述一遍。「高安和老師搭上線，他的臭水應該是那個老師教他調配的。」他頓了頓，又問：「高安現在情況如何？過得還爽嗎？」

「爽到不能再爽了。」顏芯愛說：「太子爺直接打電話進閻羅殿下令辦他，他幾件案子罪證確鑿，連春花幫都出了幾個人頭自首兼舉發他，鐵兵集團不但開除他，還交出他所有資料，簡單來說，他完蛋了，十八層地獄下定了。」

「替我恭喜他。」韓杰冷笑兩聲，說自己那分館計畫還得籌備一段時間，但確實會燒些禮物下去慰勞牛頭馬面。「俊毅喜歡吃什麼？」

「他喔，他什麼都吃，不太挑嘴。」顏芯愛這麼說：「我最喜歡吃豆干，尤其是——」顏芯愛講了一個牌子。

「張曉武呢？」

「你連他也送？眞的發財啦？」顏芯愛有些訝異。「他喜歡鹽酥雞、滷味、啤酒……其實這些東西都不能燒，你乾脆用鬼門送下來怎樣？」

「沒問題。」韓杰說：「不過我沒問他喜歡吃什麼，我其實想問他討厭什麼。」

「他最討厭麻糬跟芥末。」顏芯愛哈哈大笑說：「你不會要送他芥末麻糬吧？」

「找看看有沒有囉，有的話一定買幾包送他。」韓杰聳聳肩，又說那老趙知道許多煉屍內幕，目前轉爲污點證人，會留在陳亞衣身邊協助調查其他陰間煉屍案件，等他輪迴證發下之後，才會轉交給陰間，免得被鐵兵集團或是其他煉屍集團派人暗殺了。

至於被老趙盜出，轉賣給老師的喜樂殘體，據說是一雙小腿。

那老師會如何運用那雙魔足、幹出什麼怪事，別說韓杰、顏芯愛或者城隍爺俊毅，想來就算是太子爺應當都猜不透了。

韓杰結束與顏芯愛通話，離開老公寓，和王書語會合，兩人來到一間大賣場，推了輛手推車挑選生活日用品。

王書語在零食區挑挑揀揀，拿起一包果凍，問：「紅孩兒吃果凍嗎？」

「應該吃吧。」韓杰東張西望，有些心不在焉。

兩週前他在陰間與紅孩兒聯手燒煅魔屍和大枷鎖血孩兒，逮著高安，返回陽世之後，陸續收到太子爺後續籤令，這才解答了先前迷惑——

先前賣場大戰紅孩兒，太子爺沒有依照約定降駕，倒不是忘了或是懶了，而是領著一群武器工匠觀察韓杰作戰方式，再依照韓杰習慣，研擬逮著紅孩兒之後的改造計畫。

火燒山那晚，太子爺一槍刺進紅孩兒胸口，卻不是銷毀他，而是將他連同鎊爺一同帶上天，讓工匠和醫官聯手醫治兩人，同時替紅孩兒改造妖火——

鎊爺當年替紅孩兒造妖火時，融入自己的魂魄，讓妖火無法傷及自己。

太子爺有樣學樣，治好鎊爺之後，令鎊爺一同參與改造計畫，將紅孩兒的妖火完美結合韓杰蓮藕身、火血以及法寶上三昧眞火，讓紅孩兒成爲能夠獨立於韓杰七樣尪仔標之外的一項強力武器。

鎊爺得到一份專屬職務——紅孩兒維修員，任務是留守韓杰家中，維護紅孩兒身體健康；紅孩兒則在韓杰那片黃金尪仔標裡沉睡待命，當韓杰發動尪仔標，便醒轉參戰。

鎊爺對於自己能夠不再受陰間仇家追殺，且能在韓杰家中獲得一塊牌位作爲棲身之處，每日與紅孩兒會面，自然欣然接受；紅孩兒樂見鎊爺平安，更不排斥韓杰帶著他放火打架，但他唯一小小的怨言，就是太子爺耳提面命，要他打架時聽話、服從韓杰指揮。他雖不太喜歡被人指揮著打架，但聽韓杰指揮，總比聽「高老師」指揮好上太多，不僅不用受虐，還能時常獲得許多好吃的小點心。

自然，紅孩兒屬於天庭特許的「重武器」，韓杰每次使用之後，都必須詳細報備。

王書語昨天特地花了點時間，替韓杰寫了份報告，事先燒上天，預約今晚喚醒紅孩兒——在她和韓杰替許保強慶生時擔任護衛。她不知道紅孩兒愛吃什麼，便看見什麼拿什麼，不知不覺將購物推車塞了個滿。

「喂，他是你的好夥伴，你不知道他喜歡吃什麼？」王書語見韓杰站在幾排麻糬架前探頭探腦，便搥了搥他腦袋。說：「你幹嘛一直看麻糬，你喜歡吃麻糬？還是小強喜歡？」

「我在找有沒有芥末口味的麻糬。」

「怎麼可能有這種麻糬……」

「好吧。」韓杰聳聳肩，隨手挑了兩包麻糬進推車。「芥末分開買好了。」

「你想吃芥末？」

「送給朋友的。」韓杰笑說：「俊毅他們這陣子給了我不少消息，我送點東西下去慰勞他們。」

「那小強的生日禮物你想好沒？」王書語問。

「沒有。」韓杰聳聳肩。「他現在需要一堆衛生紙吧，他不是沒考上董芊芊的學校，每天躲在被子裡哭？」

「你怎麼知道人家每天哭？」王書語問。

「我昨天打電話叫他來我們家吃飯……」韓杰這麼說：「他的聲音一聽就是哭過。」

「他怎麼說？」

「他說他今天生日想喝酒。」韓杰說：「他說他長大了。」

「今天芊芊也會來。」王書語說：「他不怕喝醉了在芊芊面前丟臉？」

「誰沒丟臉過。」韓杰嘿嘿一笑，帶著王書語往酒架走，準備替許保強挑一瓶酒，替指考落榜，沒辦法和董芊芊就讀同一所大學的許保強慶生。

《乩身：紅孩兒》完

後記

林君育是個有趣的角色。

他同時身爲媽祖婆和大道公的乩身，且還有隻黑爺將軍三不五時降駕在他身上。算一算，他是「乩身」系列至今，被最多神明上過身的角色。

林君育的有趣之處，在於他同時擁有媽祖婆、大道公和黑爺的法力，千斤頂、油壓剪、強心針、水槍、風扇、虎爪……雜亂無章，甚至有功能重複的——這一點當然是故意這麼設定，目的是製造點混亂，讓林君育手忙腳亂，至於爲什麼要讓他手忙腳亂，這就牽扯到媽祖婆和大道公在民間信仰中，流傳的某段趣味小插曲。

那饒富趣味的小插曲，就是我讓林君育同時擔任媽祖婆和大道公乩身的靈感由來。

□

至於紅孩兒這角色的原始由來，則得從《乩身：活人牢》裡的大枷鎖綠孩兒說起，當時取「綠孩兒」這名字，其實沒想太多，隨便取的。直到寫到《乩身：穿天降神的龍》時，又要寫大枷鎖，便順理成章地寫出了「黃孩兒」、「橙孩兒」、「紫孩兒」等系列大枷鎖……想當然爾，這系列大枷鎖是絕對少不了紅孩兒了。

且必須是最厲害的一個。

熟知我的老讀者都知道，我時常喜歡在故事裡，使用「對稱」和「對比」的設定。

火與冰是對比，火與火是對稱。

不論是過去的「太歲」，還是現在的「乩身」，我寫過不少火與火的對抗，一直寫不膩。

將來韓杰與紅孩兒並肩作戰時，或許能夠得到紅孩兒妖火加持，也或許一直被扯後腿，想想就挺有趣。

星子

2019.11.15 於中和南勢角

國家圖書館出版品預行編目資料

乩身：紅孩兒 / 星子 著.——初版.——
台北市：蓋亞文化，2020.02
冊；公分.——（星子故事書房；TS017）
ISBN 978-986-319-468-2（第7冊：平裝）

857.81 108023405

星子故事書房 TS017

乩身〔紅孩兒〕

作　　者　星子（teensy）
封面插畫　程威誌
封面設計　莊謹銘
總 編 輯　沈育如
發 行 人　陳常智
出 版 社　蓋亞文化有限公司
地址：台北市103大同區承德路二段75巷35號
電話：02-2558-5438　傳真：02-2558-5439
電子信箱：gaea@gaeabooks.com.tw
投稿信箱：editor@gaeabooks.com.tw
郵撥帳號 19769541　戶名：蓋亞文化有限公司
法律顧問　宇達經貿法律事務所
總 經 銷　聯合發行股份有限公司
地址：新北市新店區寶橋路二三五巷六弄六號二樓
電話：02-2917-8022　傳真：02-2915-6275
港澳地區　一代匯集
地址：九龍旺角塘尾道64號龍駒企業大廈10樓B&D室
電話：+852-2783-8102　傳真：+852-2396-0050
初版四刷　2024年6月
定　　價　新台幣270元
Published and printed in Taiwan

ISBN / 978-986-319-468-2
著作權所有・翻印必究
■ 本書如有裝訂錯誤或破損缺頁請寄回更換 ■

GAEA

GAEA